Kann man sich totstellen, um der sicheren Erschießung zu entkommen?
Einen Fluch unschädlich machen, indem man die Tür verriegelt?
Den Abschied vergessen und Gefühle auf Leinwand bannen?
Kira erzählt ihre Familiengeschichte. Eine Geschichte von Aufbrüchen
und Verwandlungen, von Krokodilen und Papierdrachen.
Die junge Künstlerin Kira lebt mit Marc und dem gemeinsamen
Sohn Karl in Berlin. Sie gibt Malkurse für Kinder, hat lange nicht
ausgestellt, lange nichts gemalt – und zweifelt. Ihre Beziehung zu
Marc ist sprach- und berührungslos. Ihre leicht verrückte Freundin
Nele fragt manches, versteht viel und lacht gern, während Kira glaubt,
in die Zukunft zu sehen und die Vergangenheit zu erfinden.
In den neunziger Jahren ist sie mit ihren Eltern aus Moldawien nach
Deutschland gezogen, irgendwo angekommen ist aber keiner in ihrer
russisch-jüdischen Familie. Kira betrachtet nicht nur das eigene Leben,
mitunter zynisch und distanziert, sondern auch das ihrer Vorfahren,
die sie teilweise nur von Fotos kennt. Sie reist nach New York, Israel
und Moldawien, versucht, die Geschichten zu begreifen und in ihren
großformatigen Bildern zu verarbeiten.
Marina Frenk findet eine frische, bilderreiche und sehr körperliche
Sprache. Ihr eindrückliches, raffiniert gebautes Debüt ist ein Buch
über Familie und Herkunft, über Eltern- und Kindschaft.
Es ist ein heutiger Künstlerinnenroman und vor allem auch der
Roman einer Liebe.

MARINA FRENK wurde 1986 in Moldawien geboren und lebt seit
1993 in Deutschland. Sie ist Schauspielerin und Musikerin, unter
anderem am Schauspiel Köln, am Maxim Gorki Theater und am
Schauspielhaus Bochum. 2016 erhielt sie zusammen mit Sibylle Berg
den 65. Hörspielpreis der Kriegsblinden für »Und jetzt: die Welt!«.
Ihr Hörspiel »Jenseits der Kastanien« wurde mit dem Europäischen
CIVIS Radiopreis 2017 ausgezeichnet.

Marina Frenk

ewig her
und gar nicht wahr

Roman

btb

»Schwerer werden, leichter sein.« (Paul Celan)

Ich erinnere mich an das Schwarze Meer. Ich war fünf Jahre alt und besaß ein aufblasbares Krokodil, grellgrün mit braunen Streifen. Man konnte sich auf das Krokodil draufsetzen und sich treiben lassen im trüben Wasser des Meeres an diesem überfüllten Strand. Mama trug einen Bikini mit Sternchen aus der amerikanischen Flagge. Papa war jung und dünn und sah aus wie ein italienischer Mafioso: Schnurrbart, schwarzes Haar und große leidende Augen, in denen auch Wut war. Dass die Sternchen auf Mamas Bikini eigentlich auf die amerikanische Flagge gehörten, wusste ich damals natürlich noch nicht, das habe ich erst später verstanden, als ich mir im Laufe meines Lebens immer wieder die Fotografie ansah, auf der Mama und Papa knietief im Meer stehen und ich auf dem Gummikrokodil sitze.

Ich bin an diesem Tag kurzzeitig am Strand verloren gegangen. Niemand konnte mich finden. Es waren enorm viele eng beieinander liegende Stranddecken im Sand verteilt und unzählige Sonnenschirme aufgestellt worden, die für mich alle gleich aussahen, weil ich nur deren Stiele erkennen konnte und nie die Spitzen mit den unterschiedlichen Blumenmustern, an denen ich mich hätte irgendwie orientieren können. Und es wuselte so sehr von anderen kleinen Kindern, dass ich mich auf einmal in meiner Badehose und ohne Sonnenhut allein im Sand wiederfand und nicht mehr wusste, woher ich gekommen war und wohin ich jetzt laufen sollte.

Ich ahnte, dass ich verloren gegangen war. Ich versuchte, das zu verdrängen, mit allem Bewusstsein, zu dem ein fünfjähriges Kind fähig ist, und trat zwischen den Menschen im heißen Sand auf der Stelle herum. Ich schluckte die langsam aus dem Hals in die Nase ziehenden Verlorenheitstränen hinunter und hielt die Zeit an. Das Lachen und Reden der fremden Menschen um mich herum kam mir von Minute zu Minute immer lauter und langsamer vor, die Sonne prallte auf meinen Kopf, der keinen Sonnenhut trug, weil er liegen geblieben war auf der Stranddecke, die ich nicht mehr fand. Nach oben schauen konnte ich nicht, die Sonne war zu grell. Nach unten zu schauen machte mich traurig, und weinen wollte ich ja nicht. Ich schaute vor mich hin und sah Knie und Bäuche und Stangen von Sonnenschirmen. Ab und zu rannte ein quietschendes Kind an mir vorbei und rempelte mich an. Die Augen schließen konnte ich nicht, das wäre aufgefallen, und ich wollte mich doch am liebsten unsichtbar machen, aus Angst vor der Einsamkeit, die mich ergriff.

Also schloss ich meinen Blick bei offenen Augen und schaute nach innen. Es war düster in mir und schimmerte zwischendurch bordeauxrot, der Ort erinnerte mich an die Zeit im Bauch meiner Mutter und irgendwie auch an das Meer unter der Wasseroberfläche. Ich habe Angst vorm Tauchen, aber mir blieb keine andere Wahl. Ich tauchte und hörte gedämpft, wie sie dort, außerhalb der Bauchdecke, miteinander sprachen, mal lauter, mal leiser, irgendetwas von »... das alles dauert hier nicht mehr lang ... ein paar Jahre noch ... sie hier, an sie müssen wir denken ...«, wobei jemand immer wieder gegen die Bauchdecke tippte, was ich ganz und gar nicht mochte, da es mir zu verstehen gab, dass auch dieser beruhigende Zustand im Warmen irgendwann ein Ende nehmen würde und nicht nur die Jahre, von denen sie da draußen sprachen.

Ich stand reglos im Sand, bis ich gefunden wurde von meiner beinahe weinenden Mutter und sehr ausgeschimpft. Aber das interessierte mich nicht, ich wollte gar nicht getröstet werden.

Verloren gehen fühlt sich einsam an, aber auch interessant. Unbewusst, ohne es in Worte fassen zu können im eigenen Kopf, beginnt man, sich daran zu gewöhnen und sich zu fragen, ob dieser Zustand jetzt bis zum Tod anhalten wird. »Der Mensch gewöhnt sich an alles«, hörte ich im Laufe meines Lebens oft von Papa. Ungefähr so oft wie den Satz: »Das Sein bestimmt das Bewusstsein.«

Ich akzeptierte, dass ich verloren gegangen war, und versuchte mich zu verwandeln.

1

Lackiertes Holz kann nicht mehr atmen. Es fühlt sich wie ein Körper unter Wasser. Das eisige Nass hat den Körper nach unten gezogen, und die Eisdecke ist geschlossen. Im Sommer wirft ein Kind einen Stein auf das wieder erwärmte Nass, der Stein springt wie ein Flummi, und es bilden sich Kreise auf dem Wasser. Die Kreise sehen genauso aus wie die Holzovale, die das Alter eines Baumes angeben, die kleinen lackierten Holzkreise auf unserem Küchentisch. Meine Fingerkuppe umfährt ein solches Muster und wünscht sich einen Splitter, aber der Lack hat alles Lebendige verklebt und die Zeit angehalten, es kann nichts mehr passieren.

»Mama, warum lebe ich?«, fragt Karl.

»Weil ich dich geboren habe.«

»Warum lebst du?«

»Weil Oma Lena mich geboren hat.«

»Und Papa?«

»Weil Oma Susanne ihn geboren hat.«

»Warum kommt Oma Susanne nicht manchmal wie Oma Lena zu Besuch?«, fragt er und betrachtet ein kleines Stück Tomate, das an seiner Gabel hängt, als wollte er in das Rot hineinschauen.

»Weil … ehrlich gesagt, weiß ich das nicht, Karl. Frag doch Papa.«

»Gibt es irgendjemanden, der lebt, aber von niemandem geboren wurde?«

»Kommt drauf an«, antworte ich und frage mich, ob Marc zu uns in die Küche kommt zum Frühstück, ob er sich traut. Ich werde ihn nicht fragen, wo er die ganze Nacht war.

»Wie?«, fragt Karl.

»Wenn man ein Mensch ist, muss man auf jeden Fall geboren

werden, oder ein Tier. Geboren oder ausgebrütet … aber es gibt ja auch Pflanzen und Wasser und Feuer, die müssen nicht geboren werden, die entstehen anders, aber sie sind auch lebendig.«

»Wie entsteht man?«, fragt er, und seine Augen werden ganz rund und abwesend.

»Das ist wahrscheinlich unterschiedlich … je nachdem … also, grundsätzlich ist erstmal wenig da und wird dann mehr, denke ich, aber manchmal ist auch schon viel da und wird weniger … leider. Obwohl … wenn sich etwas verändert, entsteht anstelle dessen etwas anderes oder nichts … manchmal entsteht dann auch nichts mehr … andererseits ist ja aus nichts auch alles entstanden, also unsere Welt, die Natur, die Menschen … wahrscheinlich braucht es viel Hoffnung, also … den Glauben, dass aus dem, was da ist, auch etwas anderes entstehen kann … erstmal ist aber alles so, wie es ist, glaube ich … ja, es ist alles so, wie es ist«, antworte ich und fühle mich geschwächt. Karlchen beißt in sein Brot, und ein Butterschnurrbart bleibt an seiner Oberlippe hängen. Er überlegt. Ich auch.

»Mama, hast du keinen Hunger?«

Ich möchte meinen Kopf auf den Küchentisch legen, ihn dort liegen lassen und gehen, oder ihn auf die Fensterbank rausstellen zum Lüften, aber das würde Karl erschrecken. Ich nehme mir ein Stück Brot und beginne langsam den Supermarkt-Hummus darauf zu verteilen.

Die Bilder von heute Nacht hängen immer noch in meinem Kopf: Jemand war leise durch den Flur gehuscht. Eine Frau berührte im Vorbeigehen den Rahmen der geöffneten Küchentür und verschwand. Ich ahnte nur kurz ihren knielangen dunkelroten Rock, die schlanken Beine darunter und die nackten Füße. Ihr langes Haar tanzte im Gehen, sie schien sich zu bücken, und ich sah eine Hand, die nach hellen Sandalen griff, und im nächsten Augenblick hörte ich die Wohnungstür auf- und wieder zugehen.

Dabei war nur Karlchen ins Zimmer geschlüpft, um mich zu wecken.

»Papa!«, sagt Karl freudig. Ich verschlucke mich beinahe.

»Morgen«, hallt es etwas zu laut in meinem Ohr, Marcs dumpfe, halbtiefe Stimme, wie immer frühmorgens etwas belegt, als hätte er Schnupfen. Marc bückt sich zu Karl hinunter, und der bespringt ihn wie ein Klammeraffe. Mit dem Kind auf dem Arm tapst Marc verschlafen durch die Küche und öffnet den Kühlschrank, kramt allerlei Gemüse heraus, hebt Karlchen an, damit er bis ans obere Regal über dem Kühlschrank herankommt und eine Zwiebel aus der Schüssel kramt, die dort oben steht. Sie vollziehen ihr Rührei-Ritual, schälen gemeinsam die Zwiebel, wobei Marc Karlchen wiederholt die sich immer mehr entkleidende Zwiebel vor die Nase hält und Karl lacht und sich wehrt, weil er den beißenden Geruch nicht mag und ihm die Tränen in die Augen steigen. Marc stellt Karl auf seinen Hocker und schiebt ihn an die Arbeitsplatte, stellt sich hinter ihn und führt Karls kleine Hände, die versuchen die Zwiebel zu schneiden, was sehr lange dauert, weil er noch nicht mit einem Messer umgehen kann und immer wieder in seinen Augen herumreiben muss, weil ihn die Zwiebel traurig macht. Sie kichern und lachen dabei und müssen beide weinen, am Ende gibt es ein köstliches Rührei mit Paprika, aber ich will heute nichts davon essen. Unbemerkt stehe ich auf und verlasse die Küche, bewege mich durch den Flur Richtung Toilette, mir ist schwindlig, und ich sinke vor dem Bad auf den Dielenboden. Alles dreht sich.

Hat jemand an die Wohnungstür geklopft? Unauffällig, aber gerade noch so, dass ich es gehört habe. Warum klingelst du nicht einfach?, denke ich wütend und beschließe der Sache endlich ein Ende zu setzen. Barfüßig stampfe ich durch den Flur und schiebe im Vorbeigehen energisch einige Schuhpaare zur Seite, greife gleichgültig und trotzdem brutal nach der Klinke und reiße die Tür auf. Eine junge Frau mit roten schulterlangen Haaren und Sommersprossen steht vor mir. Ihre Sandalen baumeln in der linken Hand. Sie erscheint mir nicht wirklich attraktiv, aber mit den hellgrünen Augen in Kombination mit dem roten Haar und den Sommersprossen ist sie nicht zu übersehen. Sie muss ihm aufgefallen sein zwischen den anderen Studentinnen. Wir stehen voreinander, und ihre Lippen bringen keinen Ton heraus, sie atmet, als könnte sie nicht sprechen. Ihre Augen wandern nach oben, meine Stirn entlang, vorbei an den fusseligen kurzen Härchen, dann gleitet ihr Blick in mein Haar hinein, legt sich auf die Kopfhaut. Sie ist etwas größer als ich und kann mir auf den Scheitel schauen. Dann hebt sie ihre rechte Hand und tippt mit dem Finger auf den Mittelpunkt meines Schädels unter dem Haar. Ihr Zeigefinger fährt zart aber entschieden und mathematisch genau vom Scheitel nach unten, meine Stirn entlang, den Hügel über der Nase, den Nasenknochen mittig abwärts, macht kurz Halt zwischen Nase und Oberlippe und legt die Fingerkuppe in diese kleine Mulde, in die sie genau hineinpasst. Dann fährt die Fingerkuppe weiter runter, mit dem unsichtbaren Strich meine Lippen halbierend, das Kinn abwärts, lässt den Hals aus und fällt auf meine Brust, und die unsichtbar aufgeschnittene Haut darüber zerplatzt. Es spritzt etwas Blut aus mir heraus und landet auf dem Gesicht der jungen Frau, die fast noch ein Mädchen ist, es entstehen ein paar weitere blutige Sommersprossen auf ihren Wangen, die sich sogleich auflösen. Ihre Fingerkuppe wandert weiter und landet in der Vertiefung zwischen meinen Brüsten, in der Delle. Sollte sie hier drücken, werde ich sterben. Und dann öffnet sie ihren Mund, aber es kommt nur durchsichtige Luft heraus. Sie stupst mich leicht an mit dem Finger, in die Delle hinein, der Finger dringt zwischen die Brustknochen, als sei ich schon immer nass und flüssig wie Wasser gewesen, und meine Knochen fallen über mir zusammen, ein Trümmerhaufen nach einer Bomböschka … Im nächsten Moment läuft das Mädchen mit Marc an der Hand aus der Küche heraus, Karl folgt ihnen nicht, er bleibt in der Küche, und das macht mich glücklich. Ich höre wie Marc die junge Frau, die er Catherine nennt, fragt, ob ihr dies oder jenes gefällt, ob dieser Tisch zu ihren Möbeln passen würde oder jenes Schränkchen, und sie blubbert Ja und Hmmm, nach wie vor wie ein dämlicher Fisch, der nicht richtig sprechen gelernt hat, und schielt dabei mit ihren hasenartigen, rechts und links an die Schläfen geklebten Augen auf den Boden. »Ich finde, es ist in der Situation, in der wir leben, eigentlich kein Betrug«, sagt Marc, und ich frage mich, welche Situation er meint.

»Wir teilen seit Jahren nichts mehr miteinander außer Karl«, höre ich ihn flüstern, als versuchte er die junge Frau zu beruhigen.

Marc hat Recht, befindet mein demoliertes, aber noch denkfähiges Gehirn. Es bringt nichts, sich aufzuregen oder ihn zu beschimpfen. Mich überkommt eine tiefe Traurigkeit. Traurig kann ich also auch nach wie vor sein, trotz der verrutschten Geographie meines Körpers. Wenn ich das jetzt nicht löse, werde ich verstummen. Ich werde einfach nicht mehr sprechen und nichts mehr denken, wie Marc.

»Wir haben immer gesagt, sollten wir uns trennen, bleiben wir trotzdem gute Eltern«, sagt Marc, als ob die Trennung eine schon immer beschlossene aber aufgeschobene Sache sei, und meine in die Kniekehlen gerutschte Traurigkeit rutscht noch tiefer bis in meine Fersen hinein. Einer meiner Augäpfel ist ins Wohnzimmer unter den Schrank gerollt und betrachtet die fremde Frau dabei, wie sie mit ausgestrecktem Arm und nach vorn gerichtetem Zeigefinger auf das Sofa zeigt, auf dem Marc seit Jahren schläft. »Ja, hier ist Platz, ich weiß jetzt, wo was hinkommt ...«, sagt Catherine.

Ich möchte meine Stirn, die den harten Holzboden unter sich spürt, an Karlchens Stirn pressen, den Druck und das Reiben verspüren, das würde genügen.

»Und schnell umrühren, damit es nicht klebt ...«, höre ich Marcs aufgebrachte und belustigte Stimme aus der Küche heraus und versuche mich wieder aufzurichten. »Rührei ist fertig!«, ruft Karl.

2

Aaron ist zehn und spielt mit seinem kleinen Hund Schmulik vor dem Haus seiner Eltern. Ein einstöckiges Haus mit leicht schrägem Dach in dem Dörfchen Capresti, das am Ufer des Flusses Raut liegt. Es ist Sommer und ziemlich heiß. Seine Mutter hat ihm dennoch alle warmen Sachen, die er besitzt, übereinandergezogen, da sie nicht mehr ins Gepäck passten, in dem schon dicke Decken, Töpfe und sogar ein paar Bücher, die sein Vater nicht zurücklassen wollte und die im Krieg alle als Heizpapier enden würden, verstaut waren. Noch mehr Säcke würden sie einfach nicht tragen können. Aaron kann sich, so dick eingepackt, nur noch schwer bewegen und schwitzt, als er das kläffende Hündchen hin und her jagt. Er möchte so lange mit dem Hund spielen, wie es jetzt noch geht, denn Schmulik wird nicht mitkommen. »Der Hund bleibt hier, wir kriegen nicht alle durchgefüttert«, hatte seine Mutter fahrig erklärt, und Aaron wusste, dass es nichts brachte zu widersprechen. »Die Lage ist ernst, seit heute früh hört man das Kanonenfeuer bis hierher, die Rumänen sind ganz nah, wir müssen weg«, sagte sein Vater, und Aarons alte gebrechliche Großmutter Bina bestärkte ihren Sohn: »Ihr seid jung, ihr müsst die Kinder retten, geht weg, selbst wenn es zu Fuß ist! Wir sollen alle nach Transnistrien abtransportiert werden, hört man ... Wenn ihr nicht geht, schlachten sie uns ab.«

Aaron schluckt seine Tränen hinunter und spielt ein letztes Mal so energisch mit Schmulik, wie es nur geht, möchte ihm ein letztes Mal zeigen, wie gern er ihn hat. Der kleine Hund wird verhungern oder von den Rumänen erschossen oder von den deutschen Faschisten, auf die alle warten, in einer Scheune verbrannt oder zu Tode geprügelt werden.

Im Haus werden hastig die Sachen zusammengesucht, die getragen werden können, denn eine Kutsche besitzen sie nicht. Es wird auf Jiddisch durcheinandergesprochen und geklagt. Und dann beginnt es auf einmal langsam zu regnen und donnert mitten in die elende Hitze hinein. Aarons Eltern kommen heraus mit einigen Säcken und Taschen, ebenfalls alle Kleidung am Leib, die sie besitzen, und sein Vater sagt ihm, dass sie sich nun von der Großmutter verabschieden müssen. Sie kann nicht mehr gehen, deshalb wird sie bleiben. Aarons Vater Semion weint und murmelt vor sich hin, als er seinen Kopf in den Schoß seiner Mutter legt, und sie weint ebenfalls und betet dabei. Aarons Mutter steht hinter der Großmutter, presst ihre Stirn an den Hinterkopf der alten Frau und küsst immer wieder ihr Haar.

»Die Rumänen werden mich schon nicht erschießen, habt keine Angst. Ich bin zu alt, und ich bin allein. Wenn ihr hierbleibt, dann bringen sie uns alle um, das sind zu viele Juden auf einem Haufen. Aber mich allein, nein... Ich werde mich tot stellen. Habt keine Angst, Kinder. Geht jetzt, geht, bitte. Weg mit euch!«, sagt sie und zerdrückt mit ihren zitternden Händen Aarons Kopf, der an der Reihe ist, sich in den Schoß zu legen. »Du bist ein guter und schlauer Junge. Du hast ein prächtiges Leben vor dir. Mit einer wunderschönen und temperamentvollen Frau. Das weiß ich, das sehe ich, Aarontschik! Und jetzt, los, haut ab hier.«

Aaron hebt einen schweren Sack mit Geschirr und Kleidung auf seinen Rücken und versucht Schmulik, der sich an seine Beine hängt, nicht anzuschauen. Tränen laufen ihm die Wangen hinunter, und er beißt sich auf die Lippen. »Weg, Schmulik, weg, mach's gut, kleiner Freund«, ruft er dem bellenden Tier zu und schließt das Holztor hinter sich.

Sie laufen durch das Schtetl in Richtung Fluss. Der Raut ist ein Nebengewässer des großen Flusses Dnister. »Dort ist eine Brücke gebaut worden von den Sowjets, über die gelangen wir in die Ukraine, nach Saporischschja. Von dort aus können wir mit dem Zug weiterfahren. Alle gehen dorthin, von dort aus werden wir evakuiert«, erklärt sein Vater unterwegs.

Sie kommen an der Bank vorbei und an der Apotheke von Onkel Motl, dann am Friseurladen von David Hardak. Alles steht leer, die meisten sind schon in den letzten Tagen gegangen. Die kleinen Handwerksläden und Haushaltswarengeschäfte warten darauf, von den Rumänen geplündert zu werden. Auch in der Bäckerei ist niemand. »Jetzt hat das Brot endlich Zeit zum Nachdenken«, sagt Aaron leise. »Vom vielen Nachdenken wird man hart wie das Brot...«, brummt sein Vater zurück. Der Regen nimmt zu, und die staubige Dorfstraße wird langsam matschig. Es ist stickig, und Aaron fächert sich Luft zu, versucht seine Brust unter den vielen Schichten von Kleidung herauszuschälen. Sein Vater betritt die Bäckerei, deren Tür schon jemand eingetreten hat, und nimmt ein paar Brotlaibe, die noch einsam herumliegen, mit auf den Weg.

3

(Berlin, Deutschland, jetzt)

Alleinsein in unserer Wohnung isoliert mich, versetzt mich in Panik. Weil alles stillzustehen scheint, sich nichts mehr bewegt, außer den sich wiederholenden Gedanken. Karlchen ist im Kindergarten, und ich bereite schon mal das Abendessen für ihn vor. Abends isst er gern Milchreis. Ich stehe eine halbe Stunde lang am Topf und rühre, damit der Reis am Ende nicht klebt.

Bevor Karl da war, habe ich schnell und flapsig gekocht, irgendetwas, das satt machte, es war mir egal, weil ich allein lebte. Ich rühre den Milchreis zu Ende, wasche mir meine immer noch geröteten Hände und schaue kurz in den Spiegel. Man sieht nicht, wie alt ich bin. Mein Gesicht ist jung, mein Blick kindlich. Ich bin schmal und leise. Die lauten Gedanken in der stillen Wohnung machen mich nervös und schmerzen. Meine Haut, die sich vorhin beim Einkaufen im Supermarkt aufgelöst hatte, bewächst jetzt absolut blickdicht meine weichen Knochen, und alle Körperöffnungen schließen sich, sie verschwinden. Es kommt kein Sauerstoff mehr in mich hinein. Höchstens durch die Augen, die sind noch offen und können mich sehen. Mich, mit meinen europäischen Durchschnittsproblemen vor dem Spiegel. Während Flüchtlinge an den Grenzen in Käfigen sitzen, Kinder sich in Wärmedecken aus Goldfolie hüllen und ihre Eltern in Lagern und Kellern vergewaltigt oder gefoltert werden. Während andere Menschen in Slums verhungern. Und dann ich. Eine Kira Liberman, die sich nicht spürt in ihrer Wohnung und sich von außen betrachtet. Sie läuft von Raum zu Raum, putzt und kocht, denkt und scheißt, schaut auf die Uhr, liest und geht manchmal raus, um zu kaufen oder zu gehen oder Kaffee zu trinken oder auf den Dachboden zu klettern und zu malen. Mehrmals die Woche geht sie auch in eine Kunstschule,

Kindern das Zeichnen beibringen. Immer in der Hoffnung, dass der eine Gedanke, der eine anstrengende und so unsinnige, aber trotzdem immer öfter auftauchende Gedanke in ihrem Kopf heute nicht kommt: »Ich male, aber ich stelle schon lang nichts mehr aus. Ich male, aber ich verkaufe nichts.« Manchmal verkaufe ich auch etwas. Aber das wäre niemals genug, um zu überleben in dieser Großstadt, mit einem Kind, einer Wohnung und dem ganzen anderen Zeug. Dann folgt der nächste, noch beunruhigendere Gedanke, nämlich der, dass das Ersparte aus den fünf erfolgreichen Jahren, in denen ich malte und ausstellte, irgendwann aufgebraucht sein wird, und wir dann von Marcs Geld leben müssen, was ausreicht, aber höchstwahrscheinlich einen dritten ernüchternden Gedanken mit sich bringen würde, nämlich die Frage nach dem Sinn meiner Malerei, die ich mir sowieso schon lange gestellt habe, ob ich nun Geld dafür bekam oder nicht. Außer meiner Zuneigung dem handwerklichen Vorgang gegenüber und der Verbindung, die ich spüre, wenn ich male, finde ich keine Beweise dafür, dass das Ganze irgendeine Art von Sinn hat. Schaffte jemand die Kunst ab, würde sie dann in unseren Köpfen in Vergessenheit geraten?

Der Milchreis ist fertig, und ich stampfe müde die alten Holztreppen hoch, die knarzen und knacken. Der Dachboden riecht nach Schimmel. Meine Farben überlagern den Geruch, und dann riecht es gemischt nach Feuchtigkeit, Öl und Holz. Es ist immer ein bisschen kühl hier, außer im Hochsommer, dann ersticken ich und die Leinwand. Ich wickele mir meine Strickjacke um die Hüften und setze meine lächerliche Bommelmütze auf. Ich öffne das Fenster einen kleinen Spalt weit, damit der stehende Geruch sich vermischt mit kalter Luft von draußen, dann riecht es nach Tabak und Wald, ein ungewöhnlicher Duft.

Ich arbeite an seinem Rücken. Die Hüften der Frau sind schon fast abgeschlossen, sie sind fleischig und etwas zu dick für die Zeit, in der ich lebe. Vielleicht, weil ich schon immer nach einer Übersetzung für die fülligen Damen auf alten Gemälden zwischen dem fünfzehnten und neunzehnten Jahrhundert gesucht habe, für all die Nackten. Ich will keine fette Frau malen, aber ich will auch kein Gerippe aus der Frauenzeitschrift. Ich möchte, dass Hüften wieder erlaubt sind.

Die Beine der Frau sind gespreizt, und ich habe ihre Arme schon angelegt, Hände hat sie noch keine. Die lasse ich seinen Kopf umschlingen, wenn der Kopf da ist. Früher hätte ich bei seinem Kopf angefangen, bei seinen Augen, aber sie sind nicht sichtbar. Das Bild ist nicht real und es stimmt nicht in seinen Proportionen. Es ist eine Frau mit kleinen Brüsten darauf zu sehen und einem nach unten geneigten Gesicht, den Mund halb geöffnet und die Augen geschlossen, verschwitzte Haare fallen aus ihrem Dutt, hängen in ihr Gesicht, in den Schultern Erregung und Spannung in den Oberarmen. Und es gibt den männlichen Rücken, aus dem noch kein Kopf wächst. Noch bin ich bei den Rückenmuskeln. Ich halte alles in braunen und beigen Tönen und suche nach Schatten für seinen Rücken. Ich weiß nicht, wo der Ausgangspunkt seiner Anspannung liegt, seines Rückens, es fällt mir schwer, das nachzuempfinden, weil mein Kopf noch nie zwischen weiblichen Schenkeln lag. Außer bei meiner Geburt, aber diese Erfahrung habe ich seitdem nicht mehr gemacht.

Nach ungefähr einer Stunde ist der Mann immer noch kopflos, und ich wasche mir ziemlich lange die Hände, die unter dem eiskalten Wasser hier oben steif werden. Die Farbe geht nicht richtig ab, aber ich mag diese Ränder unter den Fingernägeln und die Farbe, die sich wie eine Tätowierung in die Haut eingräbt. Einmal die Woche schrubbe ich dann die Hände und Arme mit richtig heißem Wasser, bis ich weine vor Schmerz. Meine Hände blähen sich danach auf und sind tagelang gerötet. Mir ist kalt, das schmutzige Wasser läuft in den Abfluss, und ich betrachte meine versteiften Hände unter dem kalten Wasser. In Gedanken trete ich durch eine Tür in einen hohlen Eisblock. Diese Vorstellung, die ich mir oft detailgenau ausmale, befällt mich manchmal. Ich betrete diese Höhle, in die ich gerade so hineinpasse, jemand schiebt die ebenfalls aus Eis bestehende Tür hinter mir langsam zu, und ich kann mich nicht mehr bewegen. Ich atme heiße Luft aus und schaue an meinem nackten Körper hinunter. Warmer Urin läuft meine Beine entlang und friert bald ein.

Ich lehne mich mit der Stirn an den Eisblock und schließe die Augen.

Ich wünsche mir, dass sie mich in zehn oder zwanzig Jahren wieder auftauen. So gewinne ich etwas Zeit.

4

Ich bin sechs Jahre alt und sitze auf der Rückbank unseres Lada. Lada klingt wie ein Mädchenname. Oder eine kleine Hündin, die könnte auch Lada heißen. Einer der kleinen unbehausten Hunde in unserem Hof könnte so gerufen werden. Lada, komm her, Lada, hau ab. Oder unsere Katze, die könnten wir doch umbenennen, denke ich mir. Susanka ist so ein langweiliger und zischender Name. »Sssssussssssan-ka ...«, spreche ich leise vor mich hin. Mama und Papa hören einen Moment lang auf zu streiten.

»Was sagst du, Kira?«

»Können wir Susanka nicht Lada nennen?«, frage ich sie. Mama streitet weiter.

»Gut, dann reiche ich am Montag die Scheidung ein«, faucht sie, während ich die an mir vorbeisausenden verregneten Straßen betrachte. Es ist mitten im Sommer, aber heute regnet es schon seit den frühen Morgenstunden. Ab und zu hört es auf, und die Sonne explodiert an ihrem eigenen Glühen. Ich versuche dann nicht zu tief hineinzuschauen, die Sonne kann blind machen, meint Papa. Menschen stehen in ihren kurzen Hosen und Kleidern an den Rändern der Bürgersteige herum und warten auf den Trolleybus.

»Was ist nochmal der Unterschied zwischen einem Trolleybus und einem Autobus?«, frage ich.

»Der Trolleybus braucht Strom zum Fahren«, bellt Papa von vorn, und ich versuche durch das zerfließende Fenster hinauszuschauen, um die in den Himmel ziehenden Stromleinen vom Trolleybus besser erkennen zu können. Er ist wie eine dieser Puppen, die man oben an Schnüren festhält, und dann können sie sich bewegen.

»Wie heißen nochmal diese Puppen?«, frage ich.

»Aber am Montag reisen wir aus, hast du das vergessen?«, schreit mein Vater meine Mutter an. »Musst du dich wohl an einem anderen Tag scheiden lassen«, lacht er.

»Welche Puppen, Kira?«, Mama weint.

»Diese an den Fäden?«

»Ach so … Mario … Marionetten«, schluchzt sie. Marionetten, Marionetten … wiederhole ich immer wieder in meinem Kopf.

»Wohnen wir dann am Montag nicht mehr in Kishinjow?«, frage ich.

»Nein«, antwortet mein Vater, »und Kishinjow heißt jetzt wieder Chisinau«, sagt er verärgert.

»Deshalb ziehen wir ja weg«, schluchzt Mama, weil sie sich scheiden lassen will, aber am Montag geht es nicht.

Mama und Papa haben beschlossen, in Europa zu leben. Also, unser Land liegt, glaube ich, auch in Europa, aber es gibt wohl noch ein besseres Europa, und da wollen sie hin. Ich verstehe nicht genau warum, aber es hat irgendetwas mit den Nachrichten zu tun. Jeden Abend, wenn sie im Fernsehen die Nachrichten anschauen, fangen sie an zu schimpfen, und es geht dabei immer um Europa und um Moldawien und um dieses Transnustri-Transnostri … ich kann mir den Namen nicht merken und muss immer lachen, wenn ich versuche, es auszusprechen. Das war wohl irgendwie auch ein Teil von Moldawien, aber irgendetwas Wichtiges ist auseinandergefallen, und seitdem gehört Transnostri-Transnustri nicht mehr dazu, und deshalb gab es auch diesen Krieg letztes Jahr. »Es sind nur Unruhen, Kira, aber hier können wir nicht mehr bleiben, keiner weiß, was aus diesem Land wird …«, erklärte mir Mama. »Wir sprechen kein Rumänisch, hier ist keine Zukunft für dich«, sagte sie.

»Aber wir sprechen doch Russisch.«

»Ja, das ist das Problem.«

»Könnten wir nicht Rumänisch lernen?« Mama denkt kurz nach.

»Macht keinen Sinn … Global gesehen, macht das keinen Sinn.«

»Global wie mein Globus?«

»Genauso. Wir lernen jetzt Deutsch, Kira.«

»Deutsch macht mehr Sinn?«, frage ich.

»Leider.«

Unsere Wohnung hat drei Zimmer, und überall liegen bunte Teppiche. Rot und grün und braun und gelb mit Kringeln und Dreiecken, es flimmert richtig in den Augen, wenn ich sie lange betrachte. »Deutsch macht Sinn, Deutsch macht Sinn«, schreie ich und hüpfe auf dem Plüschsessel herum. Er ist dunkelgrau, und daneben steht das dunkelgraue Sofa und dazwischen ein Tischchen aus Glas. »Pass auf den Tisch auf, Kira, wenn du so wild herumspringst«, ruft Mama mir aus der Küche zu.

Im Flur stehen Kartons und Taschen, die mit uns ins bessere Europa kommen. Gestern haben wir meine Spielsachen in die grüne Reisetasche gepackt. Ich habe sie seitdem immer im Blick, sie steht an der rechten Wand auf dem zweiten Karton von links oben drauf. Die muss unbedingt mit. Nur die zwei kleinen Affen mit den Klettverschlüssen an den Pfoten habe ich noch draußen gelassen. Ich kann ihre dünnen Arme um meinen Hals legen und an den Klettverschlüssen verbinden, dann umarmen wir uns. Ich springe auf den Teppich und stütze mich dabei am Sofa ab. Hinter dem Sofa hat Mama mich vor ein paar Tagen morgens gefunden. Ich bin schlafgewandelt. Das mache ich manchmal, aber ich weiß nicht warum. Ich hörte Mama morgens aufgeregt nach mir rufen, weil ich nicht in meinem Zimmer war. Ich hatte nicht mitbekommen, wann ich aufgestanden und hinter das Sofa im Wohnzimmer gekrochen bin. »Ja, Kira, das nennt man Schlafwandeln«, sagte Mama.

»Vielleicht müssen wir doch mal zum Arzt mit ihr. Sie ist merkwürdig«, flüsterte sie meinem Vater zu und küsste mich auf die Stirn.

Es klingelt an der Tür. Ich laufe hin und betaste das dicke weiche Leder, das an der Tür klebt. »Das ist zum Abdämmen und Wärmen«, hat Mama mir einmal erklärt, als ich sie gefragt habe, warum diese weichen glatten braunen Polster an die Türen genagelt sind. Bei allen meinen Freunden zu Hause sieht es genauso aus. Als wollte man die Tür schön verpacken, um sie zu verschenken. Es macht Spaß, auf die gerundeten Stellen zu drücken und über das glatte Leder zu streichen. Mama kommt zur Tür und schaut durch das Guckloch. Dann öffnet sie das obere Schloss und dann das untere und dann dreht sie noch den Schlüssel um. Ich komme an die oberen Schlösser nicht dran, und den Schlüssel darf ich nicht umdrehen, wenn ich allein zu Hause bleibe. »Die Tür bleibt zu, Kira. Du darfst niemanden reinlassen, wenn du allein bist. Es ist gefährlich geworden in diesem Land«, hat Mama gewarnt. Sie schiebt mich zur Seite und öffnet die Tür. Eine Frau in einem langen bunten Rock und einer Strickjacke, die ihr bis zu den Knien herunterhängt, steht davor. Sie hat langes schwarzes Haar, das hinten zu einem Zopf gebunden ist. Sie begrüßt meine Mutter und sagt, sie sei diejenige, die die Wohnung kriegt.

»Ja, unsere Wohnung, unsere Wohnung«, sagt Mama leise und nervös.

»Na, lässt du mich rein, um deine Wohnung mal anzuschauen, meine Liebe?«, fragt die Frau und betont dabei das Wort »deine«, als wollte sie sich draufsetzen. Ich stelle mir vor, wie ich mich auf ein Wort setze und es sich unter mir biegt. Ich kann schon lesen und schreiben und habe in Schönschrift die beste Note in der Klasse.

»Jetzt ist es ja unsere, wir haben sie gekauft«, erklärt die Frau laut.

»Ja, von welchem Geld, wo habt ihr das Geld her, frage ich mich … «, spricht Mama leise vor sich hin und lässt die Frau rein.

»Business!«, sage ich stolz, denn so hat Papa es mir erklärt. »Alle haben Geld, weil sie Business machen in diesen Zeiten … Nur ich, ich kann das nicht. Deshalb müssen wir jetzt auch weg«, hatte er gereizt und traurig gesagt. Mama zeigt mir mit dem Zeigefinger an den Lippen, dass ich still sein soll, dabei habe ich, glaube ich, Recht. Ich soll meistens still sein, wenn ich Recht habe. Die Frau geht an mir vorbei, und ich betrachte ihre Hände. Sie sind rau, und die Fingernägel sind bordeauxrot angemalt. Unser Lada hat dieselbe Farbe. Bordeaux, bordeaux, poltert es stumm und rhythmisch in meinem Kopf, und ich schleiche still hinter den beiden her. Die Frau läuft zwischen den gepackten Kartons im Flur hindurch und versucht hineinzuschauen. Meine Mutter schnalzt mit der Zunge und schaut skeptisch, sagt aber nichts. Wir gehen von Raum zu Raum und betrachten die halbleere Wohnung. Als wir ins Wohnzimmer kommen, wo noch die Teppiche auf dem Boden liegen, sagt Mama zu der Frau, dass sie ihre Schuhe ausziehen soll. Sie hat Schlappen mit Socken an, fällt mir auf. Dabei regnet es doch heute. »Ein lauer Sommerregen, wie schön!«, hatte Mama morgens gesagt, und ich frage mich, ob die Socken nicht nass geworden sind. Die Frau zieht ihre Schlappen aus und läuft in Socken über den Teppich, den sie genau betrachtet. Dann fasst sie den Plüschsessel an, worauf Mama ziemlich laut sagt, sie soll ihre Hände da wegtun.

»Du hast die Wohnung gekauft, meine Liebe, die Möbel stehen allerdings nicht zur Debatte, die gehen an Freunde. Sei froh, dass ich dich überhaupt nochmal reinlasse, dein Mann war ja vor zwei Wochen schon hier mit seinen Kumpanen. Würde ich denen nachts im Dunkeln begegnen, hätte ich Angst«, schimpft Mama.

»Ach ja, diese Russen …«, seufzt die Frau, »na, Gott sei Dank ist euer Sowezkij Sojus jetzt endlich vorbei, jetzt haut ihr alle ab hier, ist schon lange überfällig«, sagt sie, und ich versuche mich zu erinnern, was nochmal dieses Sowezkij Sojus ist. Das ist wohl das Land, in dem unser Land auch drin war, bevor etwas Wichtiges auseinandergefallen ist, irgendwie so, aber ich habe es nie ganz verstanden, und Papa wird verärgert sein, wenn ich noch einmal frage, deshalb lasse ich es lieber. Außerdem ist es ja jetzt eh kaputt. Ich habe zwar nicht gesehen, wie es umgefallen ist, aber in den Nachrichten erzählen sie jeden Tag davon.

»So, hast du genug geschaut jetzt?«, fragt Mama ziemlich unfreundlich.

»Ja, hier ist Platz, ich weiß jetzt, wo was hinkommt. Und falls du dein Sofa doch noch verschenken willst … abkaufen wird dir das alte Teil bestimmt keiner mehr, dann meld dich«, sagt die Frau in den Socken und zwinkert meiner Mutter zu. Zwei golden funkelnde Zähne blitzen in ihrem Mund auf, und ich frage mich, ob sie vielleicht eine Hexe ist.

»Die Möbel gehen an Freunde, habe ich dir doch schon gesagt, und jetzt hau ab hier«, zischt Mama.

»Wer wird denn so unfreundlich sein? Komm schon, deine Freunde haben ihre eigenen alten Sowjet-Sofas, lass mir doch deins da ... Du willst doch Glück haben da in dem Europa, oder? Willst du doch?«

Mama schiebt die Frau zur Tür und hält mich dabei an der Schulter fest. Ich bekomme ein bisschen Angst und kralle mich mit den Händen in Mamas Oberschenkel. Die Frau wehrt sich, und Mama schubst sie aus dem Wohnzimmer in den Flur. »Hau ab jetzt, du Hexe«, schreit sie. Ich behalte die Tasche mit meinem Spielzeug vorsichtshalber im Auge, vielleicht will die Frau mit den funkelnden Zähnen die auch noch haben.

»Fass mich nicht an, du Schlampe«, ruft die Frau und zieht dabei ihre Schlappen an, die Mama ihr nachgeworfen hat. »Adidas« steht da drauf, das ist modisch, das weiß ich.

»Dein Glück kannst du vergessen, hörst du? Ich verfluche dich. Im Andenken an meine alte Großmutter verfluche ich dich hier und jetzt. Nichts wirst du haben außer trockenem Brot und die Krätze an deinen Händen, klar? Nichts wirst du haben, du geizige Hure!«, schreit sie.

Mama öffnet mit Tränen in den Augen die Polstertür und schubst die Frau in den grauen Hausflur. Sie schlägt die Tür zu, verriegelt beide Schlösser und dreht den Schlüssel im Schloss zweimal um.

»Warum weinst du, Mama?«, frage ich, während ihr schwarze Farbe die Wangen herunterläuft, die sie versucht wegzuwischen.

»Du darfst niemanden reinlassen, wenn du allein zu Hause bist, hörst du, Kira? Hast du das verstanden?«, sie kniet vor mir und schüttelt mich an den Schultern. Ich betaste vorsichtig ihren dicken Schmollmund.

»Ist das auch Bordeaux an deinen Lippen?«, frage ich vorsichtig. Sie schaut mich verwirrt an und lacht auf.

»Ja, diese Farbe nennt man bordeaux, Kira, bordeauxrot.«

5

»Wir waren im Puppentheater«, erzählt Karl auf meinem Arm und versucht meinen Kopf zu sich zu drehen, um mir möglichst tief in die Augen schauen zu können. Wenn ich ihn aus dem Kindergarten abhole, verlangt er immer meine volle Aufmerksamkeit. Ich soll ihm zuhören und nur ihn anschauen. »So warst du schon als Baby«, sage ich ihm. »Du hast nachts am liebsten auf mir drauf gelegen, selbst als du mit zwei Jahren schon zu groß dafür warst, hast du das geschafft, und du hättest durchaus die ganze Nacht so bleiben können, wenn ich dich nicht heimlich zur Seite gehievt hätte, sobald du eingeschlafen warst.« Seit seiner Geburt kann ich nur noch seitlich schlafen. Es sind schon fast fünf Jahre vergangen, aber irgendetwas in meinem Körper hat sich verstellt, als hätte die Wirbelsäule sich irgendwie gedehnt. Auf dem Rücken fällt der Kopf zu weit nach hinten, und ich habe Angst, dass meine Halswirbel brechen, auf dem Bauch ist der Kopf zu schwer, und ich spanne wiederum die Halswirbel so an, dass man mir, wenn man mich an den Haaren zöge, das Genick brechen würde.

Im Auto sitzt Karl mit seiner Krokodil-Handpuppe im Arm in seinem Kindersitz und erzählt sehr aufgeregt vom Hasen und der Schlange aus dem Puppentheater.

»Der Hase hatte eine Brille«, sagt er, »und hat einen Platz zum Lesen gesucht, aber die Schlange wollte immer was von ihm wissen: Wo wohnst du?, hat sie zuerst gefragt, und dann wollte sie wissen, wie man da hinkommt, und ob sie ihn mal besuchen darf und ob man dort spazieren gehen kann und wie das Zimmer vom Hasen aussieht, und wie viele Bücher er hat und was in der Geschichte passiert, die er gerade liest, und dabei hat die sich heimlich um den Hasen gewindet.«

»Gewunden«, korrigiere ich und betrachte ihn im Rückspiegel, wie er mit weit aufgerissenen Augen erzählt, die Krokodilpuppe in der Hand knetet und aus dem Fenster schaut, und alles gleichzeitig macht, so wie er es immer tut.

»Und, schau mal, Mama, da ist eine Baustelle... und der Hase versteht das zuerst nicht und erzählt der Schlange von seinen Bilderbüchern, und dass sie gern vorbeikommen kann, ob sie denn überhaupt schon lesen kann? Und die Schlange fragt ihn aus nach seinen Eltern und ob er Geschwister hat, und... müssen wir da jetzt wieder winden, Mama?«

»Wenden«, sage ich.

»Und der Hase sagt, er hat drei Geschwister und seine Schwester tanzt sehr schön und der kleine Bruder malt und der zweite Bruder schneidet mit der Schere und er ist der Älteste von allen und deshalb kann er auch schon so gut lesen, und er liest und liest und merkt dabei nicht, dass die Schlange sich einmal um ihn rum gelegt hat und mit in sein Buch schaut. Es ist ein Buch über Schlangen, und da steht drin, dass man aufpassen muss, weil die manchmal einen ablenken und dann auf einmal sich einem um den Hals legen und einen auffressen! Und da fällt dem Hasen die Brille von der Nase, und die Schlange hebt die auf mit dem Maul und setzt sich die selber auf und liest weiter, und der Hase zittert vor Angst, und dann hat er uns Kinder gefragt, was er denn jetzt machen soll? Und dann hab ich gesagt: Bleib ruhig sitzen, weil die Schlange sonst deinen Hals zerdrückt! Denk erstmal nach, dir wird schon was einfallen. Keine Panik auf der Titanic! Und die Schlange, die macht erstmal gar nichts, weil die liest und das Buch so spannend findet, und der Hase fragt nochmal, was er jetzt machen soll außer Nachdenken, und ich hab dann gerufen, er soll vorsichtig versuchen, sie auseinanderzuwickeln, und das hat geklappt, Mama! Und die Schlange, die liest und liest, weil die das Buch so spannend findet, und am Ende sagt sie: Ups, Kinder, das war ja ein Buch über mich, glaube ich! Und der Hase ist weg. Abgehauen. Und hinterher durfte ich nach vorne, und dann haben alle geklatscht, weil ich den Hasen gerettet habe, obwohl ich selbst noch gar nicht lesen kann. Weißt du, ich könnte dich auch retten, Mama!«

Wir fahren in den Tierpark. Karl liebt Tiere. Er hat schon als Klein-kind stundenlang Tiere in Bilderbüchern betrachtet oder im Zoo und versucht deren Geräusche nachzumachen. Manchmal verbrachten wir den halben Tag damit, Tiergeräusche nachzuahmen, und abends fühlte ich mich wie ein Affe. Er trennt nicht zwischen Mensch und Tier, er begreift den Unterschied nicht, und ich könnte ihm auch nicht erklären, wo der Unterschied liegt, außer darin, dass es nach wie vor viele Tierarten gibt, aber nur noch eine einzige Menschenart. Ist das ein guter Grund, um einen Unterschied zu machen?

Wir gehen zum Krokodilgehege und zu den Schildkröten. Der alte Ostberliner Tierpark ist wie eine eigene kleine Welt, wie ein Loch in der Zeit. Es fühlt sich ruhig an, durch den Park zu gehen, er lässt einen vergessen, dass man sich überhaupt in einer großen Stadt befindet, und auch die Tiere sind wie zufällige Erscheinungen. Karl und ich treiben darin wie auf einem Holzboot durch stilles Wasser. Dabei begrüßen wir immer wieder Tiere und versuchen gut zu ihnen zu sein. Obwohl sie eingesperrt sind und auch das alles nur eine Inszenierung ist.

Karl hängt auf meinem Arm über dem Geländer im Krokodilhaus, und ich halte ihn so fest ich nur kann, weil ich nachts davon träume, dass er mir dort hinunterfällt. Die Krokodile hier sind klein, aber ich träume detailgenau, wie sich das Reptil meinem Sohn annähert und ihm weh tut. Der Zoo ist absurd, allein schon die Nähe der Tiere, die in der Wildnis nicht nah beieinander leben würden, der Eisbär in sei-nem Gehege nicht weit von den Kühen und Eseln, die Pinguine un-weit der Giraffe und der Zebras.

»Wie habe ich nochmal die Krokodile genannt, als ich klein war, Mama?«

»Ge-ge-raaa…hast du gesagt.« Er lacht überbordend, als würde er sich an seinem Lachen verschlucken.

»Ge-ge-raaa! … die Krokodile sind ganz leise«, sagt er dann nach-denklich.

»Aber noch leiser sind die Schildkröten.«

»Ja?«, frage ich. »Aber das Krokodil sitzt doch auch nur stumm da und bewegt sich kaum.«

»Ja, aber die Schildkröten sind schon wie tot. Also, wie wenn du dich gar nicht mehr bewegst. Schildkröten können sehr alt werden, oder?«

»Ja, Hunderte von Jahren«, antworte ich ihm.

»Vielleicht deshalb, weil die schon tot sein könnten, aber noch nicht tot sind. Wenn man schon alt ist, könnte man ja schon tot sein, oder?«

»Das stimmt«, gebe ich zögernd zu.

»Das Nashorn zeigt mit dem Horn in den Himmel. Es ist sehr klug, weil es stolz mit dem Horn nach oben zeigt. Dafür kann es aber nicht so gut küssen mit dem Horn. Schade eigentlich. Wenn man klug ist und immer stolz, kann man nicht sehr gut küssen«, sagt Karl.

»Hast du es denn schon mal küssen gesehen?«, frage ich verblüfft.

»Nein, eben nicht.«

Auf dem Rückweg schläft Karl im Auto ein, und der riesige Elefant aus dem Traum heute Nacht macht sich in meinem Kopf breit. Ein Elefant mit einem riesigen Penis versucht an mich heranzukommen. Er stellt sich über mich, während ich auf dem Rücken liege, und ich denke: Das einzige, was ich tun kann, ist versuchen ihn zu besänftigen, damit er mich nicht begattet. Ich liege unter dem Elefantenbauch, und es ist Nacht, sehr dunkel. Der Elefant riecht streng, es riecht nach Kot und nach Erde, es riecht nicht nach Menschen. Ich berühre seine raue dicke Haut am Bauch und streichele sie zart. Ob er die Berührung überhaupt spürt bei der dicken Haut? Er schnauft entspannt aus, und ich bin überzeugt, dass es ihm gefällt. Dann sehe ich, wie er seinen Kopf mit dem Rüssel nach vorn beugt und lächelt. Der Elefant lächelt mir zu und schiebt seinen Rüssel an seiner Brust entlang zu mir. Er berührt meine Füße und pustet sie an. Und ich umfasse mit beiden Händen sein Geschlecht und habe wahnsinnige Angst vor der Flüssigkeit, die aus ihm kommen könnte. Ich möchte nicht darin ertrinken …

Ich trage den schlafenden Karl aus dem Auto die Treppen hinauf, obwohl er gar nicht wirklich eingeschlafen ist im Auto, er tut nur so. Ich lasse ihm den Spaß. Zu Hause möchte er sofort Trickfilme anschauen. Ich mache ihm den Milchreis warm, und er schaut sich animierte Natur an.

Am Küchentisch scrolle ich durch meine Timeline. Ob es diesen Quatsch in dreißig Jahren immer noch gibt? Karlchen verteilt seinen Milchreis überall auf dem Tisch, und ich stelle mir einen riesigen vielköpfigen Chor vor, der durch die Berliner Straßen läuft, mit Transparenten, auf denen Zahlen stehen: 1,2,3, ... 47947. Die Zahlen sind eine endlose Nummerierung von Freunden, die sich freiwillig an einen virtuellen Ort begeben und sich gegenseitig mit Genuss unsinnige Nummern in die Haut gestochen haben. Der Einzelne hält es nicht aus, nicht mehr als nur er selbst zu sein, er muss sein Innerstes ausstellen und überall im gemeinschaftlichen unsichtbaren Gehirn verteilen: Schaut mich an mit meinen Freunden und Fotos, denn es bedeutet sowieso alles nichts. Und irgendwann sprechen wir alle gemeinsam im Chor eine Zahl doppelt, und das ist dann unser doppelter Freund. Die 371 gibt es zweimal. Wie kann das sein?

Ich schaue mir Posts von ehemaligen Studienkollegen an. Viele sind erfolgreich geworden. Haben Ausstellungen in New York und Helsinki, Agenten, Galeristen, Käufer. Ich hatte meine letzte ernstzunehmende Ausstellung vor fast zehn Jahren, denke ich und betrachte den weißen klebrigen Brei auf der Tischplatte. Ich vergrößere die Bilder, um genauer erkennen zu können, was darauf abgebildet ist, aber der Geruch fehlt, die Wölbungen, die Farbe im jeweiligen Licht, das Bild bleibt Bildschirm. Es ist lichtlos, es atmet nicht, es bewegt sich nicht und ist einfach nur abgeschlossen, zu Ende.

Ich erinnere mich an den mit Geschenkpapier überklebten Schuhkarton mit alten Fotos von Mama und Papa. Ein Karton, gefüllt mit Bildern aus einem nicht mehr existierenden Staat in einer vergangenen Epoche. Man sieht ihnen die Hoffnung an. Der sowjetische Staat, in den meine Vorfahren und ich hineingeboren waren, war eine Utopie, die völlig unrealistische Idee von einem auf alle gerecht verteilten Glück. Vielleicht ist Glück an sich utopisch, weil es unbestechlich ist, die Menschen sind aber korrupt.

Manche Motive der amateurhaften alten Fotos aus dem Schuhkarton haben sich tief in mein Gedächtnis eingebrannt. Mamas Eltern, Großmutter Nastja als junge Frau, Opa Jurij, der 1912 noch zu

Zarenzeiten geboren wurde, und der Bruder meiner Mutter, Vlad. Zu sehen ist Mamas Familie, bevor sie ihre Familie wurde, weil Mama selbst ja gar nicht drauf ist. Die Zeit war schon da, bevor sie ihre Zeit wurde. Das einzige, was mich mit dem Bild verbindet, ist die Gewissheit, dass das die Eltern meiner später geborenen Mutter Lena sind, aber sie selbst ist noch nicht da. Sie stand noch in Frage, ich auch. Die Wahrscheinlichkeit, dass es uns irgendwann gibt, ist wirklich unwahrscheinlich, denke ich, während ich Karl den Milchreis von der Backe wische. Es gab eine Familie, die meine Mutter erschaffen konnte, sie hätte es aber auch nicht tun können, und somit gäbe es auch mich nicht. Sind Familien echt oder nur eine Inszenierung, wie diese alte Fotografie, auf der sie sich alle außer Mama drapiert haben?

Großmutter Nastja trägt einen knielangen Rock und eine Jacke mit Knöpfen. Das Schwarz-Weiß war schon immer ziemlich vergilbt, deshalb konnte ich nie genau erkennen, welche Farbe der Rock ursprünglich hatte, aber er wirkte hell. Opa Jurij trägt seine Uniform, er war Berufsoffizier. Die schwarz-weißen, aber eigentlich funkelnden und farbigen Abzeichen aus dem Krieg hängen an seiner Brust. »Er war Kriegsveteran und kam mit seiner Truppe bis Königsberg auf dem Vormarsch der roten Armee!«, habe ich in meiner Kindheit oft von Mama gehört und mich gefragt, wo Königsberg liegt. Onkel Vlad, den ich nie wirklich kennengelernt habe, der schon geborene Bruder meiner Mutter, damals noch nicht Bruder, weil er ja noch keine Schwester hatte, steht auf dem Bild zwischen ihnen, hält die linke Hand meiner Großmutter und die rechte Hand meines Großvaters und hat seinen Mund weit aufgerissen. Er weint und schreit, sehr laut, allem Anschein nach. Opa Jurij, sein Vater, schaut emotionslos in die Kamera, und Oma, damals nur Mutter, konzentriert und etwas streng. Ihre asiatischen Wangenknochen liegen sehr hoch knapp unter den Augen, sie hatte wohl usbekische Wurzeln, oder war es Kamtschatka? Sie blickt geradeaus, zur Kamera, denn es wird eine Fotografie gemacht. Das war damals ein anderer Vorgang als heute, denke ich mir. Ich könnte jetzt schnell ein Selfie von mir machen, oder ein Foto von Karl mit Milchreis im Gesicht, und es direkt mit der ganzen Welt teilen. Die Bilder bedeuten nichts, sie können jederzeit aufgenommen und auch wieder gelöscht werden, ohne dass man sie jemals in der Hand hielt, ohne dass sie jemals eine Chance bekommen werden, zu vergilben oder fünfzig Jahre später von jemand anderem betrachtet zu werden. Damals war es ein Akt an sich, zum Fotografen zu gehen und ein Bild machen zu lassen. Es war teuer, man musste still stehen, es gab nur wenige Versuche. So ein Bild wurde im Vorhinein schon als Familienbild gedacht und sollte für die Nachwelt aufbewahrt werden. Seit dreißig oder vierzig Jahren hütet Mama nun dieses Bild, und davor bewahrte es Oma mindestens dreißig Jahre lang auf.

Sie stehen auf Treppen. Opa Jurij etwas weiter oben, Oma Nastja weiter unten, Mamas Bruder Vlad auf einer Stufe dazwischen, in kurzen Hosen, kreischend. Ihre luftige Kleidung, Vlads kurze Hosen lassen Sommer vermuten. Großvater Jurij kannte ich nicht, er starb vor meiner Geburt. In der jungen Frau mit dem Dutt auf dem Hinterkopf erkenne ich schon meine Oma als alte Frau. Sie hatte ihre langen grauen Haare auch im Alter nicht abschneiden wollen, erst als sie an Parkinson erkrankte, ihre Hände zitterten und sie ihr Haar nur noch mit Mühe waschen und zu einem Dutt binden konnte, gab sie nach. Und nachdem sie die vormals hüftlangen Haare dann kurz geschnitten hatte, wirkte sie beschädigt, misshandelt, es passte nicht zu ihr und kränkte sie. Ich sehe ihr ähnlich.

Karl kratzt die letzten Reste Milchreis mit dem Löffel aus der Schüssel, strahlt mich an und sagt: »Lecker!« Ich freue mich, dass es ihm schmeckt, nicke ihm zu und spüre meine Füße unter dem Tisch im Matsch versinken, auch die Stuhl- und Tischbeine haben sich eingearbeitet in den dunkelgrauen Matsch. Auf deutschen Friedhöfen gibt es keinen Matsch, das habe ich bei Papas Beerdigung letztes Jahr festgestellt. Es gibt ordentliche Wege, die auch nass begehbar sind. Ich schaue unter den Tisch und höre die Plastikbeutel, die ich bei Omas Beerdigung vor zehn Jahren für 15 Lei am Eingang zum Friedhof gekauft habe, rascheln, wenn meine Füße sich unter dem Tisch berühren. Plastik zum Überziehen, damit die Schuhe nicht ertrinken. Zur

Beerdigung seiner Mutter war auch Onkel Vlad, Mamas Bruder, der als einziger in Tadschikistan geblieben war, als seine ganze Familie nach Chabarowsk fortzog, und der sein ganzes Leben dort verbracht hat, über dreitausend Kilometer weit angereist. Ich lernte ihn an Omas Beerdigungstag zum ersten Mal kennen, und es war schwierig, in dem alten angeschwollenen Gesicht den kleinen brüllenden Jungen von der Fotografie zu erkennen. Wir fuhren quer durch die ganze Stadt, auch an Omas Haus vorbei, mit dem Hof und dem kaputten Kinderspielplatz, den obdachlosen Katzen, an ihrer Wohnung mit den alten russischen Büchern, von denen ich einige mitgenommen habe nach ihrem Tod. Ich hatte damals das Gefühl, mich von Oma und von Chisinau gleichzeitig zu verabschieden.

Seitdem bin ich nie mehr hingefahren. Es gab keinen Grund. Manche Dinge im Leben werden völlig grundlos.

Oma Nastja lag im Sarg, eine ganz kleine, sehr dünne Person. Fast wie eine Puppe, die mir sehr ähnlich sah.

Die Gräber lagen ganz nah beieinander. Um zu Omas Grabstelle zu gelangen, gingen wir an anderen frischen Grabstellen vorbei und standen während der Beisetzung eigentlich auf dem daneben liegenden Grab drauf. Als die Zeremonie vorbei war, konnten die Totengräber nicht lange warten, Papa reichte ihnen das Bargeld beinah über das Grab, einer von ihnen zählte schnell, stopfte es in die Hosentasche, und sie verschwanden. Ich konnte das nicht verstehen. Nicht verstehen ist wie verloren gehen. Es war kalt, und es regnete. Ungewöhnlich kalt für einen Frühlingstag.

Ich sitze hüfttief im dickflüssigen Matsch, muss gleich Karl retten, dem der Schlamm schon fast bis zum Hals reicht, aber er merkt es noch nicht, und erinnere mich an den Offizier auf dem Bild, den ich nicht kannte, an seine Frau, deren Gesichtszüge ähnlich verflossen wie meine, an Vlad, dem ich nur einmal auf einer Beerdigung begegnet bin, und an Mama, die auf dem Bild fehlt. Ich sehe sie vor mir, so wie ich sie in Erinnerung habe, als sie ungefähr vierzig war, nicht alt und rundlich, so wie sie es heute ist. Sie hat schulterlange Haare und einen Pony, trägt eine große runde Brille und benutzt einen

hell bordeauxroten Lippenstift. Ich berühre vorsichtig ihren Schmollmund mit meinen Fingerspitzen, die so klein sind wie Karlchens heute.

Karl hat seinen Milchreis auf dem T-Shirt und auf dem Boden unter
sich verteilt. Ich putze ihm den Mund ab, erkläre noch einmal, dass er
mit dem Löffel essen soll und nicht mit den Händen, und drücke ihm
einen dicken Kuss auf die Stirn. Er ist versunken in seinen Trickfilm
und macht eine Bemerkung über den Esel darin. Ich wische den Boden unter seinem Stuhl auf, der Matsch hat sich verzogen.

Ein anderes Bild von meinen Eltern, das Großvater Jurij kurz
vor ihrer Hochzeit aufgenommen hat, blitzt in meinem Gedächtnis
auf. Sie sehen jung aus auf der Schwarzweiß-Fotografie. Papa – sehr
schlank, schon fast zu dünn. Große Lippen und ein feuchter Blick.
Und Mama in einem sehr kurzen Siebziger-Jahre-Kleid. Ich glaube, es
war weiß mit Blumenmustern darauf. Sie stehen vor einer Parkbank in
Chisinau und lächeln sich gegenseitig an. Sie sehen aus wie fünfzehn,
obwohl sie mindestens fünf Jahre älter sind, aber ihre Blicke sind wie
klares durchsichtiges Wasser, das noch nie berührt wurde. Man sieht,
dass sie damals schon wussten, sie werden heiraten. Vielleicht, weil
Opa, der das Bild gemacht hat, es auch wusste. Opa war sein Leben
lang beim Militär, und die Familie ist viel hin und her gezogen in der
Sowjetunion, bevor sie in Moldawien landeten, wo Mama dann Papa
kennenlernte, ein Zufall. Sie sind erwartungsvoll und bereits glücklich, man sieht es sogar auf diesem alten vergilbten Papier.

Und dann gab es eines ihrer Hochzeitsbilder auf dem Standesamt.
Wie die meisten in der Sowjetunion haben sie nicht kirchlich geheiratet, und es gab auch keine große Hochzeitsgesellschaft, kein pompöses
Kleid mit Schleier und Rüschen, sondern ein schlichtes, knielanges,
augenscheinlich seidenes cremeweißes Kleid. Mamas Haare waren
damals noch kurz, bobartig, das Kleid hatte einen kleinen Kragen, der
den Hals hinaufkletterte, sie trug vorn offene weiße Schuhe und einen
Strauß Blumen quer über ihre Unterarme gelegt. Papa steckte in einer an den Waden weiter werdenden Hose, nach Siebziger-Jahre-Mo-
de. Oma Nastja war da und Mamas Bruder Vlad mit seiner dicken

bebrillten Frau Irina, der ich auch nie begegnet bin. Sie müssen für die Hochzeit angereist sein, wie später Vlad zu Omas Beerdigung. Auf dem Bild sind noch einige andere Menschen, die ich nicht kenne und nach denen ich auch nie gefragt habe, da ich beim Anblick des Bildes stets fasziniert an den strahlenden Augen meiner Eltern hängenblieb. Ich habe ihre Augen seitdem nur noch einmal so hell und freundlich gesehen, nach Karls Geburt, sonst nie.

Ungefähr acht Personen stehen im Standesamt und schauen in die Kamera. Es gibt keine Fotos von einem großen Hochzeitsessen oder von tanzenden Menschen. Alles ist sehr schlicht, auch der Kuss, von dem es eine Fotografie gibt. Ein liebevoller Hochzeitskuss mit einem innigen Lächeln darin, so wie man lächelt, wenn man gleichzeitig dabei küsst. Alles sehr schlicht, so wie ich ihre Liebe auch immer erlebt habe, innerlich, aber auch verschwiegen, abgeschlossen, wie die Fotografie selbst, die allem ein Ende zu setzen scheint.

Karlchen steht auf dem Hocker am Waschbecken in der Küche, und ich helfe ihm, sich die Hände zu waschen. Er lacht, spritzt mit dem Wasser herum und verkündet, dass er gleich, wenn Marc wieder da ist, noch mit ihm auf den Spielplatz gehen möchte. Ich antworte zustimmend und schiele dabei auf den Computerbildschirm. Ein neues Foto ist aufgeploppt, von einer ehemaligen Studienkollegin in einem kurzen schwarzen Kleid mit weißen Kreisen vor einer Leinwand. Es muss eine Ausstellung von ihr sein, die sie online dokumentiert, neben ihr wahrscheinlich ihr Agent oder der Galerist, jedenfalls ein übergewichtiger Typ, der selbstsicher dreinschaut. Das ist Kyokos Stil, schießt es durch meinen Kopf. Sie war sehr begabt ... , denke ich, und etwas zieht in meiner Brust, als trüge ich Schuld an etwas und wollte es vertuschen, aber ich weiß nicht, woran. Es ist eine große gelbe Blüte zu sehen auf Kyokos Leinwand, die auch ein Körperteil sein könnte, vielleicht eine Wade oder eine Schulter mit Arm. Das Ganze wächst irgendwo in seinen eigenen Hintergrund hinein, ins Innere des Bildes. Ich möchte es vor mir haben, es betrachten, ich verstehe es so nicht.

Ich frage mich, ob ich vor meinem Schenkel-Gemälde, das noch unfertig auf dem Dachboden steht, auch in so einem Kleid posieren könnte, in London oder Moskau oder Dubai, ob ich es überhaupt beenden sollte, oder ob es einfach nur пошло ist, eines der Wörter, die sich nicht wirklich ins Deutsche übersetzen lassen.

6

Der Rhein ist ein graues, träges und mürbes Gewässer, denke ich mir und betrachte meine nackten Zehen zwischen dem gelben Leder meiner flachen Sandalen. Dann versuche ich sie mir wegzudenken und mir vorzustellen, wie es ist, wenn ein Körperteil fehlt. Es ist ein Stückchen weniger von einem selbst, und wenn man genug andere Stückchen ebenfalls entfernt, dann bleibt irgendwann einfach nichts mehr übrig. So einfach ist es, überlege ich weiter. Ich bin da, ich bin nicht da. Ich bin da, ich bin nicht da ...

Großmutter Sarah hat ihre fehlenden Zehen immer versteckt, aber einmal, da habe ich sie doch gesehen und den Verlust an meinem eigenen Fuß gespürt.

Die Platanen hängen über den Köpfen der Spazierenden wie von Gott selbst aufgehängte Sonnenhüte. Er macht sich einen Spaß und hält jetzt schon die zweite Woche in Folge seine Lupe direkt vor die Sonne, richtet seinen Blick auf Köln, als würde er diesen Sommer etwas Spezielles in dieser Stadt finden wollen oder jemand Bestimmten. Vielleicht sucht er mich. Ich glaube aber nicht an Gott. Heute weht wenigstens ein kleiner Hauch vom Wasser her, und ich versuche den leichten Wind mit meiner Haut aufzusaugen, ziehe den Stoff meines Oberteils ein klein wenig vor und betrachte kurz die Delle zwischen den Brüsten, diese Vertiefung unter dem mittleren Brustknochen. Als kleines Mädchen hatte ich Angst, diese Vertiefung zu berühren, weil ich befürchtete, versehentlich in mich hineinzugreifen.

Theodor kommt heute Abend von seiner monatelangen Tibet-Reise zurück. Entweder er meditiert dann, oder wir lieben uns. Was anderes macht er nicht in seinem Leben. Die Oberfläche meiner Haut vibriert, wenn ich daran denke, und meine Fingerspitzen jucken. Meine

Zunge bläht sich auf, und ich schäme mich ein wenig, versuche den an mir vorbeigehenden Passanten und Radlern nicht zu zeigen, woran ich denke, denn ich habe das Gefühl, meine nackten Beine, die aus der kurzen Hose herausschauen, und meine Schultern, von denen ein Träger immer wieder herunterrutscht, verraten es jedem: Ich will heute Nacht mit ihm sein.

Ich betrete den Rasen, der schräg zum schmutzigen Rhein hinabfällt, und gehe zum Wasser hinunter. Der Schatten der Platane reicht nicht bis hier, und der neugierige Blick Gottes durch seine Lupe frisst sich durch meine Schädeldecke, angewärmt von der giftigen Sonne dieses Jahres. Ich hocke mich hin und merke, dass mich zwei junge Männer, die etwas weiter seitlich sitzen, grinsend beobachten. In Moldawien würden sie pfeifen. Ich schwitze und verstecke meinen Kopf zwischen den Knien, lege die Hände auf meinen Hinterkopf und taste die runde Form meines Schädels ab. Das wird mein Vordiplom, mein eigener dicker Kopf ohne Haare im Profil, der eine junge Frau, die nackt vor ihm steht, anstarrt. Diese Knochen, die unter den Haaren am Ansatz des Nackens hervortreten, die kann man so schlecht sehen. Heute Abend rasiere ich mir die Haare ab. Ganz. Ich mache die Tür auf und stehe kahlköpfig vor Theodor ..., denke ich und rieche den Schweiß unter meinen Achseln. Ich richte mich schnell wieder auf, laufe den kleinen Hang hoch und suche den Schutz der Platanen.

Spaziergänge sind dämlich, denke ich mir, aber dadurch, dass ich in einer inneren Explosion lebe, kann ich nur sehr schwer still dasitzen oder an gar nichts denken. Und es gibt so viel Zeit im Leben. Ich muss immer in irgendeiner Bewegung sein, sonst fressen mich die Gedanken von innen auf. Ich weiß gar nicht, wie ich es schaffe, nachts zu schlafen, ein natürlicher Reflex wahrscheinlich, immerhin, sonst würde ich auch nachts diesen unerträglichen Wurm, der sich kreuz und quer durch meinen Körper windet und keinen Ausgang findet, in mir spüren. Er wütet und nagt und saugt sich fest an Eingeweiden und behauptet, er suche nach irgendeinem Sinn, und ich habe ihm schon öfters erklärt, dass er nicht weiterkommen wird, solange er in meinem Inneren bleibt. Wenn er wirklich etwas begreifen will, sollte er sich eine meiner Körperöffnungen als Ausgang suchen und sich in die Welt hinauswinden, auch wenn mir die Vorstellung Angst macht, er könne eines Tages aus meiner Scheide herauskriechen, morgens beim Aufwachen oder in der Badewanne. Noch peinlicher wäre es, er würde mitten in einem Gespräch aus meiner Nase herauslugen. Ich grunze lachend ein wenig vor mich hin und versuche meine Selbstgespräche ein Level tiefer zu schalten, der konservative Rhein-Spaziergänger soll mich nicht für geisteskrank halten und sich dadurch gestört fühlen in seinem samstäglichen Gassi-Lauf. Ich bin normal, normal, normal..., denke ich und spüre, wie der Wurm sich an meine Augäpfel heranarbeitet, was ich durch kurzzeitiges Schließen meiner Lider unterbreche. Ich merke nicht, dass ich dabei weiter vor mich hin kichere.

»Nein, Würmchen, du wirst nicht aus meinen Augen herausschauen, das kann ich beeinflussen, indem ich meine dünnhäutigen Augenlider schützend über die Schleimhaut schiebe ... musst schon rauskriechen, wenn du die Welt hier draußen sehen willst«, spreche ich vor mich hin.

»Was machst du denn da?«, fragt eine tiefe Stimme, und ich bin neugierig, weil ich mit geschlossenen Augen nicht sagen kann, ob ein Mann oder eine Frau mich gerade angesprochen hat. Ich bleibe mit geschlossenen Augen und leicht nach vorn ausgestreckten Armen stehen. Die Hände, die an den Armen befestigt sind, verkrampfen etwas, als wollten sie nach der Person tasten.

»Ich müsste jetzt eigentlich die Augen aufmachen, mich räuspern, ein ernstes Gesicht ziehen, mich entschuldigen und so tun, als sei ich normal. Aber ich tu's nicht!«, sage ich lauter, als ich es selbst möchte, und lächele dabei.

»Und was machst du stattdessen?«, fragt die Person, und ich höre ein wohlwollendes Grinsen in ihrem Ton, das mir Mut gibt, das Spiel weiterzuspielen. Ich gehe langsam mit geschlossenen Augen in seine oder ihre Richtung, obwohl ich glaube, schon zu erspüren, dass es eine Frau ist. Meine Hände tasten die Luft ab, und ich merke, dass sich reichlich Sand und Kiesel in meine offenen Sandalen verirrt haben, das wird Blasen an den Fersen und an den Außenrändern meiner Fußsohlen geben. Ich berühre eine Schulter. Es ist ein feiner Seidenstoff, der sie bedeckt. Eine Frau, denke ich. Sie zuckt leicht zusammen, gibt aber dann nach, als hätte sie das alles so geplant.

»Du hast aber eine sehr tiefe Stimme für eine Frau«, sage ich.

»Woher weißt du, dass ich eine Frau bin?«, fragt sie etwas spöttisch.

»Die Seide.«

»Seide kann ich mir nicht leisten«, lacht die Person und legt ihre Hand auf meine, die auf ihrer Schulter liegt.

»Billiges Imitat. Aber abgesehen davon, bedeutet das, dass Männer grundsätzlich keine Seide tragen?«, fragt sie.

Ich mache die Augen auf und stehe vor ihr. Sie ist mindestens zwei Köpfe größer als ich und hat ein langes Pferdegesicht. Der kastanienfarbene Pony hängt ihr etwas zu tief über die Augen, die sehr wach und etwas scheu zwischen ihren Wimpern hervorschauen, und ihre vorderen Schneidezähne blitzen aus ihrem lächelnden Mund.

»Ich hatte schon immer eine tiefe Stimme, ja. Keine Ahnung, warum. Falsche Hormone!«, lacht sie. »Ich bin Nele.«

Wir schauen uns eine Weile schweigend an, meine Hand immer noch auf ihrer Schulter, ihre Hand auf meiner, der graugrüne Rhein schnell fließend hinter ihr, und schmale Sonnenstreifen, die sich zwischen die großen Platanenblätter schummeln, auf ihrem und meinem Gesicht. Dann brechen wir in Gelächter aus, und sie schubst mich leicht, meine Hand von ihrer Schulter werfend, nach hinten. Ich rempele aus Versehen eine ältere Frau mit grauer Tortenfrisur an, die mich auf kölnisch beschimpft, ich solle doch aufpassen. Nele hält sich die Hände vor den Mund und entschuldigt sich leise, findet die ganze Sache aber auch ziemlich komisch. Ich laufe auf sie zu und schubse wiederum sie leicht nach hinten, sie greift meine Hände und hält sie fest, ich versuche meine Beine in ihre einzuhaken, um sie zu Boden zu bringen, und wir schnaufen wie zwei kleine kämpfende Hunde.

Wir fallen auf den Rasen und rollen den Abhang hinunter, der Schatten verabschiedet sich von uns, und ich kneife meine Augen vor der prallen Sonne zusammen.

»Du bist bekloppt, wir fallen gleich ins Wasser!«, schreie ich, und diese fremde, merkwürdige schlanke Frau lacht sich die Seele aus dem

Leib, während wir übereinanderrollend und von allen Seiten angegafft im letzten Moment noch bremsen können, bevor wir in den Rhein plumpsen. Wir liegen auf dem heißen Steinstreifen, von dem herab alle ihre Füße ins dreckige Wasser baumeln lassen, und ich spüre den aufgeheizten Stein meine Schulterblätter verbrennen. Nele liegt auf mir drauf und schaut in die Vertiefung zwischen meinen Brüsten.

»Wir werden gleich verhaftet, weil wir uns öffentlich am Flussufer lieben«, flüstert Nele, und wir ertrinken in unserem unterdrückten Lachen. Wir lassen voneinander ab und setzen uns auf den Stein. Meine Beine sind zu kurz, und ich kann gerade so mit meinen Zehenspitzen die dickflüssige von der Sonne aufgeheizte Flüssigkeit berühren.

»Du bist echt klein, was?«, fragt Nele, während sie ihre Füße ins Wasser taucht.

»Vorsicht, habe gehört, die Wasserqualität des Rheins kann dazu führen, dass dir Zehen an den Zehen wachsen, wenn du sie da zu lange reinhängst. Ich weiß wovon ich spreche, bin im Tschernobyl-Jahr geboren und war nur sechshundert Kilometer entfernt, als es Bumm machte«, ich hauche ihr mein »Bumm« ins Ohr, und sie schubst mich leicht zur Seite.

»Spinnerin«, sagt sie.

»Das ist die Wahrheit! Weißt du wo Chisinau liegt?«

»In Moldawien ... na, jetzt mach nicht so ein enttäuschtes Gesicht. Ich habe Slawistik studiert, sonst wüsste ich es nicht«, sagt sie.

»Rumänisch ist keine slawische Sprache.«

»Nein, aber habe mich natürlich auch mit der Sowjetunion beschäftigt und so«, sagt sie.

»Bist du dann Slawistin ... oder was für ein Beruf ist das?«, frage ich.

»Nein, bin Musiklehrerin geworden, aber vorher habe ich auch eine Lehre zur Automechanikerin gemacht ... also, ich könnte jetzt beruflich osteuropäische Autos reparieren und dabei Klarinette spielen, zum Beispiel ... und du? Was machst du?«

»Ich bin Malerin. Also, ich studiere noch ...«

»Muss man das lernen?«

»Ich habe demnächst schon meine eigene Ausstellung, ich tue nicht nur so …«, sage ich entschuldigend und merke, dass ich mich grundsätzlich bei allen für meinen Beruf entschuldige. Vielleicht, weil meine Kindheit noch an mir klebt und meine Eltern meinen Beruf für keinen Beruf halten. Ich fühle mich schuldig, weil ich selbst nicht so richtig daran glaube, und verstumme.

»Kannst du da unten was sehen, oder warum starrst du in die Tiefe?«, fragt Nele.

»Ja, dreiköpfige und vierbeinige Schwertfische und einige Clownsfische, die gar keine Körperteile haben, denen fehlt alles …!«, fauche ich und kralle mich mit meinen Händen in Neles Rücken. Ich will sie in die Schulter beißen, aber sie stößt mich leicht zur Seite und plätschert mit ihren Füßen in dem düsteren Wasser, das einen Schaum bildet, dort, wo es die künstliche Steingrenze berührt.

»Erzähl mal von Moldawien«, sagt sie.

»Oh, das ist verwirrend …«

»Sehr gut, verwirr mich!«, bellt Nele beinahe.

»Moldawien gibt's gar nicht.«

»Na, dann erfinde es halt«, lacht sie und spritzt mit ihrer Zehenspitze etwas Wasser auf meine Waden.

»Also … es war einmal ein winziges Land, und es war Teil eines großen Reiches … des Osmanischen Reichs …«

»Oh, ewig her …«, witzelt sie.

»… und dann gab's irgendwann einen großen Krieg, so im neunzehnten Jahrhundert, und die Türken hatten verloren und mussten das kleine Land an Russland abtreten …«

»Aha, wir kommen der Sache schon zeitlich näher …«, sagt sie und wirbelt geheimnisvoll mit den Händen in der Luft, als würde sie etwas beschwören. Vielleicht kann sie zaubern oder sie ist eine Hexe …

»Welcher Sache?«

»Na deiner Geburt …«, singt sie mit dunkler Stimme, und ich muss lachen.

»Und dann wurde das winzige Land, das es gar nicht gibt, Teil eines anderen Landes, das es auch schon lang nicht mehr gibt, nennen wir

es Bessarabien, meine Großeltern können sich daran noch erinnern…
Und dann, es war Oktober, gab's eine Revolution, und das Land, das es
nicht gibt, wurde Teil Rumäniens, weil es sowieso daran grenzt, und
die Sprache ist auch dieselbe.«

»Keine slawische, sondern eine romanische«, unterbricht sie mich.

»Du kleiner Klugscheißer, du weißt eh schon alles… was willst du
eigentlich von mir?«

»Nein, erzähl weiter, ich halte meine Klappe, versprochen«, lacht
sie.

»Und dann wurde aber die große Sowjetunion gegründet, und die
holte sich das winzige Land zurück, und dann kam der zweite Weltkrieg, und da wird's ganz kompliziert…« Nele kommt mit ihrem Gesicht sehr nah an meins, ich sehe ihre lange Nase im Detail und streiche ihr den Pony aus den Augen.

Wir fürchten uns nicht voreinander und schauen uns ganz klar an.

»Zwei sehr mächtige Männer, nennen wir sie… Adi und Josi, haben zusammen was ausgetüftelt, und Bessarabien ist auch sowjetisch
geworden, mit Chisinau als Hauptstadt.«

»Da kommst du her?«, fragt sie.

»Ja, aber ewig her, wie du schon sagst.«

»Wie lange?«

»Fünfzehn Jahre oder so.«

»Gar nicht so lange…«

»Nein, was willst du jetzt sagen? Dass ich dafür ziemlich gut deutsch
spreche?«

»Ja, genau das wollte ich sagen, aber du willst es nicht hören, also
sag ich's nicht«, lacht sie und umarmt mich. »Weißt du, wie mein voll-
ständiger Name lautet?«, fragt sie.

»Nele Dumm«, antworte ich beleidigt.

»Cornelia Sophie Grünewald. Deutscher geht's nicht, oder?«, sie
springt auf, bückt sich zum Fluss runter und brüllt in die rheinische
Tiefe: »Ich bin so deutsch, wie es deutscher gar nicht geht, oh Rhein,
du! Hast du gehört?«

»Setz dich wieder hin, alle schauen uns an… du spinnst, echt«, lache ich und versuche sie wieder zu mir herunterzuziehen. Sie plumpst lachend mit ihrem Hintern auf den heißen Stein zurück und kramt ihren Tabak heraus.

»Ich rauche nicht, danke. Auf jeden Fall wurde dann die Moldauische Sozialistische Sowjetrepublik, in der eben Bessarabien lag, das zu Rumänien gehörte, mit dem westlichen Teil der Moldauischen ASSR vereinigt.«

»Jetzt komme ich nicht mehr mit«, sagt sie und raucht ihre gedrehte Zigarette an.

»Ich auch nicht. Den Teil habe ich irgendwann auswendig gelernt, damit ich etwas antworten kann, wenn ich gefragt werde, woher ich komme.«

»Sagen wir einfach, es ist ewig her und gar nicht wahr«, witzelt sie. »Du rauchst gar nicht? Nie?«, fragt sie mich entsetzt.

»Nein, Rauchen ist sinnlos … Anfang der Neunziger wurde Moldawien nach fünfhundert Jahren zum ersten Mal unabhängig. Also, das ist ein Land, das davor nie wirklich unabhängig war, verstehst du?«

»Ja, ist ein merkwürdiger Zustand. So, als sei man nie erwachsen geworden. Oder man ist eben erwachsen geworden, aber irgendwer hat es verboten«, antwortet sie und atmet dabei den Rauch aus. Ich sehe den Schweiß an ihrer rechten Schläfe und die feuchten Strähnen, die sie sich hinters Ohr geklemmt hat. Theodor blitzt kurz in meinem Kopf auf.

»Die riesengroße Sowjetunion ist auseinandergefallen, und das winzige Land spaltete sich wie eine Aprikose, in der kein Kern drin war … Transnustri-Transnostri und … der andere Teil … Meine Eltern sind vor der Unabhängigkeit abgehauen, die kann manchmal gefährlich und unberechenbar sein … «

»Die Unabhängigkeit?«, fragt Nele.

Ich nicke ernsthaft und zwinkere ihr zu. Nele kneift ihre Augen zusammen, zieht lange an ihrer Zigarette, pustet den Rauch mitten in mein Gesicht und setzt dabei einen Mafioso-Blick auf.

»Ich suche einen Mitbewohner. Ich habe jetzt eine ganz gute Stelle in einer Musikschule, aber irgendwie geht doch viel Kohle für die Miete drauf. Willst du dir das Zimmer mal ansehen? Die Wohnung ist im belgischen Viertel, schöner Altbau, viel Licht …«, berichtet sie geheimnisvoll.

»Ich bin Nichtraucherin.«

Nele scherzt bettelnd: »Bei dir würde ich eine Ausnahme machen.«

Sie streicht sich den Schweiß aus der Stirn in die Haare, und sie glänzen am Ansatz. Ich will mir die Haare abrasieren und wie ein Affe auf Theodor klettern und mich so von ihm durch meine winzige Wohnung tragen lassen, hin und her gewiegt werden und spüren, wie es sich anfühlt, von ihm auf die kahle Kopfhaut geküsst zu werden.

»Ich lebe lieber allein. Ich habe autistische Züge. Und ich popele«, flüstere ich ihr ins Ohr. Sie lacht enttäuscht. »Aber du kannst mir die Haare abrasieren, wenn du magst«, sage ich. Nele schaut mich skeptisch, aber sichtlich amüsiert an.

»Alle?«, fragt sie.

7

(Hiddensee, Deutschland, 2015)

Ich betrachte den Hügel, der aus meinem Bauch herauswächst. Die Haut kann ihn nur noch knapp zusammenhalten, er pocht von innen. Heute hat er aber noch nicht pulsiert, und das macht mich nervös.

»Der kleine Vulkan hat heute noch kein Lebenszeichen von sich gegeben«, teile ich Marc halb verschlafen und halb verspannt mit, ein Zwischenzustand, in dem ich mich befinde, seit der Hügel begonnen hat, Woche für Woche stetig zu wachsen.

»Your own, personal volcano ...«, summt er leise und streut mir etwas weißen Sand auf den Nabel, den ich verärgert von der aufgerichteten Nabelspitze wegpuste. Ich werfe Marc einen missbilligenden Blick zu, der sich sogleich in ein ungewolltes Lächeln verwandelt, da er meinen Unmut mit einer Fratze beantwortet, die ich seiner Meinung nach immer ziehe, wenn ich beleidigt bin. Dabei schaut er mich grimmig mit zusammengezogenen Augenbrauen an und presst die Lippen aufeinander.

»Your own, personal volcano ...«, brummt er nun und kommt langsam immer näher an mein Gesicht heran, um mir einen wütenden Schmatzer zu verpassen, aber ich verbarrikadiere mein schmollendes Gesicht hinter meinem Sonnenhut.

Marcs Kopf hängt einen kurzen Moment lang über dem Hut in meinem Gesicht, arbeitet sich dann abwärts und tastet mit den Lippen die Haut meines Bauches ab, schnüffelt wie ein Welpe daran und versucht seine Nase in meine Badehose zu stecken, worauf ich ihn von mir wegschiebe und mich auf die Seite drehe.

»Manchmal denke ich, du bist nur deshalb mit mir zusammen«, sage ich leise, und mir steigen Tränen in die Augen, die mich selbst belustigen, denn es gibt gar keinen Grund, sich schlecht zu fühlen.

»Weshalb?«, fragt er, und ich höre an seiner Stimme, dass er das schon oft gehört haben muss, nicht nur von mir. Ich ziehe meinen Sonnenhut von den Augen und schiele zu ihm hinüber. Er hat sich aufgesetzt und die Ellenbogen auf die Knie gestützt, ich betrachte seinen Hinterkopf, seine braunen gelockten Haare, die ich von Anfang an lustig fand. Sie sind am Hinterkopf zart wie Babyhaar, und ich bin mir sicher, das Haar unseres schon fast wahr gewordenen Kindes wird mich mein Leben lang an Marcs Haar erinnern, das mir bei unserer ersten Begegnung im Krankenhaus gleich aufgefallen ist, weil es so gar nicht zu ihm passt, zu seiner Schwere. Vielleicht sind seine Löckchen aber auch ein Zeichen davon, dass er eben noch etwas anderes ist als lebensmüde. Dieser Gedanke erschreckt mich. Wir wachsen doch gerade zusammen, und wir wollen es beide. Wir sind bald beide nicht mehr allein. Oder ist das nur äußerlich? Ich lege den Kopf wieder auf die Decke und schaue halben Auges durch die Maschen meines Strohhutes hindurch, die Strohfäden sind ganz nah an meinem Augapfel, zwischen den Fäden befinden sich kleine Löcher, durch die Luft strömt und so die Kopfhaut belüftet und minimale Ausgänge lässt, für die vom Stroh vergitterten Gedanken. Ich versuche ins Stroh hineinzuschauen und es mir von innen vorzustellen, die winzigen Partikel, aus denen die feinen Fäden bestehen, und so ist wohl alles beschaffen. Auch dieser kleine Mensch, der heute noch nichts von sich hat spüren lassen, kein Tritt, keine Drehung, er hat heute noch nicht mit mir gesprochen, und ich vermisse ihn. Mein vergittertes Auge blinzelt aufs Meer, das ruhig und hell vor sich hin schäumt, es ist fast zu warm, aber noch genau richtig, um atmen zu können, morgen wird es entweder stickig, oder es gibt ein Gewitter. Die Sonne über der Ostsee bricht durch die vielen mittelgroßen Wolken, die sich nicht entscheiden können, ob sie ein großes Ganzes bilden wollen, um den Himmel zu verdecken und sich in den Vordergrund zu drängen. Marc raucht und pustet den Rauch zielgerichtet in die mir entgegengesetzte Richtung. Ich schließe die Augen und möchte mich entspannen, aber ein innerer Widerwille öffnet die Augenlider gewaltsam und macht mich unruhig.

»Er hat sich heute noch nicht gedreht.«

»Vielleicht schläft er«, sagt Marc, ohne sich zu mir umzudrehen.

»Aber es ist schon Nachmittag, er gibt immer irgendein Zeichen von sich.« Marc schweigt. Irgendetwas zieht meinen schweren Körper noch näher zur Erde heran, vielleicht Enttäuschung, vielleicht einfach Erdanziehungskraft.

»Was denkst du?«, frage ich Marcs Hinterkopf.

»Kira ...«, antwortet er genervt und pustet den Zigarettenrauch schweigend aus. Er drückt die Zigarette in den Sand und zieht sein T-Shirt über den Kopf. Ich sehe seinen feinen Rücken. Marc war schon immer stark und zart zugleich, ein bisschen feminin. Von hinten betrachtet könnte er auch eine muskulöse Frau sein, aber wenn er sich gleich aufrichtet, verfliegt der Eindruck, seine Beine sind etwas o-förmig und gekrümmt, wie sie es nur bei Männern sein können oder bei sehr alten Frauen. Die alten Omas in Chisinau haben alle solche Beine, nur dazu noch geschwollen, voller Krampfadern. Marc richtet sich auf und streicht dabei mit den Fingerspitzen über mein Knie. O-beinig und etwas stumpf bewegt er sich Richtung Wasser, er hat überhaupt keine Eleganz, er läuft wie ein kleiner Junge, der keine Lust hat. Ich beobachte wie er Kopf voran ins Wasser taucht und sogleich wieder hochkommt, nach Luft schnappt und sich schüttelt. Ich weiß einfach nicht, worüber er nachdenkt, und jeder Versuch, es aus ihm herauszubekommen, scheitert. Ich lege die Hand auf den Bauch, als wollte ich die Masse darin befragen, als hoffte ich, der Vulkan würde gleich hier am Strand ausbrechen und mich entlasten, aber darin ist alles still. Ich muss die Frage selbst beantworten. Marc scheint keine Fragen zu haben. Dabei ist er doch Journalist, denke ich trotzig, und muss über mich selbst lachen, denn ich führe gerade, obwohl wir es endlich gemeinsam an die See geschafft haben, wieder Selbstgespräche, die ich auch zu Hause in unserer Wohnung führen könnte, unabhängig davon, ob Marc da ist oder nicht. Ich sitze im Schneidersitz wie ein übergewichtiges Kind, die Kugel hängt über meiner Scham, die ich schon lang nicht mehr sehen kann, meine Brüste starren geschwollen zu beiden Seiten, versuchen den idyllischen Anblick der Ostsee zu genießen und schauen nach dem Vater meines Kindes. Er läuft knietief durchs Wasser, seine Locken flattern leicht im Wind, und seine allgemeine Gleichgültigkeit scheint ihm so gewohnt zu sein wie seine Kindheit oder sein ganzes Leben. Macht er sich nie Sorgen? Ich beneide ihn, er ist Teil der Natur, gehört zur Luft und zu den Bergen, zu den Tieren und zu allen Menschen, fühlt sich nicht ausschließlich als er selbst und sucht nichts. Ob er irgendetwas wirklich will? Wenn wir uns lieben, scheint er mich zu wollen, vielleicht ist das der einzige Grund, warum wir Eltern werden.

Ich richte mein Übergewicht auf und stemme die Hände in den unteren Rücken, eine dieser Gesten, die man bei Schwangeren oft beobachtet. Kunderas Gestentheorie schießt mir durch den Kopf, denn erst durch die eigene Erfahrung begreife ich, was er meint. Es gibt nicht viele Gesten, die uns zur Verfügung stehen, nur viele Menschen, die immer wieder die gleichen Gesten wiederholen, auf ihre Weise. Ich bin die Schwangere, die ich schon oft beobachtet habe, nur dass ich es jetzt selbst bin. Ich werfe meinen Hut auf die Stranddecke und bewege mich langsam auf meinen angeschwollenen Füßen über den warmen Sand. Der Wind und das Salz in der Luft entspannen mich, wenn sie die seltsamen Fragen auch nicht auflösen, die es vielleicht gar nicht gibt.

Die Kühle des Wassers macht meinen festen Körper ein wenig durchsichtiger, Luft dringt durch die verstopften Poren und angeschwollenen Gelenke, das Wasser steigt langsam die Waden hinauf bis zum Knie, ich möchte Marc mit meinen Armen von hinten umschlingen, stoße aber mit der Spitze der Kugel an seinen Rücken. Er lacht mich aus.

»So wird sich ab jetzt dein ganzes Leben anfühlen, bis er auszieht«, witzelt er.

»Wie?«, frage ich und lege die Hände sanft auf seine Schultern. Ich übe leichten Druck auf die Muskeln zwischen Hals und Schultern aus.

»Na, denk mal drüber nach…«, sagt er auf seine hintersinnige Art, und ich habe Hundert Möglichkeiten, ihn und seine Antwort zu interpretieren, nur ist er nicht Hundert Möglichkeiten, er ist ein Mensch, und das macht mich wütend.

»Machst du dir gar keine Sorgen darüber, dass er sich heute noch nicht bewegt hat?«, frage ich leise und drücke die Finger in seine Halsmuskeln.

»Ich möchte mich manchmal auch einen ganzen Tag lang nicht bewegen, wäre da was falsch dran?«, fragt er und legt seine Hände auf meine.

»Auch die Gedanken?«, frage ich ihn, presse meine Wange an seinen oberen Rücken und betrachte ein älteres Paar etwas weiter rechts von uns, das lachend Hand in Hand langsam ins Wasser läuft. Es scheint eine Freude zu sein für sie. Alles.

»Ich empfehle dir, ebenfalls deine Gedanken zu stoppen.« Er dreht sich zu mir und presst seinen Bauch vorsichtig an unseren.

»Wir haben einen gemeinsamen Bauch!«, stelle ich strahlend fest und schaue in seine verwaschenen tiefen Augen, die mich gleichzeitig ratlos und wissend ansehen. »Hast du jemals darüber nachgedacht, dass du einmal einen gemeinsamen Bauch besitzen wirst?«, frage ich ihn.

Marc legt seine Lippen auf mein linkes Ohr und streicht mit der Hand über den hervorstechenden Nabel, meine Haut kribbelt, und ich liebe ihn.

»Es wird schneller als du denkst wieder dein Bauch sein, Kira… und er ist es eigentlich auch jetzt. Lass uns ins Hotel gehen, es regnet bald, riecht so«, sagt er ruhig und zieht mich an der Hand aus dem Wasser.

8

Papa ruckelt an der Anhängerkupplung herum. Sein Freund, Onkel Stas, steht daneben und raucht eine Zigarette.

»Ist fest, Wenja, ist fest, mach dir keine Sorgen«, spricht er ihm gut zu.

»Nicht, dass uns das Ding auf einer dieser deutschen Autobahnen davonrutscht ... die Deutschen sind doch so ordentlich. Das wäre ... «

»Unordentlich?«, fragt Onkel Stas und lacht gewaltig über seinen eigenen Witz. Er ist dick und hat eine sehr tiefe Stimme. »Es wird dir schon nichts davonrutschen, du sorgenvoller Jude, komm her.« Onkel Stas wirft seine Zigarette auf den Boden und umarmt meinen Vater. Papa klopft ihm auf den Rücken, und ich sehe, dass er seine Tränen zurückhält. Onkel Stas und Tante Katja werden mit uns in ihrem eigenen Auto bis zu irgendeiner Grenze fahren, aber ich habe vergessen zu welcher. »Sie fahren uns hinterher. Das ist sicherer, als ganz allein zu fahren«, erklärte mir Mama vor ein paar Tagen. Oma Nastja ist auch gekommen, steht jetzt neben meiner Mutter, die sie stützt, und weint.

»Du hättest auch mitkommen können, Mama«, sagt meine Mutter, »Naja, solltest du es dir anders überlegen, holen wir dich nach. Ja, hörst du? Du kannst immer nachkommen!«

»Ich gehe hier nicht mehr weg. Ich lebe seit dreißig Jahren in diesem Moldawien und werde meine Wohnung nicht mehr verlassen. Ich möchte hier sterben«, schimpft Oma und drückt ihren Kopf in Mamas Achsel, als wollte sie mit ihr ringen, wie diese dicken Sumo-Sportler im Fernsehen. Ich finde es lustig, dass man ihre nackten Popos sehen kann, wenn sie kämpfen. Ich habe leuchtende Leggings an und eine Sommerjacke, die so bunt ist wie alle Farben. »Sie sieht in diesen Klamotten aus wie ein ungesunder amerikanischer Kaugummi, ist das modisch?«, fragte Papa vor ein paar Tagen, als ich dasselbe Kostüm trug… Es ist warm, die beste Zeit zum Fahren, findet er. Ich stelle mich zu Mama und Oma, und Oma Nastja umarmt meinen Kopf, der in ihrem Bauch versinkt. Oma ist sehr rund und riecht gut. Nicht alle Omas riechen gut, da habe ich Glück gehabt. Schade nur, dass ich sie nicht mehr so oft sehen werde. Aber wer weiß, vielleicht beschließt sie ja doch noch, in einer anderen Wohnung zu sterben.

»Wir können dir Fotos schicken, Oma, von der Wohnung!«, sage ich und schaue zu ihr auf.

»Was meinst du, Kirotschka?«, schluchzt sie.

»Na, wenn du die Wohnung schön findest, dann könntest du vielleicht auch bei uns sterben und nicht unbedingt in deiner eigenen Wohnung. Dann könnten wir dich noch etwas öfter sehen, bevor es so weit ist.«

Oma lacht und weint, und Mama streicht mir über den Kopf und gibt mir ein Zeichen, dass ich den Mund halten soll. Wahrscheinlich, weil ich wieder Recht habe.

Papa gießt noch irgendetwas in den Motor und sagt, dass es jetzt losgeht, es wird schon bald dunkel. Oma gibt ein Geräusch von sich, dass mich an Jauchzen und Schluchzen und Schreien gleichzeitig erinnert, und ich habe Lust, dieses Geräusch nachzumachen, aber ich lasse es lieber sein, weil alle so traurig sind, das wäre unpassend. Mama macht mir die Tür auf, und ich steige in den Innenraum unseres sowjetischen Raumschiffs auf Rädern.

Auf dem Boden liegt ein zusammengerollter Teppich, ich sehe seine Rückseite, die nicht so bunt und gemustert ist wie die schicke Vorderseite. Mama hat mir Kissen auf der Rückbank ausgelegt, und ich habe meine beiden Affen schon platziert, sie warten darauf, dass ich sie in den Arm nehme und sie mit ihren Klettverschlüssen meinen Hals umklammern lasse. Mama und Papa steigen vorn ein und knallen die Türen zu. Oma steht vor meinem Fenster und bückt sich herunter. Sie winkt mir zu und wischt sich die Tränen mit einem weißen Stofftaschentuch weg. Ich klopfe an die Scheibe und muss auch weinen, obwohl mir nicht ganz klar ist, wieso alle weinen.

»Kommen wir denn niemals wieder?«, frage ich.

Meine Eltern schauen sich an, und Mama schluchzt. Ich bekomme keine Antwort und vermute, dass es eine meiner blöderen Fragen war oder ich wieder Recht hatte …

Der Lada setzt sich in Bewegung, und der Hof vor unserem Haus verschwimmt vor dem Autofenster. Es ist sehr sonnig, ein richtig schöner Sommertag, an dem ich mit Saschka noch im Hof spielen könnte bis in den Abend hinein. Saschka, mein Nachbar, ist ein bisschen älter als ich, und seine Beine sind voll von Striemen mit braunem Blut. Das kommt davon, dass er sich in den Sommerferien den ganzen Tag am See in den Büschen herumtreibt, auf Bäumen herumklettert, Fußball spielt und sich rauft. Er hat einfach überall Wunden. Das sieht gruselig aus, aber ich betrachte es immer wieder gern, wenn wir spielen. Manchmal sage ich sogar, er soll mal still stehen, damit ich sie mir von Nahem anschauen kann. Ich habe mich gestern von Saschka verabschiedet. »Ihr auch, ja?«, fragte er, »Alle gehen. Schade. Wenn alle gehen, wer soll dann noch bleiben? Soll ich allein im Hof spielen?« Ich knie mich auf die Rückbank und schaue aus dem Rückfenster, Oma Nastja winkt mit dem Taschentuch und entfernt sich immer weiter, bis wir abbiegen und ich sie gar nicht mehr sehe. Weg.

Onkel Stas und Tante Katja fahren mit ihrem dunkelgrünen Schiguli vor uns her. Wir kommen an der Bushaltestelle vorbei, an der Mama und ich immer einsteigen, wenn wir ins Zentrum wollen zum Spielzeugladen »Kinderwelt«, so heißt er. Ob es da in dem Europa auch so eine Kinderwelt gibt, frage ich mich. Naja, für den Notfall habe ich meine eigene Tasche mit Spielzeug dabei. Ich habe vorhin noch kontrolliert, ob sie auch wirklich im Kofferraum ist und nicht vergessen wurde. Es ist allerdings nicht sehr viel Spielzeug, das ich mitnehmen durfte. Das meiste habe ich an die Nachbarskinder verschenkt. »Wir können nicht alles mitnehmen, Kira, nur das Notwendigste«, erklärte Mama mir.

Ich wache von meinem eigenen Weinen auf. Mama sitzt hinten bei mir auf der Rückbank und hält mich an den Schultern fest. Ich weiß nicht, ob ich träume, dass ich Bauchschmerzen habe, oder ob ich wirklich Bauchschmerzen habe, und träume, dass Mama auf der Rückbank sitzt und versucht mich zu wecken.

»Kira, was ist mit dir?«, fragt sie immer wieder. Papa ist von der anderen Seite auf die Rückbank geklettert und hat sich auf einen der Affen gesetzt. Das Affengesicht schaut zerknautscht unter Papas Po hervor.

»Was ist los, Kirotschka?«, fragt er.

»Ich ... mein Bauch tut weh«, sage ich und breche in Tränen aus. Mama nimmt mich in den Arm, und ich sehe, dass Tante Katja hinter ihr steht in der geöffneten Autotür. »Ich muss aufs Klo«, sage ich. Mama kramt meinen Nachttopf aus dem Kofferraum und stellt ihn hinter dem Auto auf.

»Komm«, sagt sie, »komm. Das ist gleich wieder gut. Warum hast du denn nichts gesagt, die ganze Zeit?«

»Ich dachte, ich träume, dass ich aufs Klo muss.«

Ich steige aus dem Auto und spüre die warme Sommerluft. Es ist schon Abend, aber kalt ist es nicht. Die Grillen zirpen, und es ist menschenleer. Mama hilft mir auf den Topf, und ich frage sie, wo wir sind.

»Auf dem Weg, Kirotschka, wir sind auf dem Weg. Morgen früh, wenn es schon wieder hell wird, erreichen wir die ungarische Grenze. Setz dich hin, ganz in Ruhe. Meine arme Kleine«, sie streichelt meinen Rücken. Ich sitze einige Zeit auf dem Topf, aber es hilft nichts. Langsam beginne ich mich zu fragen, ob wir niemals ankommen und ich daran schuld bin, weil ich nicht mehr kacken kann. Mama kniet sich neben mich, und Tante Katja steht daneben. Ich habe starke Bauchschmerzen, und Mama versucht mich zu beruhigen.

»Die arme Kleine«, wiederholt Tante Katja immer und immer wieder. Ich umklammere meinen Bauch mit meinen Armen und versuche zu pressen, aber es kommt nichts. Die Schmerzen werden nicht weniger. Ich weine und frage gleichzeitig, ob es noch weit ist.

»Wenn alles gut klappt, sind wir in drei Tagen dort«, antwortet Mama.

»Gibt es dort Toiletten?«, frage ich und befürchte schon, dass das eine meiner blöderen Fragen sein könnte.

»Wo?«, fragt Tante Katja.

»Na, in diesem Europa.« Papa steht vorn am Auto, raucht und sagt:

»Ja, als deine Oma Sarah ein kleines Mädchen war, da hatten sie einen Nachbarn in dem Schtetele, in dem sie lebten, und der war Soldat im Ersten Weltkrieg, und er sagte 1941, kurz bevor die Nazis in Moldawien ankamen, dass die Deutschen eine zivilisierte Nation seien. Eine Kanalisation gibt es auch in Deutschland, Kira. Schon die Ähnlichkeit der Begriffe prophezeit einen glücklichen Ausgang: Zivilisation – Kanalisation!«, sagt er, und alle vergessen kurz, dass ich Schmerzen habe, und lachen.

»Kanal-was?«, frage ich. »Sie scheißen ins Klo«, vereinfacht mein Vater für mich. »Also, streng dich an, und wenn du fertig bist mit Kacken, fahren wir nach Europa!«, zwinkert er mir zu.

9

Marc streamt wieder die ganze Nacht Filme. Er ist vor ein paar Stunden nach Hause gekommen, hat mit Karl gespielt, wir haben auch ein wenig miteinander gesprochen, aber ich habe schon lange das Gefühl, der Mensch, der nach Hause kommt und so tut, als sei alles normal, der mein Kind badet und mit mir zu Abend isst, mit dem ich Pläne bespreche und den ich zur Begrüßung umarme, ist nicht derselbe Mensch, zu dem er wird, wenn Karl schlafen geht, wenn unser Familienalltag beendet ist und er sich auf sein Sofa verzieht, seine Kopfhörer aufsetzt und in seinen Rechner glotzt. Dieses schweigende Loch ist der Mensch, den ich liebe. Mit dem ich zusammenlebe. »Ich schaue Filme, um an gar nichts zu denken«, meinte er letztens, und ich habe versucht mir vorzustellen, wie ich an gar nichts denke, wie das geht. Möglicherweise mutiere ich dabei zu einer Kuh, ohne diesen friedvollen Tieren das Denkvermögen absprechen zu wollen, wer weiß schon, ob Tiere denken können. Ich gehe an der Wohnzimmertür vorbei, sehe bläuliches Licht aus der Milchscheibe strahlen und weiß, dass dort dieser alles in sich hinein schweigende Mann liegt, und es ist, als dürfte ich die Tür zu diesem Zimmer nicht berühren, weil sich sonst unendlich kalte Traurigkeit in meiner Brust ausbreiten und mich von innen einfrieren würde. Er spricht nicht mit mir.

Ich sitze auf der Toilette und fürchte mich in der Dunkelheit. Alles Licht ist mir zu hell geworden und die Dunkelheit zu düster, als fände ich keine Lichtverhältnisse mehr, in denen ich mich aufhalten kann, sondern suchte absichtlich nach diesen blinden Zwischenzuständen, in denen ich Situationen wieder erlebe, die ich keinesfalls noch einmal erleben möchte. Ich habe Angst, von der Kloschüssel aufzustehen, da ich dort möglicherweise die Lache von vor acht Jahren wiederfinden könnte, das dicke Blut, eine große Menge davon, das in dunkelroten Streifen wie Tätowierungen über meine Beine läuft.

Das winzige zusammengerollte Wesen schwamm im Klo, schon aus mir herausgefallen in diese von Menschen erfundene Schüssel für das Hinunterspülen ihrer Ausscheidungen in die von ihnen erfundene Kanalisation, die Unterwelt unseres zivilisierten Daseins. Ich umschlinge mich selbst mit meinen eigenen Armen und drücke mich an die Wand gegenüber der Toilette. Es ist so dunkel, dass ich nicht sehe, was sich in der Schüssel befindet, nur Urin oder der rote Saft von damals. Ich trug zwei Monate lang jemanden in mir und sagte es keinem, weil ich wusste, wie viele der kleinen Embryonen sich noch vor Ablauf ihrer Probefrist verabschieden und beschließen, sich träumend aus diesem Traum herauszuheben und kein Bewusstsein erlangen zu wollen und ihre eigenen Anfänge zu bleiben. Ich wollte es Theodor erzählen … aber das hätte ihn nur gestört in seiner Meditation, und selbst wenn ich es ihm erzählt hätte, hätte er es eben wegmeditiert. Ich kniete vor der Kloschüssel und fischte den kleinen Klumpen heraus, während immer mehr Flüssigkeit aus mir herauslief und ich nicht wusste, ob das gefährlich war. Ich hielt das Wesen in meiner Hand und spürte sein Leben, es war noch warm, und ich dachte an kleine Rattenbabys, während ich mich an die Fliesen der Wand presste, genau wie jetzt gerade. Ich lief aus. Der Dreiviertelmond schien durch das Badfenster herein, und ich versuchte, den Geruch von Urin und Blut von mir fernzuhalten. Ich weinte stumm, und während das salzige Wasser meine Wangen hinunterlief, versuchte ich mit gespreizten Beinen, an denen entlang das Blut troff, das kleine warme Ding wieder in mich hineinzustopfen. Ich lachte, während ich weinte, weil es so lächerlich war, was ich tat. Ich hatte panische Angst, die mir den Atem nahm, so wie damals als kleines Mädchen im Schwimmunterricht, als ich gezwungen wurde zu tauchen. Ich meinte zu ersticken, kurz bevor ich den blauen Ring erreichte, weil ich unter Wasser einfach nicht atmen konnte und nicht die Disziplin besaß, mir selbst zu sagen: Es ist nur eine Übung, ein bewusstes Anhalten der Lebendigkeit. Den Atem wollte ich mir für keine Sekunde im Leben nehmen lassen. Warum durfte ein Lehrer das von mir verlangen? Ich wollte dieses Kind nicht verlieren, obwohl ich wusste, Theodor würde es nicht wollen.

Und so, mit dem kleinen Klumpen zwischen meinen Schamlippen, wie einen Tampon in mich hineingeklemmt, kroch ich damals in den Flur, zog meine Jacke vom Kleiderständer, kramte zitternd das Telefon heraus und rief einen Krankenwagen, eine klebrige rote Spur hinter mir, die ich bei der Rückkehr nach Hause heulend wegschrubbte. Die blutige Pfütze ist für immer in meiner Erinnerung geblieben, bei jedem Gefühl von Angst, ganz gleich wovor, taucht sie als Hintergrund wieder auf. Als Blase mit roten schleimigen Wänden, in denen die Angst sich einnistet, aber nie wieder abgeht.

Ich versperre die Tür auf dem Dachboden von innen mit dem alten Sessel voller Löcher im Bezug, den Marc mitgebracht hat, als wir zusammengezogen sind. Er hat wie immer nicht gemerkt, dass ich die Wohnung noch einmal verlassen habe. Ich könnte nach Australien flüchten heute Nacht, es würde ihm nicht auffallen.

Das Haus, in dem wir wohnen, ist ein Altbau mit fünf Stockwerken. Zwischen den Etagen gibt es kleine Toiletten, von denen die meisten nicht mehr benutzbar sind. Die Öfen im Haus sind längst außer Betrieb, aber in unserem Wohnzimmer steht noch ein alter Kachelofen, er hat dieselbe grünliche Farbe, wie Neles damals in Köln. Der Dachboden ist eigentlich auch nicht mehr begehbar, aber der Vermieter hat mir freundlicherweise erlaubt, ihn als Atelier zu nutzen. »Wenn Ihnen der Boden unter den Füßen zusammenbricht und Ihre Keilrahmen den Nachbarn die Köpfe einschlagen, suchen Sie sich vielleicht endlich einen vernünftigen Job«, hatte er angemerkt. Seitdem fühlte ich mich als potenzielle Mörderin und immer ein wenig schuldig, wenn ich die Treppen hinaufstieg. »Das war Humor«, hatte Marc mir erklärt. Doch ich begriff nicht, wieso der Vermieter sich vor meiner Phantasie fürchtete.

Ich öffne das Fenster und stehe frierend in T-Shirt und Unterhose in dem nach Wald riechenden Raum. Ich konnte vorhin wieder nicht einschlafen und bin hier hoch. Nun betrachte ich wieder das Bild, auf dem der Männerkopf immer noch fehlt, und versuche mir die Rauheit der Leinwand im Detail vorzustellen. Wie eines dieser animierten Computerbilder, in dem ganz nah herangezoomt wird an eine Oberfläche, ein Papier oder Holz, und man dann hineinschauen kann in die Materie, in die winzigen Partikel und die sich darin befindenden Zellen. Ich rauche kurz eine Zigarette an und drücke sie mir dann auf die Haut meines Bauches, kneife die Augen zusammen, gebe aber keinen Laut von mir. Ich rauche nicht und wurde heute früh am Kiosk wieder beinahe nach meinem Ausweis gefragt. »Sie sehen jung aus«, sagte der Verkäufer. »Wie alt sind Sie? Kommen Sie, interessiert mich jetzt wirklich«, flirtete er mit mir. Ich erkannte sofort seinen serbischen Akzent. Mit der brennenden Zigarettenspitze berühre ich noch einmal und einen Moment zu lang meine Haut und verziehe gereizt meine Lippen. Die Polen haben einen etwas anderen Akzent als die Russen, versuche ich mich abzulenken, und die Russen wiederum einen anderen als die Rumänen, und die Serben haben einen ganz eigenen. Mit einem runden »L«. Das »L« hört sich an, als wäre es dick geworden, als sei es ein Ballon, der gleich platzt, aber es eben nicht tut, er sitzt ganz gut in seinem eigenen Körper. Hundert und acht, ich bin hundertacht Jahre alt, sage ich leise, während ich mir eine weitere schnell errötende Spur auf den Bauch setze und an Großvater Jurij denke, der jetzt genauso alt wäre und in jener Lücke in meiner Erinnerung wohnt, in der alle wohnen, an die ich mich nicht erinnern kann, weil ich sie nie gesehen habe. Es tut nicht weh. Ich bin einfach stumm. Das ist möglich, das schaffe ich. Andere Menschen halten viel mehr aus. Sie kreisen wochenlang auf Schiffen im Mittelmeer herum, haben irgendwann nichts mehr zu essen und bekommen die Krätze, während Politiker nach dem hochwertigsten Stacheldraht für die Grenzen ihrer Staaten suchen und kein einziges Wohlstandsland das Schiff in seinen Hafen einlaufen lässt. Also die Kippe jetzt auf meinem Bauch, das schaffe ich, auch wenn ich niemandem mit meiner Brandwunde helfe, auch nicht mit einem Bild von meiner Brandwunde. Ich sollte das malen, denke ich und hinterlasse eine weitere kleine Brandwunde, die bald Modell stehen wird, rechts neben meinem Nabel. Ich stelle mir die Nabelschnur vor, die da angewachsen war und wie sie von innen ausgesehen hat, wie viele Millionen winziger Partikel sich darin befanden. Wie wohl die Nährstoffe beschaffen sind, wie der durchsichtige Sauerstoff aussieht, der Sauerstoff, den ich aus mir puste vor Schmerz, während meine Haare vorn in mein Gesicht fallen und ich vor Anstrengung schwitze. Ich drücke mir die brennende Kippe an eine andere Stelle an meinem rechten Oberschenkel und betrachte die Haare der Frau auf der Leinwand vor mir, die genauso wie meine eigenen in ihre Stirn fallen, während sie den noch nicht existierenden Kopf des Mannes mit ihren Händen zwischen ihren Schenkeln bewegt, weil sie ihn dort hineinzwängen möchte, in ihren Körper. Die Tränen laufen still über meine Wangen. Der noch nicht vorhandene Kopf des Mannes hat sich in das Innere der Frau hineingesaugt, er ist mit Nase und Mund schon in ihr verschwunden. Ich hinterlasse eine weitere Brandspur an meiner Leiste neben dem Leberfleck und starre stumpf vor Schmerz in den Keilrahmen.

10

(Saporischschja, Ukraine, 1941)

»Wohin fahren wir?«, fragt Aaron seinen Vater, während er in den Frachtwaggon gehoben wird und versucht, sich den rostig schimmernden Metallstaub aus den Augen zu wischen. Sie hatten am Bahnsteig gewartet, und als der Zug kam, wirbelte er den Eisenerzstaub auf, der jetzt an allem klebt, sich überall absetzt und in den Augen juckt, selbst der starke Regen kann das nicht von der Haut waschen.

»Ich weiß es nicht, Aaron. Nach Russland«, sagt sein Vater, der ebenfalls komplett bronzefarben eingestaubt ist, und hilft Aarons Mutter hinauf. Alle Menschen sehen aus wie Statuen unter dieser merkwürdigen Staubschicht, denkt Aaron. Es herrscht Hektik, wird durcheinander gesprochen und geschrien, Säcke und Koffer werden in die Waggons gehievt, kleine Kinder weinen, und Aaron muss aufpassen, dass er seine Eltern nicht verliert, weil er von den Einsteigenden immer weiter nach hinten in den Waggon gedrängt wird und sich wieder nach vorn arbeiten muss. Seine Mutter ruft nach ihm und ergreift seine Hand. Sie zerdrückt sie beinahe und sagt ihm, er solle immer in ihrer Nähe bleiben, sie dürften sich auf keinen Fall verlieren, alles werde gut.

Sie legen ihre nassen Säcke in einer Ecke aus und setzen sich darauf. Sie haben Glück, ihr Waggon ist nicht so voll, dass man sich nicht mehr bewegen kann. Die Türen werden geschlossen, und der Zug fährt los. Aaron und seine Eltern sind seit drei Tagen unterwegs. Sie sind zu Fuß zu einer Brücke gelangt, die wenige Tage zuvor aus der Luft beschossen und fast zerstört worden war. Die sowjetischen Soldaten haben sie passieren lassen. Von dort aus sind sie weiter nach Saporischschja gelaufen. Es hat so stark geregnet, dass Aarons Schuhe ganz aufgeweicht sind und sie die vielen übereinander gezogenen Schichten von Kleidung unterwegs doch wieder ausziehen und mühevoll in die Taschen stopfen mussten, da der nasse Stoff am Körper klebte und immer schwerer wurde. »Die Treter halten nicht mehr lange, Mama«, sagt er und zieht die nassen Lederfetzen im Zug aus. Seine Mutter holt das Geschirr, das sie in Papier gewickelt hat, aus dem Sack und wickelt es wieder aus. Sie stopft das Papier in seine Schuhe, in der Hoffnung, dass es sich mit der Feuchtigkeit vollsaugt und die Schuhe wieder trocken sind, bis sie aussteigen. Keiner weiß, wie lange sie fahren werden. »Vielleicht fünfhundert, vielleicht ein paar tausend Kilometer«, sagt Aarons Vater Semion. Aaron denkt an Schmulik und an Oma Bina. Er fragt sich, ob ihr Trick funktioniert und sie sich erfolgreich totgestellt hat, damit sie nicht erschossen wird, oder ob die Rumänen ihr auf die Schliche gekommen sind und sie noch einmal umgebracht haben. Alles verdreht sich in seinem Kopf von der Müdigkeit, von dem drei Tage langen Marsch und dem schrecklichen Wetter. »Als hätte der liebe Gott es so bestellt«, sagt seine Mutter. »Wochenlange Dürre und jetzt, wo wir gehen müssen, diese Sintflut. Was soll man sagen … ich habe nichts mehr zu sagen«, spricht sie leise vor sich hin und trocknet Aaron den Kopf ab mit einem Tuch, das sie aus dem Sack geholt hat. Sie wickelt ein weiteres einigermaßen trockenes Tuch um seinen Kopf. Seine Füße hüllt sie in einen Schal und zieht seinen Kopf zu sich auf den Schoß. »Mamenyu«, denkt er und schläft sofort ein vom Rattern und Wiegen und Wackeln des Zuges. Seine Mutter senkt den Kopf im Sitzen und schließt ihre Augen. Der Vater umklammert seine Knie und beobachtet die Menschen um sich herum. Er hält Wache.

Niemand weiß, wer hier noch so sitzt, denkt er. Er möchte nicht ausgeraubt werden im Schlaf. Sie haben ja so schon fast nichts bei sich. »Das ist unser ewiges Schicksal«, denkt Semion. »Meine Großeltern kannten es auch nicht anders. Und die Urgroßeltern auch nicht. Von einem Tag auf den anderen wird gepackt und gegangen. Niemand weiß, wohin, niemand fragt mehr, wozu.« Er weiß, dass es Hilfstransporte der Sowjets sind, sie werden nicht deportiert, sie werden evakuiert, aber ein kleines bisschen Zweifel hat er doch auch an dieser Tatsache und versucht, ab und an einen Blick durch einen Spalt in den

Holzwänden zu werfen. »Sinnlos«, denkt er und seufzt müde vor sich hin. »Wald und Felder, sonst nichts. Und bald wird es dunkel.«

Ein paar Stunden später bemerkt Semion, dass er eingenickt ist. Ein weinender Säugling weckt ihn auf. Er zuckt zusammen und überprüft sofort, ob alle Taschen und Säcke noch sicher unter und hinter ihnen verstaut sind. Seine Frau Rosa wacht ebenfalls auf und schaut sich um. Eine junge Mutter hält einen Säugling im Arm und versucht weinend ihn zu wiegen und zu beruhigen. Überall auf dem Holzboden des Waggons verteilt liegen Menschen und versuchen zu schlafen.

Rosa legt Aarons Kopf vorsichtig beiseite und beginnt in einem der Säcke zu kramen. Sie holt ein Taschentuch heraus, in das Zuckerstückchen gewickelt sind, und zieht einen Wollschal hervor. Damit kriecht sie zu der jungen verzweifelten Frau, die ihnen gegenüber hockt. Rosa war so etwas wie eine Hebamme in ihrem Schtetele. Die meisten Kinder ihrer Nachbarn und Verwandten hat sie in den letzten zehn Jahren auf die Welt geholt. Sie fühlt die Stirn des kleinen Mädchens und flüstert, dass es Fieber hat. »Halt sie an die Brust, gib ihr zu trinken, so viel wie es geht. Und jetzt erstmal ein Stück Zucker zum Lutschen, das beruhigt. Danach wird sie sicherlich etwas schlafen. Und wickele sie hier in den Schal, es zieht durch die Ritzen, der Regen hat alles abgekühlt … sie hat nicht genug an.« – »Wir sind geflohen«, antwortet die Frau, »die Rumänen haben uns ausgeraubt, wir hatten keine Zeit zu packen, das ist alles, was ich dabeihabe«, sagt sie und deutet mit einer Kinnbewegung auf die Sachen, die sie am Leib tragen. Sie weint und küsst die Stirn ihres Säuglings. »Elinotschka, meine kleine Elinotschka … sie wird das nicht überleben.« – »Na, halt deinen Mund, du dumme Eule. Elinotschka wird noch einen Kibbuz im zukünftigen Staate Israel erbauen, ganz allein wird sie das tun, mit diesen kleinen Händen hier. Du wirst sehen, ich sage es dir. Und jetzt versuch zu schlafen, wer weiß, wo wir ankommen, und ob du dort schlafen darfst.«

Rosa kriecht zurück und gibt Semion ein Zeichen, dass er sich jetzt ausruhen soll, sie hält Wache. Aaron macht kurz die Augen auf, weil er statt seiner Mutter einen dreckigen Stoffsack riecht, und sie zieht seinen Kopf wieder zu sich auf den Schoß. Mama riecht einfach am besten, denkt er.

»Meine liebe Mama.«

Im Traum seines Halbschlafes sieht er Großmutter Bina neben ihrem Schaukelstuhl mit dem Gesicht nach unten auf dem Boden liegen. Die dürre alte Frau blutet aus dem Hinterkopf und liegt unbeweglich da. Schmulik läuft aufgeregt um sie herum und schnüffelt an ihren Haaren, er leckt an ihren Händen und jault hohe Töne, wie Hunde es tun, wenn sie sich fürchten. Dann hört Aaron einen gewaltigen Knall und sieht im Traum Schmulik zu Boden fallen. Er reißt seine Augen auf und bemerkt, dass alle Menschen um ihn her panisch zur Tür kriechen. Einige Männer ruckeln daran und versuchen sie aufzukriegen. »Raus, alle raus hier, Bomböschka!«, hört er sie rufen.

11

»Also, das wäre das Zimmer … vielleicht überlegst du's dir ja doch noch anders. Schau!«, Nele reißt mit einem Ruck den dunkelgrünen Vorhang auf, hinter dem sich ein riesiges Fenster befindet. »Man kann sogar rausklettern … das Vordach ist schräg, man kann nicht darauf liegen, aber sitzen geht! Ein Buch lesen, liest du? Eine Zigarette rauchen…«

»Ich rauche nicht, hab ich doch gesagt …«

»Ja, ich bin ja schon still. Komm, wir klettern raus«, sagt sie und zieht an dem alten Holzrahmen. Dahinter befindet sich eine weitere Scheibe, das Haus muss über hundert Jahre alt sein, davon gibt es in Köln nicht viele, habe ich bemerkt, es wurde alles zerstört in Bomböschkas. Ich steige auf den Stuhl, um hinter ihr hinauszuklettern, und betrachte noch einmal den Raum hinter mir. Kurz frage ich mich, ob ich vielleicht wirklich mit Nele zusammenziehen sollte. Das Zimmer ist bestimmt dreißig Quadratmeter groß, riesig im Vergleich zu der Abstellkammer, die ich mir leisten kann. Die Wände sind rau und rostbraun.

»Die widerlichen Tapeten, die hier hingen, bevor ich eingezogen bin, hab ich eigenhändig abgerissen und Schicht um Schicht runtergekratzt!«, erzählt sie und wühlt in ihrer Streichholzschachtel. »Eine sehr alte Oma hat hier gelebt, die war älter als das Haus. Und brauner als diese Wände …«, murmelt sie und dreht sich mürrisch eine Zigarette.

Die Decken sind sehr hoch, und ich frage mich, ob man hier im Winter friert, denn ich habe noch nie so einen Kohleofen angeheizt. Das Zimmer ist fast leer, ein antik wirkender Schreibtisch steht schräg gegenüber vom Fenster, und der Stuhl stand schon da, als wir hereingekommen sind, wahrscheinlich weil Nele oft auf das Vordach klettert, auf dem man nicht liegen kann. Kein Schrank, kein Bett, nichts … meine Möbel sind quadratisch und geschmacklos, weil sie mir egal sind. Sie würden den wunderschönen Raum hier verunstalten.

»Der Ofen ist keine Attrappe«, belehrt sie mich und beobachtet vorsichtig, ob ich nicht vielleicht doch Lust auf gemeinsames Wohnen habe. Das ist merkwürdig, wir kennen uns erst seit ein paar Stunden.

»Hast du schon nach anderen Mitbewohnern Ausschau gehalten?«, frage ich sie. »Das Zimmer ist riesig, das kriegst du doch ganz leicht untervermietet«, sage ich und setze mich vorsichtig auf das schräge Dach.

Wir befinden uns in einem Innenhof, umgeben von anderen alten Häusern, die unterschiedlich hoch sind, ein wildes Durcheinander, wie ich es in Köln schon oft in Hinterhöfen bemerkt habe. Ein paar Vögel zwitschern, und irgendwo läuft Musik, leise und orientalisch.

»Ich glaube nicht an Annoncen«, sagt sie und pustet den Rauch aus.

Es ist früher Abend, und die Sonne verzieht sich langsam auf die andere Seite des Hauses, sonst würden wir die Hitze hier oben gar nicht aushalten. Wir sitzen nebeneinander auf dem schrägen Dach, ich lausche der arabischen Melodie, die aus einem Fenster dringt, und Nele hat ihre Ellenbogen auf die Knie gestützt. Wenn sie die Zigarette an die Lippen führt, zeigt sich ihr Pferdegebiss, die riesigen vorderen Schneidezähne. Sie streicht sich die verschwitzen Strähnen ihres Ponys aus der Stirn.

»Willst du dir wirklich die Haare abrasieren?«, fragt sie.

»Kommst du aus Köln?«

Sie hält einen Augenblick lang inne und betrachtet ihre Zehen. Sie hat große Füße, alles an ihr ist groß und lang.

»Nein, ich komme aus einem ostdeutschen Dorf«, antwortet sie endgültig. Ich schweige. Sie drückt ihre Zigarette im Aschenbecher aus und schaut mich trocken an. »Ein ostdeutsches Dorf nach der Wende zu erleben, ist im Prinzip ein stummer Befehl, das Land zu verlassen.«

»Befehl von wem?«, frage ich.

»Von Gott«, brummt sie mit ihrer tiefen Stimme und bricht in Gelächter aus. In ihr schallendes und dreistes Lachen, das ich heute schon öfters gehört habe.

»Was meinst du?«

»Naja, der Krieg hat im Osten eigentlich bis 1989 nicht aufgehört, sozusagen.«

Ich schaue sie ratlos an und habe das Gefühl, sie wühlt sich durch etwas, wofür sie keine Lösung hat, aber sie wühlt weiter.

»Na, Sozialismus ist ja keine blöde Idee ... aber eben doch auch nur ein System. Systeme sind wie Tunnel oder so«, sagt sie leise und fummelt ein weiteres weißes, fast durchsichtiges Blättchen aus der Packung, um sich erneut eine schmale Zigarette zu drehen. »Der Mensch läuft durch einen Tunnel, der sich krümmt und biegt, aber letztendlich doch wieder zum Anfang zurückführt. Man läuft viel hin und her in diesem Labyrinth, aber wenn man es irgendwann schafft, es von oben zu betrachten, dann sieht man eben nur ein System. Und die Arbeit des Tages besteht darin, dieses Labyrinth zu durchqueren, körperlich und seelisch. Mit einem System im Kopf bewegt man sich ... durchs System des Kopfes. Und mehr nicht ...«, sagt sie irgendwie überrascht, als hätte sie selbst etwas Neues begriffen, und zieht mit den Lippen an dem dünnen Stäbchen, das sich gleich in Asche verwandeln wird.

»Aber es ist spannend, ein System zu erfinden, oder?«

»Ja, wie der kleine Maulwurf, kennst du den?«, fragt sie mich schelmisch.

»Klar, der kam aus Tschechien, den haben wir auch geschaut!«

Neles Lachen erlebt eine weitere Kleinexplosion, ihr Humor hat etwas Reaktives.

»Der hatte ja auch immer eine Idee, der kleine Erdhöhlenbewohner ...«

»Was meinst du?«, frage ich und bemerke, dass ich mich schon lange nicht mehr so mit Theodor unterhalten habe. Eigentlich reden wir gar nicht mehr, nur unsere Körper.

»Kann's schwer beschreiben … Ideen können Lösungen sein oder … sinnlos«, sagt sie und betrachtet meine Haare, als beschäftige es sie noch immer, ob ich wirklich alle abschneiden will.

»Der Sozialismus war aber nicht blöd, hast du vorhin gesagt.«

»Hab ich? … Also eine Idee, die an sich schon der Sinn sein soll, das geht nicht, glaube ich …«

»Oh, zum Thema Sinn und Sinnlosigkeit kann ich einiges beitragen. Gib mir mal deinen Tabak.«

»Was, jetzt doch rauchen?«, fragt Nele streng. »Ich wusste es. Es muss etwas geben, dass dich abhängig macht, sonst wärst du mir unheimlich. Ich dreh dir eine.«

»Ich habe mal versucht die Arbeitsmoral meiner sowjetischen Vorfahren zu begreifen.«

Nele spielt mit dem winzigen Filter zwischen ihren Lippen herum und schaut irgendwie kriminell drein, als wollte sie mich gleich überfallen.

»Und was ist dabei herausgekommen?«, fragt sie skeptisch.

»Man muss jeden Tag arbeiten. Man muss viel arbeiten. Sinnlose Arbeit ist auch Arbeit. Arbeiten macht Sinn.«

Nele grinst.

»Ohne Sinn bleibt einem nur zu arbeiten. Sinnvolles Arbeiten macht viel Arbeit. Sinn ist sinnvoll. Sinnlos ist der, der ohne Sinn ist, hat mein Opa Aaron immer gesagt. Er war Kommunist. Sehr überzeugt. Hast du das Prinzip begriffen?«

»Ich glaub schon … also, der Sinn ist – einfach schwer!«, sagt sie, und wir lachen beide aus voller Kehle. »Mach weiter!«, ruft sie, als wollte sie weiter gekitzelt werden.

»Wenn es keinen Sinn gibt, muss man daran arbeiten, dass man einen Sinn schafft. Wenn man es nicht schafft einen Sinn zu erschaffen, dann …?«

»… hat man schlecht gearbeitet?«, fragt sie und steckt mir die gedrehte Zigarette in den Mund.

»Richtig, meine liebe ostdeutsche Freundin, ein Hauch Sozialismus blüht also auch noch in deiner kapitalistischen Hipsterseele.«

»Den Kapitalismus verdränge ich und Hipster war ich früher mal, jetzt bin ich Musiklehrerin. Und wir sind schon Freunde?«, fragt sie und schaut mich gerührt an.

»Wer schlecht arbeitet, ist sinnlos. Jetzt du«, sage ich und ziehe vorsichtig an der Zigarette, um vor Nele keinen Hustenanfall zu bekommen. Ich muss trotzdem husten.

»Wer gut arbeitet, macht Sinn! Für wen auch immer!«, schreit Nele vom Dach, und die orientalische Musik klingt auf einmal etwas leiser, als hätte jemand die Lautstärke heruntergedreht. »Man kann Sinn finden, wenn man ihn sucht. Wenn man ihn nicht findet, sollte man arbeiten! Im Notfall arbeiten!«, brüllt sie, und im nächsten Augenblick ist die Musik ganz aus.

»Schrei nicht so, da kommen bestimmt gleich die Bullen, wenn wir so weitermachen.«

Wir sind still, als müssten wir uns beide an etwas erinnern. Wie zwei Schwestern, die meinen, dasselbe Schicksal zu teilen, aber zwei unterschiedliche Leben führen.

»Ideen tun früher oder später weh«, sagt sie leise.

»Ja«, antworte ich, und wir schweigen eine Weile. Von Weitem ist das Pfeifen eines Zuges zu hören, irgendwo in der Nähe muss sich eine S-Bahn-Haltestelle befinden, es gibt also doch einen Haken an dieser Wohnung.

»Was ist das in uns drin, das weh tut? Sich selbst oder jemand anderem …«

»Sadismus. Wir sind alle Sadisten«, kommt es irgendwie luftleer aus Neles Mund heraus. »Hab mich viel damit beschäftigt, weil mein Vater geschlagen hat. Meine Mutter hat zweimal versucht, sich das Leben zu nehmen. Beim zweiten Mal war ich wütend auf sie. Wenn sie es wirklich will, warum klappt es dann nicht? Spätestens bei dem Gedanken habe ich gemerkt, dass ich raus muss, weil ich nicht mehr richtig ticke … Bin vom Hof gezogen, ich bin auf einem Bauernhof aufgewachsen. Der war völlig bankrott nach der sogenannten Wende. Mein Vater hält aber heute noch an seiner Idee fest, schuftet täglich auf diesem nichts mehr erwirtschaftenden Hof und zwingt alle anderen, die sich nicht so sehr ekeln können wie ich und nicht aus Verzweiflung abhauen, ebenfalls zu schuften, meinen Bruder, zum Beispiel, der immer noch auf dem Hof lebt ... obwohl's dem da eigentlich auch ganz gut gefällt, er kennt nichts anderes ... meine Mutter kann nicht mehr arbeiten ... die ist durch, läuft depressiv und gebeugt durch die Gegend – so!«, sie steht auf und bückt sich so tief, dass sich ihr Rücken parallel zu den Zehen befindet. »So läuft sie. Das machen die Scheißtabletten.« Nele setzt sich nervös wieder hin und beißt sich leicht auf die Lippen. »Hannah Arendt hat mal gesagt, das Böse sei nicht radikal, und weißt du, was meiner Meinung nach Sadismus ist? Der ist radikal sinnlos. Er ist nicht pur und nicht schnell und nicht ehrlich. Er ist intelligent, hinterhältig, banal und brutal. Hab viel von ihr gelesen. Sie hat auch mal versucht, den Alltag in einem Lager zu analysieren, um eine Definition dafür zu finden, und die war letztendlich: vollkommene Sinnlosigkeit«, sagt sie und zerdrückt die Tabakpackung in ihren knochigen Händen. Sie sind schön, ihre Hände, weiblich und schmal.

»Wie kommst du jetzt darauf?«, frage ich vorsichtig.

»Keine Ahnung, hab viele sinnlose Situationen erlebt, du nicht?«, fragt sie, und ich weiß nicht, was ich antworten soll, hebe unsicher meine Schultern. »Auf jeden Fall meinte sie, also Arendt, dass in einem Lager jeder Tag sinnlos ist, für die Opfer, wie auch für die Täter, da alle den Ausgang kennen: Die Gefangenen werden irgendwann sterben.«

»Am Ende müssen alle sterben«, sage ich, und Nele schaut mich fragend an. »Hat mein Vater immer gesagt ... und: Der Mensch kann sich an alles gewöhnen!«, füge ich an und merke, dass mir Neles Tabak schmeckt.

Überhaupt gefällt es mir hier.

»Ich habe mich gefragt, ob wirklich alles so sinnlos war und ohne Ausweg? Auch damals hat es ja schon das Schicksal oder Gott gegeben oder Restgerechtigkeit, oder Menschen, die sich aktiv gewehrt haben, um dieses System zu durchbrechen. Irgendwann sind die Befreier doch einmarschiert und haben die Lebenden befreit, sie haben überlebt, wenn auch seelisch verletzt. Also gab es irgendwann einen

Ausgang. Trotzdem, wollte man das Leben in einem Lager in einer Formel ausdrücken, dann wäre sie eben: Sinn minus Sinn gleich Null Sinn. Und die Sinnlosigkeit bestand darin, dass alle das verstanden haben«, Nele verliert den Faden und schaut hilflos vor sich hin. »Denn sie müssen doch alle irgendetwas gedacht haben, oder nicht? Sie töteten aus Sadismus und starben, weil es keinen anderen Ausweg gab. Dieser beschissene Krieg hat Millionen von Kriegsopfern gekostet und einen ewig andauernden kalten Krieg, die Mauer, gleich darauf das nächste System ...«

»Israel als Chance und als Fluch«, sage ich leise.

»Ja, und noch vieles mehr, aber nichts Sinnvolles ... Und vielleicht ist die Zahl derer, die das begreifen, irgendwann größer als die Zahl derer, die es nicht tun ... Hast du Hunger?«, fragt Nele.

»Das würde Sinn machen, ja« antworte ich.

Es ist fast Mitternacht, und jeder unserer Sätze mündet in einem mittelschweren Kichern, weil Nele und ich schon sehr angetrunken sind. Wir hängen auf dem Sofa in ihrem riesigen Wohnzimmer, und auf dem Boden vor uns liegen drei große Pizzaschachteln, in denen sich abgeknabberte Teigkanten befinden. Nele hat ihre langen Beine mit den bananenartigen Fußsohlen auf meinem Schoß abgelegt, und ich habe das Gefühl, wir kennen uns schon immer. Sie hat Rotweinränder an den Lippen, ich wahrscheinlich auch. Wir verstehen uns stumm und reden doch so gern miteinander. Ich habe schon lange keine Freundin mehr gehabt, merke ich. Auch keinen Freund. Ich dachte, ich bräuchte so etwas nicht mehr. Ich dachte, Kunst kann alles.

»Ich hab den Film nicht verstanden«, sagt Nele und lacht unentwegt weiter nach jedem Satz, egal ob er von mir oder von ihr kommt. Sie möchte alles weglachen.

»Ich habe dir doch jeden Satz übersetzt«, pruste ich los. »Deine Füße stinken«, stelle ich fest, und sie versucht, mir einen Fuß ins Gesicht zu schieben, was ihr nicht gelingt, weil ich sie abwehre. Ich hantiere mit ihren langen Beinen auf dem Sofa hängend hin und her, und ein Stück ihrer weißen Unterwäsche blitzt dabei unter ihrer kurzen Hose hervor.

»Erklär mir den Film!«, grölt sie und versucht, ihre Beine aus meinem Griff zu befreien.

»Mein Gott, ist doch nun wirklich nicht schwer ...«, nöle ich und trinke meinen Rotwein aus. Wenn ich jetzt noch ein weiteres Glas trinke, werde ich Neles Wohnung mit Erbrochenem einweihen, und dann werde ich hier einziehen müssen, denn wer sonst wird hier danach noch leben wollen?

»Also, der junge Mann, dieser Grischa, der hat irgendwie nur Pech ... im Leben ... verstehst du?«, lache ich und versuche meine Übelkeit zu unterdrücken. Ich stopfe mir vorsichtshalber ein Stück Pizzarand in den Mund, der noch ein wenig nach Peperoni schmeckt, um meinen Magen zu beruhigen.

»Ja, Pech im Leben verstehe ich gut ... kenne ich ...!«, säuselt Nele betrunken und lacht immer weiter. »Weil diese Frau, die er so liebt, sich in diesen anderen, diesen Autor verliebt ... und Grischa ist ja auch Autor, hat aber nicht einmal eine eigene Wohnung, weil er arbeitslos keinen Anspruch darauf hat, das war so in der Sowjetunion, also muss er bei ihr und ihren Eltern wohnen, die ihn hassen, weil er kein Geld hat, weil sich sein Zeug nicht verkauft ... Er ist wie ... nicht existent ... und das sagen ihm auch permanent alle, weil er keinen Job hat ... verstehst du?«

»Ja, absolut, also hier ist Platz, Grischa und diese, wie hieß sie? ...«

»Nadja ...«, kann ich mich vor Lachen kaum halten, weil Nele so unbeholfen, zufrieden und einfach glücklich aussieht, wie sie auf diesem Sofa liegt und sich nicht mehr aufrichten kann, weil sie zu betrunken ist.

»Ja, die können beide hier einziehen! Hier ist Platz!«, schmatzt sie.

»Auf jeden Fall baut diese Nadja echt Mist ... weil er sie eben liebt, und ich meine, wann liebt man schon mal jemanden wirklich? ...«

»Verstehe ich gut«, sagt Nele ernsthaft.

»Also, der Film heißt ›Langer Abschied‹, weil diese Nadja, die Liebe seines Lebens ist, er vertraut ihr, er glaubt ihr, er glaubt an sie, er nimmt sie ernst.

Und sie wirft das weg. Einfach so. Ohne es zu begreifen, sie versteht es gar nicht richtig. Die Liebe ist verdammt zart. Und deshalb muss er sich irgendwann von ihr verabschieden, er muss, weil er echt ist und wirklich begreifen kann. Er ist ein Mensch, der ein Gewissen hat und in der Lage ist, zu verstehen. Und sie nicht. Am Ende gibt es keine Liebe mehr, nur einen langen, langen Abschied. Ihr Leben lang ...«

Nele ist eingeschlafen mit ihren Füßen auf meinen Knien. Cornelia Sophie Grünewald, deutscher als deutsch ... hallt es in meinem Kopf nach ... ich decke sie zu mit einer dunkelblauen Strickdecke, die über der Sofalehne hängt und torkele in den Flur. Ich versuche, nichts zu vergessen, merke aber, dass das vergeblich ist, alles dreht sich, dieser Tag hat mich eingesogen wie eine Turbine, und ich habe den Kopf verloren, weil ich die Gedanken darin einfach nicht mehr ertrage. Ich versuche vorsichtig die dunklen Treppen im Hausflur hinunterzusteigen, den Lichtschalter habe ich auch nach langem Suchen nicht finden können. Meine Gedanken dehnen sich und rasen gleichzeitig.

12

Ich spüre seine vorsichtigen Stöße wie durch eine Blase hindurch. Seine Hand liegt schützend auf meinem Bauch, sein Oberschenkel ist auf meinen gerutscht. Ich atme gierig in mich hinein, Marc kennt diesen letzten Atem und wartet kurz, dann schiebt er sich noch einmal ganz in mich, an unserer in meinem Bauch liegenden Zukunft vorbei, und das Laken knirscht unter meinem linken Ohr.

»Ich liebe dich«, sagt er und wühlt sich mit seiner Nase in meine Haare. Wir liegen lange stumm aneinander, und ich betrachte die wenigen Tropfen, die auf die Fensterscheibe treffen und an ihr hinunterrutschen. Das Gewitter ist früher da, als ich dachte. Ich schaue in das langsam heranziehende Grau hinter dem halb geöffneten Fenster, ein stärker werdender Wind haucht den Schweiß auf meiner Stirn an. Marc schweigt, ich glaube, er hat seine Augen geschlossen. Er baut immer wieder Unterbrechungen ein, die es in der Liebe doch gar nicht geben kann, denke ich. Diese Unterbrechungen sind langweilig, wie hält er sie nur aus?

»Du wolltest mir etwas erzählen. Von dir«, sage ich langsam, als wollte ich es gar nicht sagen, weil es sich anhört wie eine Frage aus einem Film über unglückliche Paare.

»Lass doch. Du riechst gerade so gut«, brummt er halb schläfrig vor sich hin.

»Das ist doch lustig. Ich war einige Male in Wuppertal, als ich klein war. Und du warst gleichzeitig auch dort«, sage ich.

»Ja ... das kommt vor, dass man sich erst als Erwachsene kennenlernt, Kira ...«, witzelt er, und ich verpasse ihm einen leichten Stoß mit meinem Fuß.

»Erinnerst du dich an deine Kindheit?«, frage ich und versuche ihn zu bestechen, indem ich meinen Po leicht an seinem Oberschenkel reibe. Er streicht zart mit seinen weichen, aber festen Fingern durch mein Haar, als wollte er mich beruhigen, als wollte er sagen, dass alle Fragen unwichtig sind, weil es doch gar nicht immer genaue Antworten braucht, er streicht ja auch ungenau durch mein Haar, und das genügt.

»Sing mir was vor«, sagt er.

»Ich hab dir eine Frage gestellt, Marc. Eine konkrete ... was denn singen jetzt ...?«

»Sing was, dann beantworte ich die Frage«, antwortet er leise und presst seine rechte Hand auf meinen Bauch, damit ich nicht davonlaufe.

»Ich kann nicht singen.«

»Was auf Russisch. Kindheit interessiert dich doch immer so sehr, du Pseudopsychologin ... sing mir was aus deiner Kindheit.«

»Nein«, antworte ich ungewollt schroff.

»Gut, dann weiß ich auch nicht ... wir könnten nochmal?«, ärgert er mich und pustet Luft unter meine Achsel, wodurch ein unseriöses Furz-Geräusch entsteht. Es kitzelt mich, und ich muss lachen, er macht mich tieftraurig und ratlos, aber er bringt mich auch immer wieder zum Lachen.

»Was, wenn das irgendwann nicht mehr so ist?«, frage ich streng.

»Was?«, fragt er verlegen und setzt mit seinen Lippen noch einmal unter meiner Achsel an.

»Wenn ich irgendwann nicht mehr über dich lachen kann?«

»Du lachst mich aus?«, er schielt mich gespielt überrascht an. Ich rolle ihn auf den Rücken und setze mich auf ihn drauf. Unsere Blicke treffen sich, ich bin schwer, und er streicht zart mit der Handfläche über meine Oberschenkel. Es nistet sich ein bisschen Angst zwischen uns ein. Ein kleiner Stromschlag, wie er uns oft passiert, wenn ich etwas ernst meine und er begreift, wie ernst ich sein kann. Ich möchte ihn nicht erschrecken, aber wie lange soll ich ihn noch streicheln und liebkosen, bis er nicht mehr unsicher ist, nicht mehr verängstigt.

»Du bist erwachsen, Marc«, springt es aus mir heraus, und ich fürchte, dass er mich gleich von sich wirft, mein Körper verspannt sich und wartet auf seine Reaktion, ich darf nicht vom Bett fallen, ich könnte unserem Bauch weh tun. Sein Blick klebt immer noch an meinem, wenn er auch bereits wieder seinen Schutzschleier davorgezogen hat, durch den er mich anschauen und gleichzeitig nicht anschauen kann. Ich weiß nicht, wie er das macht. Manchmal stehe ich vor dem Spiegel und versuche diesen doppelbödigen Blick zu kopieren, der mehrere Haltungen gleichzeitig beinhaltet, aber es gelingt mir nicht. Marc schweigt eine Weile, scheint wütend, wirft kurz einen Blick auf unsere aufeinanderklebenden Geschlechter, dreht dann den Kopf zum Fenster und beobachtet den Regen, der sich in ein Nieseln verwandelt hat, das höchstwahrscheinlich die nächsten drei Tage anhalten wird, wie immer an der Ostsee. Wir sind genau zur falschen Zeit gekommen. Ich betrachte sein Gesicht und habe das Gefühl, er hat kurz vergessen, dass wir uns gerade gestritten haben und dass ich noch immer auf ihm sitze, und weiß, dass er will, dass ich von ihm ablasse, aber ich zwinge ihn liegen zu bleiben. Ich drehe sein Gesicht zu mir und singe leise und schlecht:

»... Осядет вода, жидкость травы осушит, будет париться гроза, и тридцать пять лет весны не удушат, не изменит лето меня ... тянутся сосны вверх бесконечно, небо дырявят в срок, не развалилось море небесное, не выпала буря из грез ...«

»Du kannst wirklich nicht singen«, reagiert er leise und erstaunt, seinen merkwürdigen Vorhang nun komplett vors Lid gezogen. »Worum geht's in dem Lied?«

»Sag ich nicht«, antworte ich ernst.

»Warum?«, fragt er leise und zieht den Vorhang auf. Dahinter erkenne ich einen heranwachsenden Jungen. Das ist er, ich sehe ihn.

»Damit du verstehst, wie es sich anfühlt, ein Gespräch mit dir zu führen«, antworte ich und lege mich neben ihn auf den Rücken. Marc steht langsam auf und streicht sich die verwirrten Haare aus der Stirn, ich schaue ihn gern an, wenn er sich nackt und ratlos durch den Raum bewegt. Er prüft, ob der Kaffee in der Kanne noch warm ist, scheint sich zufrieden zu geben, setzt sich dann ins Bett und schiebt sich das dicke weiße Hotelkissen hinter den Rücken. Ich drehe mich auf die

Seite und schaue stumm unseren Bauch an. Meine Augen sind auf Höhe seines Oberschenkels, ich rieche ihn. Dieser Geruch, den man nur von wenigen Menschen kennt und der immer einzigartig ist, eine Mischung aus Schweiß und milchiger Säure, aus Zeit und der gemeinsamen Reibung. Ein unangenehmer Geruch, einer, der entsteht, wenn zwei unterschiedliche Gerüche sich vermischen und vielleicht doch nicht zueinander passen. Marc trinkt einen Schluck lauwarmen Kaffee und verzieht leicht sein Gesicht. Ich glaube, ich löse eine allgemeine Verzerrung in ihm aus. Er streicht mit den Fingerspitzen der linken Hand leicht über meinen oberen Bauch, in dem sich nach wie vor noch nichts geregt hat heute.

»Meinst du, der da drin mag schon Märchen?«, fragt er mich kindlich.

Ich ziehe etwas genervt meine Schultern nach oben und weiß, dass ich ihm mit einer Antwort, einer die aus Wörtern besteht und nicht aus meinem Beleidigtsein, das Sprechen erleichtern könnte, aber ich tue es nicht. Soll ich ihm jetzt mein Leben lang alles erleichtern? Er stutzt, rutscht dann aber innerlich tiefer und überwindet seinen Trotz.

»Es war einmal ein kleiner Junge, Marc Brückner«, ich schaue ihn hart an, als ginge es um etwas, dabei könnten wir uns seiner Meinung nach einfach noch einmal lieben und dann dem Regen zuschauen. »Sein Geburtsdatum war der dritte März 1980. Er kam in Wuppertal auf die Welt, der Stadt mit der Schwebebahn.«

»Die gibt es nicht in jeder deutschen Stadt«, spreche ich ihm dazwischen, wie ein gieriges Kind, das zum zehnten Mal dieselbe Geschichte vorgelesen haben möchte, nur dass ich kein Kind bin und die Geschichte nicht kenne.

»Was?«, fragt er.

»In Wuppertal lebt man auf Hügeln, wie in Haifa, die Stadt kann nach oben und wieder nach unten abgelaufen werden«, schießt es mechanisch aus mir heraus.

»Genau ... Und Marc ist als kleiner Junge mit seinem Vater die steilen engen Straßen hoch und dann wieder runtergelaufen«, spricht er langsam weiter und setzt sich im Schneidersitz neben meinen Bauch.

Er betrachtet den hervorschauenden Nabel genau, als hätte er etwas zu klären mit ihm, und legt dann seine Fingerkuppe auf die angeschwollene Nabelspitze. »Der Vater war Schriftsetzer. Das ist ein Beruf, der in den Neunzigern ausstarb. Stell dir vor, du hast einen Beruf, den es plötzlich nicht mehr gibt«, erzählt er, und ich weiß nicht, mit wem er spricht, mit mir oder mit unserem Bauch. Er schiebt seine Fingerkuppe vorsichtig nach unten und lässt den kleinen Nabel sich dann wieder aufrichten. »Dieser Schriftsetzer arbeitete also im Buch- und Zeitungsdruck. Er setzte im Stehen aus Blei gegossene Buchstaben und Zeichen aus einem ziemlich schweren, vielleicht zwanzig Kilo schweren Setzkasten in den Winkelhaken«, Marc redet, und es wirkt, als hätte er diese Sätze und Begriffe irgendwann auswendig gelernt. »Weißt du, was ein Winkelhaken ist?«, fragt er ins Leere, und ich versuche, seine Aufmerksamkeit auf mich zu ziehen, indem ich interessiert »Nein« antworte. »Er schaffte so ungefähr eineinhalb Tausend Zeichen pro Stunde. Es war schwer, die Handsatzschriften anschließend wieder in ihre jeweiligen Fächer im Setzkasten zurückzulegen, das war das Anstrengendste an der ganzen Sache. Den Buchdruck gab es seit fünfhundert Jahren, und dann, in den Neunzigern also, veränderte sich wieder alles auf der Welt, die Technik gewann, und der Schriftsetzer und somit auch der Vater von Marc, der übrigens Oskar hieß, wurden überflüssig. Er sollte nun Mediengestalter werden oder sowas, aber die Umschulung dazu hat er nicht übers Herz gebracht. Stattdessen besoff er sich lieber. Er besoff sich davor auch schon gern, aber die harte Arbeit ließ ihm nicht so viel Zeit dafür«, er schweigt kurz und starrt auf den Nabel. »Arbeitslosigkeit ist Zeit, die irgendwie überbrückt werden muss. Es ist eigentlich Lebenszeit, aber innerhalb des Systems, in dem man lebt, ist es unsichtbare Lebenszeit, verboten, unsinnig. Ich habe meinem Vater oft beim Arbeiten zugeschaut und damals schon bewundert, wie schwer sich die Schrift setzen ließ, wie langsam sie sich der Geschwindigkeit der Zeit anpasste und wie viele Erinnerungen sie an die Jahrhunderte zuvor hatte.« Marc zieht zarte kitzelnde Kreise mit seiner Fingerkuppe um meine Nabelpocke herum, und ich hoffe, dass diese Zartheit den seit gestern früh stumm gewordenen Fötus in meinem Körper ein wenig erfreuen wird und er endlich aufwacht, sodass diese Schwere von mir fällt. Ich habe Angst. »Das Schriftsetzen und das Schreiben und das Denken, das beidem voran geht, erschien mir so schwer und spannend, dass ich es selbst versuchen wollte. Ich saß am Schreibtisch, versuchte zu begreifen, was in meinem Kopf vorging, und Sätze daraus zu bilden. Schneller als meine Gedanken und schneller als meine Hand konnte ich nicht sein. Ich hörte auf meinen Atem und schrieb, wie ich atmete«, er hält inne und schaut abwesend aus dem Fenster, seine Hand rutscht zwischen meine Beine und bleibt dort sanft liegen, ich spüre das Gewicht und bin beunruhigt. »Ich habe so lauter kleinkarierte Hefte vollgeschrieben mit Geschichten und Gedichten und eine eigene Schrift erfunden«, erzählt er langsam weiter. Der Wind draußen tobt stärker, und ich fröstele ein wenig, unser gemeinsamer Bauch verhärtet sich leicht von dem Temperaturwechsel. »Das war meine Geheimschrift. Ich habe eigene Zeichen für Buchstaben erfunden, auswendig gelernt und so geschrieben. Das konnte niemand außer mir lesen, das war mein persönliches Alphabet«, sagt er und lächelt.

»Your own, personal alphabet...«, summe ich leise, und Marc zuckt zusammen, als hätte er vergessen, dass ich da bin und nicht nur mein Körper, an dem er permanent herumspielt. Manchmal wünsche ich mir, ich hätte keinen Körper, damit er das wahrnimmt, was ohne Körper von mir übrig bleibt. Marc wirft einen Blick auf meinen Nabel und fällt wieder in seine Versunkenheit.

»Diese Zeichen und Kringel und Kreise waren mein Geheimnis, und ich habe die Auflösungen nie verraten. Niemandem. Auch meiner Mutter nicht, als sie einmal so ein Heft bei mir gefunden hat und wissen wollte, was ich da male«, er schweigt eine Weile bedeutungslos. »Susanne war eine große schlanke Frau.«

»Deine Mutter?«, hake ich zu schnell ein.

»Ja, Mama«, antwortet er trocken und abgeklärt. »Sie hatte blonde Haare, die ihr knapp über die Schultern reichten.«

»Und heute? Wann lerne ich sie kennen?«, frage ich. Er antwortet nicht.

»Sie hatte ganz schmale Schultern und einen rundlichen Bauch, der immer so ein wenig vorstand, das sah lustig aus, weil sie eigentlich so dünn war«, erzählt er mit einem Lächeln und wirkt verlegen. Marc wirft das weiße zerknüllte Laken über meinen Unterleib. Ich bin enttäuscht.

»Susanne war Grundschullehrerin. Jeden Tag gingen wir zusammen zur Schule, aber sie unterrichtete nicht in meiner Klasse. Wenn ich meine Klassenlehrerin vorne stehen sah, dachte ich daran, dass Mama im Raum nebenan genauso steht und erzählt, aber in Wirklichkeit meine Mutter ist, nur ist das den anderen Kindern egal, so wie es mir egal ist, wessen Mutter meine Klassenlehrerin ist.« Er legt sein Kinn auf die gefalteten Hände, von denen Unterarme zu den Ellenbogen führen, die er auf seine Knie gestützt hat, und sein Körper wirkt auf einmal stimmig und vollständig. Jeder Körperteil ruht auf einem anderen, alles entsteht irgendwo und wächst aus etwas heraus, und am Ende mündet der Körper im Körper. Wir sind einfach nur wir, denke ich, und überlege, Marc zu fragen, ob er das Märchen noch einmal erzählt, wenn wir wieder daheim sind, und ob er sich dann wieder genauso hinsetzen könnte, damit ich ihn malen kann. Ich habe schon einige Zeichnungen von seinem Körper, aber aus der Erinnerung, nicht aus seiner tatsächlichen Anwesenheit. »Ich habe das geliebt, wenn Mama abends meinen Kopf streichelte vor dem Einschlafen. Sie hatte lange dünne Finger und fuhr damit zart durch meine Haare, dann formte sie eine Schüssel aus ihrer Hand, und streichelte meinen Kopf von der Stirn zum Nacken, ganz weich. Ich habe mich gefühlt wie ein Fisch. A fish doesn't think, because a fish knows everything.« Wir sind erst seit knapp über einem Jahr zusammen, aber ich habe dieses Zitat schon so oft von ihm gehört, dass es mir vorkommt, als würde ich es mein Leben lang kennen, und ich weiß nicht einmal woher es stammt. »Viele andere Fische schwammen um mich herum, und ich erkannte jeden einzelnen von ihnen ... währenddessen machte Oskar sich in der Küche das dritte Bier auf.« Er drückt wieder leicht auf meinen Nabel, als wäre ich ein Spielzeug. »Ich dachte an gar nichts, schlief ein und träumte von Dorschen, Kraken und Haien.«

»Auch von Walen?«, frage ich und umfasse sein Gesicht mit beiden Händen. Ich versuche ihm in die Augen zu schauen, die geöffnet geschlossen scheinen, ein Funken Freiheit blitzt darin auf, aber eine verbissene Freiheit. Ich werfe das Laken von mir. Marc streicht wieder abwesend über meinen Oberschenkel, steht dann auf und geht ans geöffnete Fenster. Er zündet sich eine Zigarette an. Ich friere nackt und enttäuscht auf dem Bett. Ein Tritt durchfährt mich, und ich sehe eine leichte Kontur unter der gespannten Haut.

Endlich.

13

(Berlin, Deutschland, jetzt)

Karlchen blättert in seinem Maulwurf-Bilderbuch und isst langsam sein Butterbrot. Wir haben verschlafen, Karl kommt wieder zu spät in den Kindergarten und ich zum Zeichenunterricht. Marc war schon vor dem Frühstück aus dem Haus, ich habe das Gefühl, er versucht jetzt jeden Tag, die Wohnung noch etwas eher zu verlassen als am Tag zuvor. Er meidet mich, er meidet gemeinsame Mahlzeiten, er meidet alles, sich selbst auch.

Karls Haare leuchten in der Morgensonne, die um diese Uhrzeit immer direkt durchs Küchenfenster fällt. Er hat dasselbe kastanienbraune Haar wie sein Vater, das frisch gewaschen besonders stark im Sonnenlicht glänzt, sein kleiner Kopf ist wohlgeformt rund, und er hat kluge Augen. Er ist ein nachdenkliches Kind, und wenn er so in einem Bilderbuch versinkt, sehne ich mich danach, das auch noch zu können, ruhig in Träume und Überlegungen zu verfallen, Zeit zu haben etwas nicht zu begreifen, keine Angst zu haben. Kindheit ist mutig, lebendig und weise. Warum können Kinder so einfach sein?

Ich glaube, Marc ist leer. Er denkt nicht nur nichts, sondern fühlt auch nichts mehr, und selbst das sagt er mir nicht. Ich drehe den Wasserhahn auf und beginne hastig abzuwaschen.

In meinem Traum heute Nacht habe ich einen jungen Mann gesehen. Es hatte mehrmals an der Tür geklingelt, so laut, dass mein Trommelfell beinahe zerplatzte, es tat weh. Ich stand auf dem Balkon unserer Wohnung, aber das Licht draußen und die Luft waren anders, langsamer, nicht wie jetzt. Dann versuchte ich, Karls Bett frisch zu beziehen. Aber sein Kinderbett war weg. Die Bettwäsche wollte einfach nicht über Decke und Kissen passen, die mit den hellblauen Elefanten darauf... Marc war schon lange nicht mehr bei mir, und ich war alt. »Ich war tauchen ... ich komme morgen«, hatte eine männliche Stimme am Telefon gesagt. Dann summte es, als hätte ich die Tür unten aufgemacht. Jemand schlurfte langsam die Treppen herauf, lustlos und langsam, sperrig. Ich stand in der Wohnungstür und breitete meine Arme aus, wartete auf das Kleinkind, das gleich die Treppen hochgekrochen kommt. Ein Mann mit schulterlangen Haaren und einem riesigen Reiserucksack trottete herauf. Wie lange war er weg gewesen? Vielleicht war er nur gekommen, um einen Drachen mit mir steigen zu lassen, bevor er sich umbringt... seine Unterhosen, die ich in die Waschmaschine legte, waren löchrig...

Marc ist ein tiefer und schweigender Brunnen, denke ich und halte einen großen weißen Teller unter das heiße Wasser, das Fett tropft langsam von der Keramik und mischt sich mit dem sauberen Wasser. Obwohl er oft gerne plaudert und sich Gedanken macht über das Leben und die Gesellschaft, das Klima, das Grundeinkommen, worüber sich eben alle Gedanken machen, nur um etwas zu sagen, um nicht unhöflich zu wirken, obwohl er mir nichts verheimlicht, weil scheinbar nichts Besonderes in seinem Kopf vorgeht, gibt es doch etwas Wesentliches, das er nicht einmal sich selbst verrät, und das bewahrt er in einem speziellen Raum auf. Wahrheiten, die er nicht berühren möchte, steckt er in diesen Kubus, der grau ist und einen Deckel hat, und dieser Deckel ist fast durchsichtig. Marc wirft ab und an einen flüchtigen, bewusst unbewussten Blick durch diesen Deckel. Er weiß, da ist noch etwas, das er klären müsste, und diese Tatsache nagt an ihm wie ein Schuldgefühl, aber er tut so, als wüsste er es nicht. Und diesen Zustand kriegt er hin, ohne irre zu werden.

Der junge Mann heute Nacht küsste mich auf die Wange, und ich prüfte den Kuss auf seine Ehrlichkeit. Strich mir mit der Hand über die Kopfhaut und merkte, dass meine Haare nicht da waren, abrasiert. »Karlchen!«, schoss es aus mir mit meiner lang vergessenen Kinderstimme, und mir war einen Augenblick lang warm, auch wenn ich nicht wusste, wie ich ihn jetzt lieben sollte ... Ich suchte nach einer einheitlichen Art zu lieben, die alles einfacher machen würde. Wir aßen zusammen zu Abend, Karl lief in seinen zerfledderten Unterhosen in der Küche herum und trocknete seine Haare mit einem alten Handtuch. Ich versuchte, ihm durch die Haare zu fahren, mein Arm wurde immer länger, aber ich kam mit der Hand nicht an seinen Kopf heran.

»Mama, ich bin fertig, wir müssen doch mal los, oder?!«, höre ich Karlchen sagen. »Mama, das Wasser läuft aus dem Waschbecken ... Mama?« Ich zucke zusammen und merke, wie mir das Wasser die Beine hinunterläuft und schon eine Pfütze auf dem Fußboden gebildet hat. Ich drehe sofort den Hahn zu und fuchtele mit den nassen Händen herum, es spritzt in Karls Richtung, und er lacht aus voller Kehle. Verschluckt sich an seinem Lachen, wie er es immer tut.

»Mama, du spritzt mich voll, hör auf damit!«

14

(Haifa, Israel, 2008)

Der Klingelton des Telefons hört sich an wie eine Science-Fiction-Film-Anfangsmelodie, trompetenartig mit Marsch-Rhythmus. Er ist enorm laut eingestellt, damit Oma Sarah und Opa Aaron, die beide schlecht hören, keinen wichtigen Anruf verpassen, der sie darüber informieren könnte, dass es wieder Krieg gibt. Ich zucke selbst nach drei Tagen hier immer noch zusammen, wenn die elektronische Posaune ertönt.

»Ja, Majatschka, ja ja ... unglaublich heiß wieder, nicht auszuhalten, schlimmer als letztes Jahr! Wer hätte das gedacht, und das am Ende unseres Lebens?«, Oma Sarah legt mit einem lauten Knallen wieder auf. Ich unterdrücke mein Lachen, scheinbar wollte die Person am anderen Ende der Leitung nichts weiter, als sich zu vergewissern, dass es uns genauso heiß ist wie ihr selbst.

Sarah starrt in den schreienden Fernseher, ihre riesige Brille mit den dicken Gläsern auf ihrer Nase, und versucht panisch jedes Wort zu erhaschen, das die attraktive, stark geschminkte russische Nachrichtensprecherin von sich gibt. Sarah fummelt an ihrem Hörgerät herum und ärgert sich über die Anstrengung, die ihr Körper vollziehen muss, um zu sehen und gleichzeitig zu hören, das war doch früher noch einfacher ... Es gibt ausschließlich russische Fernsehkanäle in dieser israelischen Wohnung, und Oma verhandelt murmelnd mit sich selbst die politische Lage in Russland, stellt Vergleiche zur sowjetischen Vergangenheit an, erinnert sich an frühere Präsidenten und Staatschefs mit ihren jeweiligen Makeln und zieht dabei regelmäßig eine angeekelte Miene. Ich sitze im Sessel ihr gegenüber und schaue ab und an aus dem Fenster hinter mir. Ihre Wohnung befindet sich auf einem Berg, man kann hinunterschauen nach Haifa, unzählige kleine Lichter flackern dort jeden Abend, und der künstlich erleuchtete Bahai-Tempel triumphiert vor sich hin. Ich bin vor drei Tagen in Tel Aviv gelandet, habe den Zug nach Haifa genommen und dann fast eine Stunde mit dem Bus aus Haifa gebraucht, um sie auf ihrem Berg zu erreichen, auf dem sie seit zwanzig Jahren in dem kleinen weißen Mietshaus leben. Eine schmale Treppe führt aus dem Treppenhaus zu ihrer Wohnung hinunter, sodass sie sich im Parterre zu befinden scheint, aber da das Haus auf einem steil abfallenden Berg steht, entpuppt sich die Bezeichnung Parterre als relativ, und die Stadt Haifa erstreckt sich aus ihrem Parterre-Fenster betrachtet in der Tiefe. Überhaupt scheinen sich hier alle gewohnten Tiefen- und Höhenverhältnisse zu verschieben, alles ist verdreht wie in dem gemeinsamen großelterlichen Kopf und seiner Erinnerung. Es ist früher Abend, die Hitze ist etwas abgeflaut, und man kann endlich atmen. Die Nachrichten sind zu Ende, Oma schaltet den Fernseher leiser, aber macht ihn nie ganz aus. Sie sitzt auf dem Sofa und starrt nun durch ihre dicke Brille auf den kalten Steinboden, der im Sommer das Dasein abkühlt, aber im Herbst und Winter dicke Pantoffeln und chronischen Schnupfen einfordert sowie die permanente Verärgerung darüber. »In Moldawien haben wir nie so oft an Erkältungen gelitten, Gott sei Dank ist jetzt endlich wieder Sommer, aber zu heiß, in der Sowjetunion war es nie … diese Präsidenten sind alle …« Sie führt ein leises Selbstgespräch über das Wetter und irgendeine politische Lage, dann schaut sie erstaunt auf, als würde sie sich erinnern, dass ich da bin. Sie setzt die Fernsehbrille ab, und ich erblicke ihre ermüdeten farblosen Augen, die sich immerzu um etwas sorgen, die keine Sorglosigkeit kennen.

»Das kann man kaum glauben, oder?«, fragt sie belustigt wie ein kleines Kind. Ich lächle sie an und versuche zu erraten, was sie meint.

»Dass das hier in der Wüste alles so grün ist, oder? …«, sie senkt ihren Blick wieder ratlos zu Boden und verdüstert sich, wahrscheinlich weil Politik- und Naturwissenschaften in ihrem Geist kollidieren und sie gerade nicht entscheiden kann, was wichtiger ist. »Ja, das haben die Israelis geschafft, das haben sie geschafft. Dass die Wüste blüht!«, sagt sie zielgerichtet und überrascht mich nicht mit der Schlussfolgerung, da sich bei ihr alles aufgrund der Zugehörigkeit zu der einen oder anderen Nationalität erklärt, alles. »Wir sind durch vieles durchgegangen. Durch alles ...«, murmelt sie.

»Kirotschka, wie schön, dass du hier einfach so aufgekreuzt bist! Komm her, meine süße Kleine, komm her!«, sie greift nach meiner Hand und zieht mich aus dem Sessel zu sich aufs Sofa, umarmt mich, sucht nach Ähnlichkeit in meinem Gesicht, findet eine und quietscht vergnügt auf: »Diese Augen, ganz Wenja, ganz ... mein Sohn ...«, stottert sie und bricht sogleich in Tränen aus, was sich bei der nächsten Gelegenheit wieder unvermittelt in begeistertes Lachen verwandelt. »So dünn, du bist so dünn, du musst etwas essen! Ich werde dich die nächsten zehn Tage mästen. Hummus, Kirotschka! Esst ihr Hummus in Deutschland? Wo wohnst du jetzt? In Berlin? Mein Gott, hätte ich mir das erträumt damals in den Vierzigern? Berlin, aus dem die Bomben geflogen kamen?«, sie lacht, weint fast, lacht dann aber doch wieder und knutscht mich nass auf die Wange.

»Ja, ich bin Malerin, Oma, ich bin letztes Jahr nach Berlin gezogen, hatte ich dir am Telefon erzählt«, erinnere ich sie vorsichtig.

»Davon kann man leben? Hast du mich schon gemalt?«, prustet es neugierig aus ihr heraus.

»Tatsächlich ja, Oma ...«, antworte ich und frage mich, ob andere Künstler auch ihre Großmütter malen?

»Wo ist das Bild? Hast du es mitgebracht?«

»Es hing letztens in meiner Ausstellung und ...«

»Wie sehe ich aus?«, fragt Oma und betrachtet mich ratlos.

»Als hättest du alles vergessen ... aber auf dem Bild »Oma«, also auf deinem Portrait, da habe ich dich jung ...«

»Ein Portrait von mir?«, sie schüttelt langsam den Kopf, als zöge ihr ganzes Leben an ihrem inneren Auge vorbei.

»Ja, ich hatte eine Fotografie von dir als junges Mädchen ... Mama hat einen Schuhkarton mit alten Bildern und ...«

»Aaron! Hast du das gehört? Sie ist jetzt Malerin, und sie hat mich alte Hexe gemalt! Kirotschka ist Malerin, und sie behauptet, sie kann davon leben!«, Oma Sarah lacht rund und freudig und drückt mich an sich. Ihre Skepsis verwandelt sich in Wohlwollen, und das ist angenehm. Sie lacht mich aus, aber sie liebt mich, ich habe das vermisst, ohne dass es mir bewusst war, in meiner seelischen Abgeschiedenheit, die ich mir jahrelang verordnet habe, um malen zu können, und ich weiß auch, dass mein Vermissen nur eine Nostalgie ist, da das Vermisste zu lange her ist und nicht mehr greifbar. Aber Nähe macht korrupt, ich bin korrupt und bin nur für diese Nähe unangemeldet nach Haifa geflogen, bin mit dem Bus die Serpentinen immer weiter raufgefahren, und dachte, wenn der Bus noch ein Stück weiter hoch fährt, dann fliegt er, leben die beiden denn schon in den Wolken? Opa Aaron betritt den Raum in Unterhosen, er läuft wegen der unerträglichen Hitze den ganzen Tag schon in Unterhosen herum. Er trägt die gleiche große und dick verglaste Brille wie Oma, zusammen sind sie zwei Eulen auf einem Ast. Er lächelt mich liebevoll an und kichert mit seiner heiseren Stimme, die sich sogleich in Husten verwandelt, den er chronisch und regelmäßig von sich gibt.

»Jeder Mensch muss seinen Beruf selbst wählen, nur klug sollte die Wahl sein!«

»Klug aus wessen Perspektive?«, frage ich sie etwas spitz. Oma denkt über meine Frage nach, vergisst sie aber gleich wieder. Opa Aaron unterbricht ihre Nachdenklichkeit mit einem jiddischen: »Es darf zayn azoy, Kirotschka! Mit viel Geduld verdienst du auch irgendwann Geld! Es braucht nur Geduld ... Geduld, Geduld, es geht immer nur um Geduld.« Er setzt sich in seinen Sessel, scheinbar auf den dicken Punkt drauf, den er hinter *Geduld* gesetzt hat, hält einen Augenblick inne, als überprüfe er seine Aussage noch einmal auf Haltbarkeit, tauscht seine Brille gegen eine andere, weniger dick verglaste aus und versinkt in seiner russischen Zeitung. »Hummus. Arabisch, weißt du ... Ach, diese Araber ... diese Araber lassen uns hier keine Ruhe. Es gab nie Ruhe in unserem Leben, und es wird auch nie welche geben. Es ist uns nicht vergönnt. Die Rumänen, die Deutschen, die Moldawier, die Russen auch ab und an, die auch, aber wir sind der Sowjetmacht dankbar, wir sind trotzdem dankbar ... Die Rumänen, unter denen wir lebten damals, in Bessarabien noch, die haben nur auf die Deutschen gewartet, dann durften sie erst recht Juden abschlachten.

Aber die Sowjets nicht, die nicht, Kirotschka. Unsere 100 Gramm Brot in der Evakuierung bekamen wir, und zurückkehren nach dem Krieg durften wir auch. Wir haben unsere Ausbildung vom sowjetischen Staat erhalten und wir sind dankbar. Wir sind den Sowjets dankbar... Alle paar Wochen das Geschieße, wir hören es hier, wir hören es hier auf dem Berg, Kirotschka... und ich weiß wie sich Schießen anhört, wir erinnern uns noch gut an das Kanonenfeuer, glaube mir... Und diese Busse, jedes Mal, wenn dein Großvater mit dem Bus nach Haifa runterfährt zum Markt, zum großen Markt, sitze ich hier und bete. Ich bete, dass er nicht in die Luft fliegt... Und deine Cousine, unsere schmächtige Gretotschka, die ist jetzt in der Armee!«, Oma lacht aus voller Kehle und vergießt dabei ein paar Tränen. »Armee, hier... ich habe eine Fotografie, Aaron... Aaron, hörst du mich? Dieser alte Kerl ist wieder in seiner Zeitung abgetaucht, bis er im Sessel einschläft, oder ist er schon eingeschlafen? Aarontschik!«, kreischt sie lautstark, und ich zucke zusammen. Aaron dagegen muss es gerade so vernommen haben, weil er noch schlechter hört als seine Frau, und blickt etwas erstaunt auf. »Reich mir mal den Bilderrahmen aus dem Schlafzimmer mit Gretotschka und der Kalaschnikow in ihrem Arm. Bitte, bring das mal rüber.« Im Fernseher erzählt nun eine andere stark geschminkte Frau etwas über Nowosibirsk, und ich schalte unbemerkt noch etwas leiser. Oma versinkt in Gedanken, Opa bringt langsam über den kalten Steinboden schlurfend das Bild, und ich weiß, was mein nächstes Motiv wird – »Cousine und Waffe«. »Das hier soll ein Soldat sein, Kirotschka! Eine israelische Soldatin!«, Oma kann sich nicht mehr halten vor Lachen, steckt sogleich Opa damit an, sodass die beiden sich schütteln, die hysterische Sarah auf ihre freche, mädchenhafte Art und der geduldige Aaron auf seine leise und gutherzige. »Soldaten, Soldaten, Soldaten... davon gab es viele in unserem Leben...«, sprechen sie praktisch gleichzeitig in ihren Gedanken aus.

»Erzähl mir aus deinem Leben«, sage ich und lege meinen Kopf auf Oma Sarahs Schulter. Sie lacht schelmisch, wie sie es schon getan hat, als ich das letzte Mal vor zehn Jahren da war. Warum war ich so lang nicht mehr da?

»Nein, vom Leben haben wir wirklich genug…«, wehrt sie leicht nervös ab und schnalzt mit der Zunge in Richtung des lesenden Aaron, der sich die Zeitung trotz Lesebrille ganz nah ans Auge halten muss, um die Buchstaben zu erkennen. Er schaut gleichgültig auf, zeigt aber noch etwas Widerstand.

»Sarah, sie ist noch so jung… verschon sie mit deinem emotionalen Testament«, sagt er, und Oma Sarah schnalzt erneut genervt mit der Zunge. Eine allgemeine Verstimmung, Ekel und Ungleichgewicht verbreiten sich in ihrem ganzen Körper und in ihrem durchsichtigen Blick, wenn sie an das Leben erinnert wird, es liegt viel Vergangenheit hinter ihr. Kann man zu viel Vergangenheit haben? Bedeutet das, dass man nie in der Gegenwart ankommt und keine Zukunft hat? Sarah hebt unvermittelt zu singen an:

»Amul iz indzer rebenyu gegangen inter veygn, mit amul heybt on tsi pliukhen in gisen a regn. Shrayt der rebe tsu der khmare her of gisn vaser, zenen allekhsidim trikn aroys… nor der rebe iz aroys a naser. Chiribim, Chiribom…«

»Hmm? Was sagst du, Sarah?«, Opa Aaron meint etwas gehört zu haben und dreht an seinem Hörgerät herum.

»Blinder, tauber alter Kerl…«, murmelt Oma Sarah vor sich hin, greift sich eine Zeitung, wirft nach ihm und explodiert vor Lachen.

»Senile Heuschrecke…«, räuspert sich Aaron und schüttelt ungläubig den Kopf über etwas, das in der Zeitung steht. Dann lächeln die beiden sich an und schlucken ihre alte Liebe hinunter.

»Hast du verstanden, was ich gesungen habe, meine liebe Kirotschka? Müsstest du doch verstehen… das Jiddische ist doch fast Deutsch.«, stellt sie fest.

»Eine primitive Abwandlung, hat mein Rumänisch-Lehrer immer gesagt… ich kann mich noch gut an ihn erinnern, an den alten Daniil, er war… nach dem Krieg gab's ihn nicht mehr…«, seufzt Aaron tief.

»Ich habe verstanden, dass der Regen aufhören soll… oder?«, freue ich mich über die nach drei Tagen endlich beginnende Unterhaltung mit den beiden Außerirdischen.

»Richtig, mein Liebes… Ach, du kluges Ding, Malerin… naja, Maler sind auch Menschen…«, tätschelt sie mich am Kopf und streicht mir das Haar aus der Stirn, und ich lasse sie, ich habe diese Zärtlichkeit vermisst, diese ganz alte vergessene Zärtlichkeit.

»Sie will etwas über unser Leben wissen, Aaron…«, sagt sie, und ich wundere mich über die Tatsache, dass Sarah ihr Leben von Aarons nicht mehr zu trennen vermag, denn eigentlich habe ich nur nach ihrem gefragt. Manche gemeinsamen Vergangenheiten dauern wohl so lange, dass man seine eigene Vergangenheit vergisst. »… ich wurde… 1932 in Bessarabien geboren… Das ist heute Moldawien und gehörte damals zu Rumänien, wir haben als Kinder noch Rumänisch gesprochen und auch in der Schule gelernt«, vertieft sie sich in etwas lange Verschwiegenes, aber dennoch gut Erhaltenes, und ich versuche mir alles zu merken, damit ich es Nele das nächste Mal richtig erzählen kann, denn es gab dieses Moldawien scheinbar doch, wenn ich mir die beiden hier anschaue. »1940 kamen die Sowjets und haben aufgeräumt, Besitz verstaatlicht, Rumänen, die nationalistisch oder antisowjetisch eingestellt waren, deportiert. Der Gemüseladen meines Vaters war nicht interessant, die Einnahmen nicht hoch genug und die Familie zu kinderreich, um ihn zu enteignen, man ließ uns in Ruhe. Ich habe vier Schwestern, Kirotschka… fünf hübsche Mädchen waren wir. Und nun sind nur noch zwei alte Hexen übrig… eine amerikanische und… ich!«, zuckt sie lustig zusammen, als würde es doch Spaß machen, von sich zu erzählen. »Ein Jahr lang haben wir unter sowjetischer Macht gelebt und angefangen Russisch zu sprechen«, erinnert sie sich, und ich sehe die vielen zu unterschiedlichen Sprachen gehörenden Wörter durch ihren Kopf flimmern, das osteuropäische Sprachengewirr, in dem sie aufgewachsen sein muss und von jeder Sprache ein wenig gekostet hat, Rumänisch, Russisch, Ukrainisch, Jiddisch… »1941 erreichte uns der Krieg«, haucht sie dunkel aus, als triebe sie einen Parasit aus ihrem Inneren, der seit Jahren dasselbe erzählt und keine Fragen mehr stellt, weil Fakten Fakten bleiben, ihre persönlichen Fakten. Wahrscheinlich sind alle Erinnerungen teils unreflektierte persönliche Fakten, zu nichts zu gebrauchen, aber niemals ganz auszuräuchern.

»Die Rumänen waren schon auf der Sadowaja Uliza in Chişinau, eine der großen Hauptstraßen, kannst du dich noch erinnern?«, fragt sie mich und ich nicke, in meiner trüben Erinnerung stochernd, finde die Straße aber nicht, nur Trauerweiden am See, die merkwürdigerweise nie aus meinem Gedächtnis verschwunden sind. »Meine Großeltern ahnten Schlimmes, die hatten ein gutes Gespür für solche Dinge«, spricht sie weiter. »Ja, die Alten wussten Bescheid, die hatten einen jahrhundertealten Instinkt für aufsteigende Unruhen ... die arme Oma Bina, wir mussten sie zurücklassen ...«, brummt Aaron in seine Zeitung hinein, und ich wundere mich, dass er die leisen Sätze von Sarah verstanden hat, ich habe generell den Verdacht, dass er selbst entscheidet, wann er schlecht hört und wann nicht. »Es gingen Gerüchte herum über das Ghetto in Balti, über ein Lager in Transnistrien, der ganze Hass ... das war alles so alt ... jahrhundertealt ... Jahrhunderte ... das war keine Erfindung der Deutschen ... naja, dafür haben sie manch anderes erfunden ... so manch Grausames anderes ...«, spricht sie tonlos in sich hinein und verharrt einen Augenblick, wie eingefroren. »Wir mussten fliehen«, sagt sie dann endgültig, als sei dies die einzige Sache in ihrem Leben gewesen, an der sie nie wieder gezweifelt hat, und die Hochzeit mit Aaron, an der vielleicht auch nicht.

»Wir auch, Kirotschka, meine Familie auch«, bemerkt Opa Aaron und legt die Zeitung beiseite, als hätte er Lust auf ein Gespräch.

»Aber wir waren noch Kinder, meine Liebe, ich war noch nicht einmal zehn und der hier ... weiß ja sein genaues Geburtsdatum nicht ... naja, das war bei vielen so ... wie alt warst du, Aarontschik?«

»Ungefähr zehn«, vermutet Aaron. »Unsere beiden Familien sind unabhängig voneinander nach Usbekistan evakuiert worden ... das waren die Sowjets, dafür sind wir dankbar, bis heute ... sie haben uns evakuiert ... was soll man sagen, so war es. Wir kamen erstmal im nördlichen Kaukasus an und blieben dort eine Zeitlang, aber die Kriegsfront rückte näher, war schon bei Rostow, und wir sind wieder geflohen. Mit dem Schiff fuhren wir über das Kaspische Meer nach Krasnowodsk, das war damals Turkmenien. Dort sind wir wieder in Frachtwaggons gestiegen ... es waren Frachtwaggons oder

Viehwaggons, meine Liebe, wie die, die zu den Todeslagern fuhren, aber wir hatten nur eine schwammige Vorstellung davon damals, man hatte davon gehört, aber wir hatten so viel Mut, keine andere Wahl, als Mut zu haben und in diese Wagen zu steigen... die Kinder sowieso... was müssen Mamenyu und Tatenyu durchgemacht haben, was müssen sie an Furcht erfahren haben, niemals hat Mama diese Angst wieder von sich waschen können. Ist man einmal tief genug in die Angst gestiegen, findet man den Weg nach oben nie ganz wieder, Furcht ist schon das Ende, aber zu früh, manches darf nicht zu früh enden, sonst verharrt es für immer im selben Zustand...«, strömt es aus Aaron heraus, und er räuspert sich, ein paar leise Tränen rollen ihm über die Wangen, und wie eine Kettenreaktion stacheln seine Tränen auch Sarahs Tränendrüsen an, ich löse mich aus ihrer Umarmung und nehme die alte Frau nun selbst in den Arm. »Wir fuhren... niemand wusste wohin... wir kamen an in Usbekistan und wurden in Kolchosen verteilt. Unserer dreiköpfigen Familie wurde gemeinsam mit einer anderen Familie ein Zimmer zugeteilt in der Kolchose, wir lebten so zu acht in einem Raum. In der Mitte wurde ein Vorhang montiert, das war die Wand, und so lebten wir.«

»Ach, auch nach dem Krieg lebte man zwischen solchen Wänden, auch lange danach noch... das Schlimme am Krieg ist doch, dass er lange nicht aufhört, vielleicht nie...«, fügt Sarah an, und die durchsichtigen Kugeln auf ihren Wangen zerplatzen. »Eigentlich waren die Winter dort nicht so hart, aber dieser Winter war schlimm. Es schneite unentwegt, und wir hatten nichts als Lumpen, in denen wir die Evakuierung überlebt haben, kaputte Schuhe. In diesem Winter sind mir zwei Zehen abgefroren, als ich stundenlang auf dem Schwarzmarkt neben Mamenyu herumgestanden habe und wir versuchten etwas Geschirr zu verkaufen... Es gab dort keine Öfen, nur solche Löcher im Boden, in die heiße Kohlen geschippt wurden, und darüber ein kleiner Tisch aufgestellt.«

»Ja, ›Sandal‹ nannten die Usbeken das. Man setzte sich im Schneidersitz drum herum mit den Beinen unter dem kleinen Tisch...«, erzählt Aaron weiter.

»Über den Tisch wurde eine Decke gelegt, um die Wärme zu speichern. So saß man den ganzen Abend und trank Tee, und in manchen Nächten schliefen wir auch so im Sitzen!«, unterbricht Sarah ihn.

»Wir arbeiteten den Sommer über auf der Baumwolle. Den ganzen Winter über litten wir Hunger, alle liefen aufgebläht durch die Gegend vom Hunger. Wir aßen Aprikosenkerne und Samen. Wir sammelten dies und das und bekamen dafür ein paar Gramm Brot im Tausch auf dem Markt... Mamenyu wurde krank, lag lange im Lazarett, und ich brachte ihr die Kerne, Vitamine, irgendwelche Vitamine... Vater starb in einem Bombardement«, Opa Aaron verstummt und mit ihm Sarah. Zwei stumme Eulen aus Osteuropa sitzen auf einem Berg im Heiligen Land. Ich leiste ihnen ein wenig stille Gesellschaft und schalte unbemerkt den Fernseher aus.

»Nach dem Krieg bekamen wir Nachricht von Verwandten, dass sie den Krieg in Odessa verbracht haben und es ihnen gut ging. Wir sollten dorthin kommen, sagten sie. Das taten Mamenyu und ich. 45 bis 48 lebten wir in Odessa«, sagt Aaron und scheint sich genau zu erinnern an die Straßen, das Schwarze Meer und an noch irgendetwas, aber ich frage nicht nach. »Aber Mama wollte wieder nach Chisinau zurück, denn in Odessa muss man Business betreiben können, um zu überleben, das war damals genauso wie später zu Perestroika-Zeiten und nach dem Zusammenbruch erst recht...«, sagt er skeptisch und setzt seine Lesebrille ab. Seine grauen Augen schauen gerade so zwischen den Lidern hervor, wäre er noch etwas müder, würden sie zufallen und er würde mit geschlossenen Augen erzählen. »Odessa war ja eine Hochburg der organisierten Kleinkriminalität und der Großkriminalität auch, und dann auch noch direkt nach dem Krieg...«, er lacht, »da war ja alles möglich... Mamenyu war keine geschickte Business-Frau, und sie vermisste die Stadt, in der sie geboren war, auch wenn niemand mehr in Chisinau war, keiner übrig geblieben, auch Vater nicht.« Er steht auf und verlässt den Raum, schlurft langsam zur Toilette und schließt laut die Tür.

»Viele meiner Familienangehörigen kannten noch Deutsche aus dem ersten Weltkrieg. Sie waren kultiviert. Ich weiß nicht, was dann mit ihnen passiert ist. Keine Ahnung!«, lacht Sarah ihre unvermittelte Aussage einfach weg und bewegt sich langsam Richtung Küche. »Und jetzt hole ich den Hummus, Kirotschka, du musst etwas essen, du bist dünner als die Mädchen im Fernsehen ... ich habe einen köstlichen Hummus, wenigstens zu etwas sind diese Araber zu gebrauchen ...«

»Aber so richtige Juden seid ihr doch auch nicht, Oma, oder?«, rufe ich ihr neugierig nach.

»Naja ... alles ist ... wie sagt man? Relativ? Hat das nicht auch ein Jude gesagt?«, Oma lacht zufrieden über ihren Witz. »... also, doch, Kirotschka, schon, aber die ganze Geschichte, diese ganze verfluchte Geschichte ist so verquer ...«, höre ich sie murmeln und den Kühlschrank auf und zu machen, ich glaube, sie findet den Hummus nicht oder hat vergessen, dass sie ihn gesucht hat, weil sie gerade mit ihrer Verachtung beschäftigt war und mit dem Zusammensuchen der in Osteuropa und Russland verstreuten Wurzeln, die nicht wie gewöhnliche Baumwurzeln in die Erde griffen und darin stecken blieben, sondern in sie griffen und dann losfuhren, niemand wusste wohin ...

»Papa hat früher immer gesagt, dass er sich gar nicht jüdisch fühlte und ihr ihn auch gar nicht dazu erzogen habt, weil das alles kein Thema war zu Sowjetzeiten. Also, zum Glauben, meine ich ... oder zur Tradition.«

»Ja, ja, ich weiß, worauf du hinaus willst, seine Lenotschka fragt ja auch immer, was das denn nun ist, das Judentum – Religion oder Nationalität? ... sie war immer beleidigt ...«, brummt sie leicht genervt von dem Gedanken an meine Mutter und scheint den Hummus gefunden zu haben.

»Aber warum wolltet ihr dann nicht, dass er eine Russin heiratet?«, reiße ich mich zusammen und spucke die Frage aus, die in meinem Kopf hängt, seit ich die Hochzeitsfotografie im Schuhkarton richtig deuten konnte und begriffen habe, dass Papas Familie auf den Bildern fehlte. Sarah kommt langsam auf ihren angeschwollenen Beinen, mit einem Teller und einem bestrichenen Brot darauf in der einen Hand sowie der Packung Hummus in der anderen, auf mich zu und setzt sich schwer auf den Sessel mir gegenüber. Sie schweigt und bestreicht das für meine schnelle Gewichtszunahme vorgesehene Stück Brot mit der fünften Schicht gelblicher Kichererbsencreme. Ihre von den Jahren und vielleicht auch von der Frage ermüdeten Augen werden rund, sie scheint ein wenig zu schielen, als sie nachdenklich zu mir aufblickt, und ihr Herumstreichen auf dem Brot verlangsamt sich. Sie hat keine Antwort.

15

Ich weiß nicht, wie ich mich verhalten soll, was ich hätte anziehen müssen, ob ich irgendetwas Spezielles ausstrahlen muss heute Abend. Es ist meine allererste richtige Ausstellung, bisher habe ich nur an der Hochschule ausgestellt. Rita hat sie organisiert und läuft gefasst, aber auch arrogant durch die Gegend und schüttelt allen wichtigen Leuten die Hände. Sie trägt ihre hohen dunkelbraunen Stiefel und eine graue halbdurchsichtige Strumpfhose. Darüber einen sehr kurzen schwarzen Overall und ein kleines Jackett. Die Haare hat sie noch strenger als sonst nach hinten gebunden und höchstwahrscheinlich ein Kilo klebriges Haargel reinmassiert, damit ihr bloß keine einzige Strähne herausfällt und irgendeine Art von Nachlässigkeit und Entspannung andeutet. Rita Galo entspannt sich nie. Sie ist ungefähr zwanzig Jahre älter als ich, genauer weiß ich's nicht.

Wahrscheinlich weiß es niemand, weil ihr direkter und sicherer Blick, ihr Wissen um alles, ihre wahnsinnig schlanken Beine und die dunkelschwarz umrandeten Augen, der satte bordeauxrote Lippenstift, den sie heimlich alle zehn Minuten nachzieht und noch tiefer in die Lippen einarbeitet, denn anders kann ich es mir nicht erklären, dass er immer gleich intensiv an ihren Lippen hängt, weil alles das in jeder Sekunde, in der man sich mit Rita Galo unterhält, verrät, dass sie nie versagt, niemals etwas vergisst, alles bekommt, was sie will, und genau weiß, worum es geht in der Kunst und im ganzen Leben. Später hat sie mir verraten, dass der Lidstrich über ihren Augen, der pfeilartig nach oben zeigt, eintätowiert ist. Ihre Mutter hat sie als junges Mädchen dazu überredet, damit sie »selbst morgens beim Müll raustragen nach etwas aussah …« Rita ist Agentin und die emanzipierteste Frau in ganz Berlin, die ich bisher kennengelernt habe, was nicht schwer ist, denn ich kenne nur eine Person in Berlin, Nele, die vor einem halben Jahr hergezogen ist, weil sie einen guten Job angeboten bekommen hat und mir nun jeden Tag in Köln fehlt.

Ich bin vor ein paar Tagen am Ostbahnhof angekommen und wurde von einer jungen Frau abgeholt, die ich schon bei meinem letzten Besuch durch die Räume von Ritas Agentur habe schleichen sehen. Sie stand am Bahnsteig, ein Schild mit meinem Namen in der Hand. Rita hatte sie geschickt. Es wunderte mich nicht, dass es eine Frau war, Rita hat, glaube ich, noch nie etwas mit einem Mann zu tun gehabt. Die zahlreichen Galeristen und Museumschefs, mit denen sie kommunizieren muss, sind größtenteils Männer, und sie steht ihnen in ihrer Art, ihr Business zu betreiben, in nichts nach, aber als sie mich vor einem halben Jahr nach Berlin eingeladen hat, nachdem sie meine Bilder in der Hochschule gesehen hatte, habe ich in der Agentur lauter attraktive und gestylte Frauen vorgefunden, an den Telefonen, den Kopierern, an der Kaffeemaschine in der Küche, am Fenster beim Rauchen, und auch in der Liste ihrer Künstlerinnen. Sie vertritt keine Männer, das ist mir sofort aufgefallen.

»Business, Business ... Bu-si-nessss ...«, flüstere ich leise vor mich hin, ein Geräusch wie von surrenden Insekten, während ich an einem hohen Tisch stehe und mich hinter meiner Weinschorle verstecke. Als ich ein kleines Mädchen war, haben die Erwachsenen auch viel von Business gesprochen. »Ich bin doch kein Businessman, alle machen jetzt nur noch Business, jeder will alles Geld der Welt sofort verdienen, ach, einfach geschenkt bekommen, ohne zu arbeiten, das ist die neue moldawisch-demokratische Business-Devise ... zum Kotzen«, habe ich Papa oft sagen hören. Und Opa Aaron erzählte: »In Odessa machten die Juden alle Business ...« Ich versuche deren Stimmen in meinem Kopf abzuschalten, weil sie mich verunsichern und ich mich klein fühle.

Ich bin komplett schwarz gekleidet, enge Jeans und ein kleiner schwarzer Wollpullover. Mir ist ein wenig heiß hier drin, aber ich ziehe ihn nicht aus, ich habe nicht daran gedacht, noch etwas darunterzuziehen, das nicht mein Unterhemd ist. Ich kann doch nicht in meinem Unterhemd durch diese Galerie laufen, ich kann überhaupt nicht durch diese Galerie laufen, weil ich nicht angesprochen werden möchte, was soll ich denn antworten auf all die Fragen? Obwohl vielleicht ja auch gar keine Fragen kommen, vielleicht macht einfach alles Rita, und ich betrinke mich hier langsam und warte auf Nele. Und wenn Nele da ist, dann betrinken wir uns endlich zusammen weiter, wir haben uns schon lange nicht mehr gesehen, und wenn ich mich allein in Köln betrinke, spreche ich immer in Gedanken mit ihr und stelle mir ihre langen nackten Beine mit den großen Füßen vor, wie sie in meinem Schoß liegen und ich an ihren Zehennägeln herumspiele...

Alle meine Bilder wurden von Köln hierher geschafft mit einem Lkw. Das Ganze hat einen Haufen Kohle gekostet. Und wenn es sich nicht lohnt, wenn ich nicht genug Bilder verkaufe oder wenn keine weiteren Ausstellungsangebote kommen...? Rita scheint schon wirklich sehr überzeugt von mir zu sein, und das macht mir Druck. Ich würde lieber weiterhin meinen Quatsch verantwortungslos vor mich hinmalen und nachts mit Nele Sushi fressen und Filme schauen. Sie ist meine einzige Hoffnung auf Erlösung heute Abend, hoffentlich kommt sie bald. Nach unserer absurden ersten Begegnung am Rhein sind wir unzertrennlich geworden. Ich glaube, es gab ein Jahr lang keinen Abend, den wir nicht zusammen verbracht haben. Außer den Abenden, an denen Theodor da war, und das waren nicht viele, weil er alles von der Welt sehen wollte und überall genug Zeit brauchte zum Meditieren. Ich glaube, er will sein Leben wegmeditieren, wir werden uns bald trennen... Vielleicht hat er Angst, früh zu sterben oder früh zu verspießern, und will so alle Reisen auf einmal erledigen und dazwischen ein bisschen mich lieben. Ein bisschen, so fühlt es sich an, und wenn nun mal nicht viel Liebe da ist, dann ist ein bisschen auch gut... Nele hat versprochen, dass sie kommt... wo bleibt diese Kuh? Ich betrachte die Masse der sich im Eingangsbereich stauenden Menschen.

»So, bist du bereit? Also pass auf, wir lassen gleich die Besucher ein. Danach gibt es eine kurze Eröffnungsrede, die halte ich. Du hörst jetzt bitte auf zu trinken, denn du wirst dich noch viel unterhalten müssen heute Abend und einen guten Eindruck machen. Was hast du da eigentlich an? Gehst du auf deine eigene Beerdigung? Oh Gott … naja, wir sehen drüber hinweg, sagen wir, du bist depressiv, aber auch produktiv, eine vom Leben enttäuschte, aber kämpfende Künstlerin, nicht interessiert an Glanz und Oberfläche, tief und erhaben … ganz ehrlich, Kira, du siehst scheiße aus. Wenn du nicht weißt, was du anziehen sollst, dann frag doch mich. Schminkst du dich nie?«, redet sie mit ihrem scharfen ungarischen Akzent auf mich ein, und ich habe die ganze Zeit den Geruch ihrer Kosmetik und ihres Parfums in der Nase, fürchte, dass sie mich gleich mit Gewalt in irgendein Hinterzimmer zieht und mir bei vollem Bewusstsein einen tiefschwarzen Lidstrich eintätowiert … Sie ist bei aller Emanzipation eben doch eine aus dem Osten stammende *beste Agentin*. Sie spricht leise und gezielt und ist dabei mit ihrem Gesicht ganz nah an meinem. Sie hat einen üppigen Schmollmund und tiefe, aber gereizte Augen, ihr Rouge ist bräunlich, und sie riecht unnatürlich. Mamas bordeauxroten angemalten Schmollmund wollte ich immer berühren, ihren nicht. »Rita ist Karriere«, denke ich mir. Sie legt ihre Hand vorsichtig auf meinen unteren Rücken, das hat sie schon öfters getan. Ich nicke und versuche ernst zu schauen, lächeln bringt bei ihr nichts, ich muss so tun, als ob ich wirklich zuhöre. Alles an ihr ist unwirklich, aber weder positiv noch negativ, einfach unwirklich. Ich mag sie einfach nicht und ich will auch nicht, dass sie ihre Hand mit den langen schwarzen Nägeln auf meinen unteren Rücken legt, wo ich mir mein »&« einstechen ließ, diese Stelle ist ausschließlich für Theodor vorgesehen. Wenn Theodor und ich uns trennen, wird die Stelle dann automatisch für jemand anderes vorgesehen sein? Ist alles wirklich so einfach?, frage ich mich und kippe den warm gewordenen Wein runter, als Rita kurz wegschaut. Ich verschlucke mich an dem zu gierigen Schluck und erblicke Nele in der Menge. Sie gestikuliert scheinbar schon länger wild herum, in der Hoffnung, dass ich sie endlich bemerke. Ich winke ihr gefasst zu und betrachte dabei aus dem Augenwinkel Ritas Reaktion. Sie zieht ihre Hand von meinem Rücken endlich weg und schaut mich noch einmal fixierend an, als wollte sie sagen: »So, meine Kleine, jetzt machen wir eine berühmte Frau aus dir, obwohl du nicht weißt, wie man sich kleidet.«

Die Besucher werden hereingelassen, und Rita stellt sich an ein vorbereitetes Rednerpult. Die Menschen geben ihre Mäntel und Jacken an der Garderobe ab, es wird durcheinander gesprochen und gelacht, ich spüre die Blicke einiger schicker Herren in Sakkos und teuren Pullovern, versuche ab und an zurückzulächeln, und habe das Gefühl, ich bin auf einem beschissenen Ball, bei dem ich verheiratet werden soll, wie im Mittelalter zu Hofe. Was soll das alles?, frage ich mich. Ich bin absolut harmlos, aus mir wird keine berühmte Malerin, weil ich ... weil ..., keine Ahnung warum, denke ich mir und im nächsten Augenblick: Warum eigentlich nicht?

»Kira! Unglaublich! Du bist ja eine richtig wichtige Person, du ... ich dachte, es wäre irgendeine Hinterhof-Ausstellung, wie die das hier in Berlin machen, mit diesen Minipizzen als Snack und das hier ... also, ich meine, Häppchen, Sekt, alle diese wichtig aussehenden Fressen hier ... «, flüstert Nele, »nicht dass du mir am Ende noch nach Sydney ziehst oder so ... unglaublich, ich freu mich so für dich!« Wir umarmen uns, und ich ertappe mich dabei, wie ich in der Umarmung vorsichtig um mich schaue, weil ich überhaupt keine Ahnung mehr habe, was ich tun soll, Rita hat mir zu oft erklärt, was ich soll und was nicht, ich verliere komplett die Orientierung. Rita ist eine aufgetakelte autoritäre, nach Erfolg dürstende Hexe aus Ungarn, denke ich mir und atme Neles vom Frost draußen eingefrorene Haare ein.

»Meine sehr verehrten Damen und Herren, wir sind unglaublich froh über das zahlreiche Erscheinen Ihrerseits! Ich freue mich, Ihnen heute eine ganz besondere Künstlerin vorstellen zu dürfen. Ich habe sie absolut zufällig in Köln entdeckt ...«, höre ich Rita verkünden und verschließe mit einer unsichtbaren Klappe meine Ohren bis zum Ende der Rede. Ich schaue in den Raum hinter ihrem Rednerpult und betrachte einige meiner Bilder. Als erstes sind die Portraits zu sehen, die habe ich noch vor der Ausbildung angefertigt, Kindheitsbilder. Die Portraits aller Familienangehörigen. Mama und Papa, Großvater Aaron und Oma Sarah, Oma Nastja und Opa Jurij, den ich nicht kannte. Ich habe mir damals alle von ihm noch übrigen Fotografien angeschaut und versucht, ein Portrait von jemandem anzufertigen, den ich nie gesehen habe. Ein Portrait anhand von Portraits zu malen, ist die Interpretation der Interpretation, denke ich mir. Das Komplizierte an einem Portrait ist doch, das Einzige, das Wichtigste, was einen Menschen ausmacht, einzufangen, und das ist eigentlich unmöglich, weil es unsichtbar ist, aber es ist da..., denke ich. Aarons dichte Augenbrauen stürzen den Abgrund über seinen Augen hinunter, da ist ein Knochenabhang, an dem die Augenbrauen befestigt sind. Deshalb richtet sich seine ganze Seele immer nach unten und etwas nach innen. Und der Schutz der Augenbrauen verleiht ihm Geduld, sie verstecken seine Ungeduld und erzeugen somit ihr Gegenteil. Seine fülligen Lippen sind dieselben, die Papa ausmachen. Papas Blick ist rund, aber er versteckt seine Klugheit, weil er zu viele Fehler gemacht und kein Recht mehr auf Klugheit hat. Er hat sich selbst aufgegeben. Sein Schmollmund ist nass und elegant. Und sein Charakter ist ausgefuchst wie der eines Mafia-Bosses, aber er ist eben auch grundehrlich, irgendwo dazwischen liegt sein persönlicher Widerspruch, mit dem er jeden Tag zu tun hat. Mama hat auf dem Bild ihre große runde Brille auf, obwohl sie schon lange keine solche mehr trägt. Das ist die Brille, die ich in Erinnerung habe, die alte sowjetische Brille, die sie im Lada immer wieder herunternahm, um ihre Tränen abzuwischen. Sarah ist jung und schaut etwas seitlich aus meinem Bild, als würde sie sich zufällig nach dem Betrachter umdrehen und vorsichtig ertasten wollen, wie er ihr Gesicht findet, denn sie war immer ein hübsches Mädchen, und das wusste sie. Sie unterschied sich von ihren vier Schwestern, und vielleicht fällt das ja dem Betrachtenden auf, das hofft sie, jetzt wo sie berühmt wird und in einer Ausstellung in Berlin hängt. Oma Nastja habe ich noch höhere Wangenknochen verliehen, als sie es schon waren, und ihre Augen so asiatisch gezogen, wie es nur ging. Sie sieht gar nicht mehr aus wie sie selbst, sondern wie eine Mischung aus einer Chinesin und einer Indianerin, irgendwie schamanisch, so wie ich sie auch immer empfunden habe, eine sture Zauberin oder Hexe. Weiter hinten im Raum erkenne ich meine imaginierte Schwester. Ich habe nie eine gehabt, aber in so einer Reihe von Familienbildern kann ich den Zuschauer, der den Titel ›Familienbilder‹ gelesen hat, leicht davon überzeugen, ich hätte noch weitere Angehörige, die mir ähnlich sehen. Die Zuschauer werden auf das Bild starren und es zu deuten versuchen und Bezüge herstellen anhand der Fotografie von mir im Programmheft, und nach Ähnlichkeiten suchen und auch tatsächlich welche finden, obwohl es keine gibt, weil es keine Schwester gibt. Oder sie werden sich fragen, ob die Familie nur imaginiert ist, und ich frage mich das auch. Allein die Möglichkeit beruhigt mich. Kunst ist eine gute Lüge, oder eine schlechte ... Ich werde durch penetranten Applaus aus meinen Gedanken gerissen und merke, dass Rita mich strahlend streng anlächelt von ihrem Pult aus, als wollte sie sagen: »So, siehst du, jetzt applaudieren sie, sie können gar nicht anders, wenn ich sage Applaus, dann wird applaudiert!« Und so ist es auch. Ich versuche glücklich zurückzulächeln, aber ich bin nicht glücklich. Vielleicht geht es bei so einer wichtigen Ausstellung auch gar nicht darum, dass irgendjemand glücklich ist. »Aber worum geht es dann?«, frage ich leise.

»Hmm?«, fragt Nele.

»Ach, nichts.«

Nele schlendert davon, und ich sehe sie von Weitem neugierig vor meinen Bildern herumstehen. Rita kommt mit einer kleinen Gruppe schick gekleideter Männer auf mich zu.

»Johann Jürgens, Nicolas Dubois, Jewgenij Winogradow, Daniel Winston ...!«, verkündet sie stolz, und ich schüttele allen die Hände.

»So, Kira, you come from Bulgaria ...«

»Moldavia«, versuche ich mich an mein Englisch zu erinnern, das ich in der Schule einmal konnte.

»Oh, sorry, yes, of course. How is the landscape there? Is it something that you use? What are your main topics ...?«

Ich antworte Yes und No im Wechsel, und hoffe, möglichst bald aus dieser Situation herauszukommen.

»So I'd love to invite you to London, we'll talk with Rita about everything ...« Ich will nur auf die Toilette, weil ich eine merkwürdige

Übelkeit verspüre. Ich bedanke mich, so herzlich es nur geht, und gebe in schlechtem Englisch zu verstehen, dass ich überall hinkommen werde, wo sie mich haben wollen, ich brenne geradezu darauf, der Welt meine vielleicht nur erdachten Familienangehörigen zu präsentieren. Ich drücke Ritas Hand vorsichtig, aber fest, sodass sie meinen Abgang nicht als Desinteresse deutet, streichele sogar noch leicht ihre Hand, was sie sichtlich erfreut, weil es Intimität suggeriert, aber sie ist zu professionell, um es zuzugeben. Ich schaffe es gerade noch bis zur Kloschüssel. Ein Schwall von dem wenigen, das ich heute gegessen habe, ergießt sich in die Toilette, und meine kalten Hände klammern sich an die Schüssel dieses blankgeputzten Klos. Alles ist in diesem Moment einfach nur kalt. Diese ganze verdammte Veranstaltung ist kalt. Rita Galo ist so kalt wie der Eisblock, von dem ich manchmal träume und in dem ich mich gefangen fühle, meine Seele ist schon fast kalt, obwohl ich noch ganz am Anfang stehe. Irgendetwas ist so gebrochen, dass es keine Anfänge mehr für mich gibt. Ich betrachte den gelblich-grünen Schleim in der Kloschüssel, erkenne die Gurke von heute Morgen wieder und ekele mich so sehr, dass ich noch einmal erbrechen muss. Es scheint wie an meine Stirn zu klopfen. Irgendjemand klopft mit seinen kleinen Fingerknochen von innen an meine Stirn. Ich setze mich auf den kalten Boden in der Kabine und lehne mich mit dem Rücken an die Kachelwand. Meine Haare fallen mir aus dem Zopf ins Gesicht, und ich merke, dass mich eine kleine Schweißattacke befallen hat. »Scheiße. Das ist jetzt das dritte Mal in zwei Wochen. Theodor wird es nicht wollen ...«.

»Baby, du bist eingeladen nach London und Buenos Aires! Kira, verdammte Scheiße, du bist eine verdammt geile Sau! Verdammt, ich wusste es von Anfang an!«, Rita verdammt mich noch einige weitere Male und beschenkt mich mit immer mehr nassen und satten Küssen auf beide Wangen, so aufgelöst habe ich sie noch nie erlebt. Vielleicht liegt es daran, dass uns niemand sieht. Die letzten Besucher holten gerade ihre Jacken ab, als sie mich in einen kleinen Nebenraum zog, in dem ich auch meinen Koffer gelassen habe.

Rita schaut tief in meine Augen und wirkt gerührt, aber auch traurig. Ihr Mund ist ein klein wenig offen, und ihre Augenbrauen zittern leicht. Ich erblicke zum ersten Mal eine tiefe, lang versteckte Müdigkeit in ihrem Blick, die sie hinter den tätowierten Lidstrichen und Schatten um ihre Augen herum verbirgt. Ihre Augen sind grau-grün, und sie hat einen kleinen braunen Fleck im rechten Auge, bemerke ich.

»Ist das ein Muttermal im Auge?«, frage ich fasziniert.

»Eine Pigmentstörung. Nichts Besonderes ...«, sagt sie, und ich weiß schon, was ich morgen anfange zu malen – »Pigment im Auge.«

»Fühlst du dich nicht wohl in deinem Hotel?«, fragt sie.

»Dochdoch, wieso ...?«

»Weil du deinen Koffer dabeihast. Du kannst auch bei mir schlafen, wenn du willst«, sagt sie vorsichtig und fügt sofort ein strenges »Ich habe ein großes Gästezimmer« an und bückt sich zu ihrer Tasche.

»Eine gute Freundin wartet noch draußen auf mich ... ich denke, wir gehen noch eine Runde durch Kreuzberg ... und dann fahre ich mit dem Nachtzug«, versuche ich sie schweren Herzens abzuwimmeln und spüre in diesem Moment besonders stark das Wachsen in meinem Bauch, das ich noch gar nicht spüren kann.

»Natürlich«, sagt sie mit ihrem rollenden »R«. »Meine Gute, hab eine schöne Nacht, und wir telefonieren in den nächsten Tagen. Es gibt viel zu besprechen, Baby!«, sagt sie, küsst meine Wange und verlässt die kleine Hinterkammer.

Nele und ich steigen unzählige Treppen eines schon beinahe verfallenden Altbauhauses hoch, das nichtsdestotrotz noch bewohnt zu sein scheint. Das Licht im Treppenhaus geht nicht auf jeder Etage, und wenn es geht, dann nur düster und flackernd, sodass ich nur ab und an im Halbdunkel die Aufschriften an den Wänden lesen kann. Es sind die üblichen Wandthemen, wie man sie von den beschmierten Wänden aller Häuser dieser Welt kennt: Love, Sex, Revolution, Drogen und gemalte Pimmel. Wahrscheinlich geht es im Leben auch einfach um nicht mehr als das. Ich schleppe meinen Koffer hinter mir her und fühle mich irgendwie obdachlos. Papa hat es prophezeit: »Künstlerin! … obdachlos und schwanger wohl eher!« Er hat ja immer Recht.

»Nele, wo schleppst du mich hin?«

»Na, warte mal ab. Ich zeig dir was, das wirst du lieben. Die Aussicht malst du dann, und wenn's fertig ist, schenkst du's mir, ja?«

Wir steigen eine letzte schmale Holztreppe hinauf, und Nele öffnet mit viel Kraft eine kleine quietschende Holztür, die ungerade im Rahmen hängt und klemmt. Sie zwängt sich dort hindurch und lässt sich meinen Koffer reichen. Wir befinden uns auf einem Dachboden, aber man kann nichts sehen. Es ist stockduster, und Nele nimmt mich an der Hand.

»Keine Angst, schon tausendmal hier gewesen, kenne den Weg blind«, sagt sie.

»Na, dann stell dir doch das nächste Mal eine Kerze hier oben hin. Ich breche mir alle Beine und sterbe, noch bevor ich meine große Karriere gemacht habe.«

»Oh ja, deine schicke Agentin da, die wird ganz schön traurig sein, glaube ich, wie hältst du die aus?«

Nele öffnet eine Luke im Dach, an der eine aufklappbare Leiter befestigt ist. Sie schiebt zunächst meinen Koffer nach oben und klettert dann hinterher, reicht mir die Hand und hilft mir hoch.

»Vorsicht, es ist echt kalt und auch ein bisschen glatt hier«, sagt sie. Eine Welle von eisiger Kälte legt sich auf mein Gesicht, hier oben ist es noch kälter, als es unten auf den Straßen schon ist. Ich ziehe den Kragen meines Mantels so hoch es geht und verstecke meinen Mund und meine Nase darin. Ich habe das Gefühl, derselbe Gott, der vor zwei Jahren am Rhein unsere Haut gegart hat, pustet uns jetzt mit seinem eiskalten Atem an, vielleicht eine Strafe für das Lebewesen, das ich aus Versehen geschaffen habe, ohne mich vorher mit ihm darüber zu beraten. Nele und ich arbeiten uns vorsichtig Hand in Hand zum Rand des Daches vor. Wir verharren knapp vor dem Abgrund, Nele legt ihren kleinen Rucksack ab und raucht eine Zigarette an. Es ist schon fast Mitternacht, und ich kann von oben die U-Bahn vorbeirauschen sehen, Haltestelle Kottbusser Tor. Unten bewegen sich trotz der eisigen Kälte Menschen die Straßen entlang, lachen und reden.

»Hab ich zu viel versprochen?«, fragt Nele.

»Irgendwie ... ja«, antworte ich, und wir lachen.

»Jetzt wirst du berühmt und verlässt mich«, sagt sie und pustet ihren Rauch in den Himmel.

»Du hast doch mich verlassen ... ich vermiss dich in Köln.«

»Doch, doch! Warte mal ab, nächstes Jahr im MoMa! Dann komm ich dich besuchen in The United States of ... Assholes!«, sagt sie gestelzt.

»Ach, Amerika, ist auch nur ... die Welt.«

»Du hast auch Sehnsucht danach, oder?«, fragt sie.

»Wonach?«

»Nach etwas anderem. Einer anderen Welt, nach einem Wunder oder so...«

»Hat das nicht jeder?«

Nele wirft ihren Zigarettenstummel vom Dach und beobachtet, ob er jemandem auf den Kopf fällt.

»Musik! Wir brauchen Musik!«, sagt sie, kniet sich vorsichtig auf dem glatten Dach hin und kramt in ihrem Rucksack. Sie holt ihre Klarinette aus dem Etui und lächelt mich verrückt an. Diese wilde Entschlusskraft, mit der sie bereit ist, eigenhändig ein Reh zu schießen und es dann roh zu vertilgen. Einmal war ich völlig perplex, als sie sich abends ein Stück rohes Steak aus dem Kühlschrank holte, es genau zwei Sekunden lang auf die Pfanne schmiss und es dann schmatzend vertilgte, sich das Blut von ihren Lippen leckend.

»Was soll ich spielen?«, fragt sie.

»Du spinnst, deine Finger erfrieren. Lass das.«

»Wenn du dich beeilst zu entscheiden, was du hören willst, dann haben wir noch eine Chance, dass meine Finger sich schnell daran warm spielen!«

»Keine Ahnung, spiel wie ... wie Wale singen. Weißt du?«, frage ich sie. Sie schaut mich entgeistert an. Ich beginne zu quietschen wie ein Wal und sehe einige Passanten unten ihre Köpfe verwundert nach oben richten, aber wir sind zu hoch, und sie sehen mich nicht in der Dunkelheit. Nele spielt. Das Flackern der Lichter und das regelmäßige Vorbeirattern der U-Bahn, die Polizeisirenen und das Rauschen der Autos am Kottbusser Tor gefrieren in der kalten Luft.

Ich bin nie im MoMa ausgestellt worden, aber Neles Klarinette in dieser Kreuzberger Nacht, die einen Wal zu imitieren versucht, habe ich nie vergessen.

16

(Rumänisch-Ungarische Grenze, Karpatenbecken, 1993)

»Сволочи!«, schreit Mama hysterisch. Immer und immer wieder.

»Swolotschi, swolotschi, swolotschi!« Ich sitze auf der Rückbank des Lada und klammere mich an meinen beiden Affen fest. Streichele ihnen über den Kopf und rede ihnen gut zu, sie sollen keine Angst haben. Susanka ist auch zu mir nach hinten geklettert und versteckt sich unten zwischen meinen Füßen. Sie zittert. Es ist Nacht, morgen gibt es bestimmt einen schönen warmen Sommertag, den ich mit Saschka im Hof verbringen könnte. Aber meine Frage, ob wir nie wieder zurückkommen, wurde nicht beantwortet, deshalb versuche ich das mit Saschka zu vergessen, es macht mich zu traurig. Aber vielleicht finde ich dort in dem besseren Europa auch einen Saschka, der mit mir im Hof spielt. Ich sehe nicht genau, wo wir sind, aber Papa steht vorn an der Motorhaube, und Mama fuchtelt mit den Armen. Ein paar Männer in Uniformen schreien zurück und einer kommt ihr näher, worauf Papa ihn zurückschubst. Ich halte die Luft an, denn ich vermute, dass sie Papa gleich schlagen, aber es passiert nicht. Zwei der Männer halten ihn an den Armen fest und brüllen ihn an, aber ich verstehe nicht, was sie sagen. Es klingt wie das Rumänisch, das viele in Chisinau auch sprechen, aber ich kann es nicht.

Papa schreit zurück, vielleicht ist es auch eine andere Sprache. Mama steigt wieder ein und knallt die Autotür hinter sich zu. Sie macht Handzeichen aus dem Fenster, die wohl bedeuten, dass einer von den Männern draußen einen Knall hat. Oder Papa? Oder ist sie auf mich wütend? Sie dreht sich zu mir um und hat Tränen in den Augen: »Keine Angst, Kirotschka. Sind deine Bauchschmerzen vorbei? Es ist alles in Ordnung. Wir fahren gleich weiter. Nach vier Stunden hier rumstehen und von denen auseinandergenommen werden!«, schreit sie und kurbelt das Fenster runter. »Vier Stunden! Was wollt ihr von uns? Wir dürfen ausreisen. Wollt ihr Kohle? Denkt ihr, wir sind Millionäre? Ja, klar, gerade wir. So sehen wir aus, was? Mit unserem Anhänger da und der Katze hier hinten. Millionäre reisen so in den Westen aus, ja, so sieht das aus. Swolotschi! Seid ihr schwachsinnig? Was wollt ihr? Wir haben Papiere, und jetzt macht verdammt noch mal eure verschissene rumänische Schranke hoch, wir haben schon lange genug von euch. Da haben sie ihre Freiheit bekommen, diese Swolotschi. Unter den Sowjets hat man euch in Schach gehalten, und jetzt? Jetzt machen sie, was sie wollen.« Einer der Männer in Uniform kommt näher, und sie kurbelt das Fenster schnell wieder hoch, worauf der uniformierte Mann vor dem Autofenster sich mit dem Zeigefinger an die Stirn tippt, genauso wie sie vorhin, nur diesmal in Mamas Richtung. Sie weint, und ich berühre sie an der Schulter. Sie legt ihre Hand auf meine und zittert. Susanka zittert auch.

»Wer sind die Männer, Mama?«, frage ich.

»Milizionäre, dass ich nicht lache. Es sind eben keine. Ich weiß nicht, was sie wollen. Geld. Natürlich Geld. Verdammte Scheiße. Was soll das alles bloß werden?«

»Wo sind Onkel Stas und Tante Katja?«, frage ich.

»Du bist eingeschlafen, Kirotschka, wir haben sie vor einer halben Stunde verabschiedet. Wir dachten, es sei gut jetzt, fühlte sich alles ruhig an. Sie sind zurückgefahren. Mein Gott, was soll das bloß werden«, sie krallt sich in meine Hand, und ich spüre, dass sie wirklich Angst hat.

Papa steht immer noch draußen und spricht mit den Männern in Uniform. Ich höre nur gedämpft, was sie sagen, und sehe ihn irgendwelche Papiere vorzeigen.

»Aber die Männer haben doch Uniform an, Mama, oder? Dann sind das doch Milizionäre, oder?«

»Ach, die kann man doch überall kaufen. Man kann alles überall kaufen in unserer Zeit. Das ist ja das Problem. Verdammt, was soll das bloß werden.« Mama steigt wieder aus dem Auto und stellt sich neben Papa. Dann macht der Polizist, der keiner ist, ein paar Handzeichen, und Mama und Papa steigen wieder in den Wagen. Sie knallen die Autotüren zu, und Papa lässt den Motor an. Susanka zuckt zusammen, und ich streichele sie am Kopf, den sie zwischen meine Beine geklemmt hat.

»Wenja, was soll das werden? Wo wollen die jetzt mit uns hin? Wieso Wache? Wieso sollen wir auf die Wache? Wir dürfen doch ausreisen. Sollen wir ihnen noch mehr geben? Gib ihnen das Geld, ich habe Angst, Wenja«, weint Mama.

»Wir können ihnen nicht unser gesamtes Geld geben, wir haben noch zwei Tage Fahrt vor uns. Bleib ruhig, wir fahren da jetzt hinterher.«

»Wenja, wir haben die Kleine dabei. Die bringen uns um und rauben uns aus. Die haben doch schon den ganzen Anhänger auseinandergenommen. Diese swolotschi, mein Gott, die bringen uns um...«

Ich verstumme und lege meine Affen beiseite. Ich halte mich mit beiden Händen an den Rückenlehnen der Vordersitze fest und blicke abwechselnd zu Mama und zu Papa. Wir fahren los. Vor uns fährt das Auto der Milizionäre mit der blauen Leuchtlampe, die sie wahrscheinlich auch gekauft haben, weil man ja alles kaufen kann heute. Hätte ich Geld, würde ich auch so eine Leuchtlampe kaufen, sie auf meinem Kopf festschnallen und mit Saschka damit durch den Hof rennen. Es ist dunkel, und Mama und Papa schweigen. Mama hat ihre Hände ineinander gekrallt und weint. Ich möchte sie anfassen, aber ich traue mich nicht. Wir fahren relativ lange ein paar Landstraßen entlang und dann einen Berg hinauf. »Die Karpaten«, sagt Papa. »Das sind die Karpaten.« Ich möchte fragen, wie man solche Straßen, die immer weiter im Kreis nach oben führen, als würden man in die Wolken fahren, nennt, aber ich traue mich nicht. Ich glaube, jetzt ist nicht der richtige Moment. Es gibt wenig Luft im Auto, und ich habe ganz trockene Augen.

Serpentinis, man nennt sie Serpentinis, glaube ich... Aber ich spreche es nicht aus, ich möchte nicht stören, Mama und Papa brauchen die ganze Zeit für ihre Angst. Es fängt an zu regnen, und Papa schaltet die Scheibenwischer ein, die gleich explodieren, wenn sie in der Geschwindigkeit weitermachen.

»Wo kommt der ganze Scheißregen in diesem Jahr her?«, fragt Papa. »Es ist Hochsommer!« Die Scheibenwischer bewegen sich so schnell, dass mir schwindelig wird, ich versuche sie nicht zu beobachten, mir ist schon übel genug. Ich schaue aus dem Fenster, in der Hoffnung, dass mich das ablenkt und ich nicht kotzen muss, weil die steile Bewegung nach oben mir irgendwie zusetzt, und sehe einen abgestürzten Laster unten in der Tiefe liegen. Wahrscheinlich ist er eine Serpentini heruntergefallen. Mama schaut auch aus dem Fenster und sieht den Laster. Sie schluchzt auf. »Mein Gott, was soll das bloß werden.... Womit haben wir das alles verdient? Daran ist diese Hexe schuld, diese Hexe ist daran schuld. Sie hat uns verflucht, Wenja, ich habe es dir ja gesagt, die können das, die können einen verfluchen...«, sagt sie, und ich erinnere mich an die Frau mit dem funkelnden Goldzahn und den Socken in den Adidas-Schlappen, die letzte Woche zu uns nach Hause gekommen ist und unser Sofa geschenkt haben wollte. Papa sagt nichts und schaut stur und nervös vor sich hin. Auf einmal geht es wieder bergab, das Auto mit den Milizionären, die keine sind, fährt weiterhin vor uns her. Papa folgt ihnen auf den nassen matschigen schmalen Straßen, und mir wird noch etwas übler, aber ich versuche es zu unterdrücken, denn ich möchte Mama und Papa nicht auch noch die Butterbrote von vorhin zumuten. Mama hat die Augen geschlossen und flüstert vor sich hin. Ich glaube, so betet man. Ich kann mich nicht zurückhalten und sage leise:

»Religion ist Opiums für das Volk.«

»Was?«, bellt Papa.

»Das sagt Mama immer, und jetzt betet sie.«

»Opium, Kirotschka, Opium ohne S ...«, flüstert Papa verwirrt.

Mama weint leise vor sich hin und beachtet mich nicht. Ich hätte meinen Mund halten sollen. Wir kommen an einer Kreuzung an und das Auto vor uns bleibt kurz stehen. Ich merke, dass Papa die Luft anhält, und sehe, wie er das Lenkrad fester umfasst. Er bekommt diesen wilden Blick, wie wenn er sehr wütend ist, aber eigentlich Angst hat. Das Auto der Milizionäre setzt sich in Bewegung und fährt nach links. Papa wartet einen Augenblick, gibt dann so sehr Gas, dass es mich nach hinten wirft, und biegt nach rechts ab. Ich bin noch nie so schnell gefahren und umklammere Mama von hinten mit meinen Armen. Sie hält mich fest, und ihre Tränen machen meine Arme nass. Sie küsst immer und immer wieder meine Hand und sagt: »Es wird alles gut, wir dürfen ausreisen.« Papa fährt, so schnell er kann, und sagt, dass er die gefälschten Milizionäre im Rückspiegel sieht. Er rast, und ich fürchte mich, aber ich halte meinen Mund und versuche Susanka unten zwischen meinen Beinen nicht zu erdrücken. Papa fährt Serpentinis hoch, immer weiter.

»Wir haben sie abgehängt, Lenka. Wir haben sie abgehängt, verdammt!«, sagt er irgendwann so, als würde er flehen. Ich habe ihn noch nie so gehört. So zart. Das Auto macht einen ruppigen Schwenk nach links, und wir bleiben stehen zwischen ein paar dunklen Bäumen. Wir sind auf einem Berg, und ich weiß nicht, wie wir es schaffen, aus dieser Höhle unter den Blättern mit dem Auto wieder auf die Serpentini hinauszufahren. Vielleicht bleiben wir jetzt für immer hier stehen. Oder ist das schon das Europa? Papa schaltet alle Lichter und den Motor aus. Es ist stockdunkel und keiner sagt etwas. Ich höre meine Eltern leise atmen. Wir sind nicht da. Ich spüre eine warme Flüssigkeit an meinem Fuß, Susanka hat mich vollgepinkelt. Aber ich behalte es für mich. Das mache ich in Zukunft immer so. Ab jetzt.

Später habe ich einmal versucht, das Wort »swolotschi« ins Deutsche zu übersetzen. Es gibt einige Wörter, die sich einfach nicht übersetzen lassen. Arschloch oder Penner oder Drecksack drücken nicht einmal annähernd aus, was das Wort »swolotschi« meint und wie es sich anfühlt.

17

Theodor lacht mich seit mindestens fünfundvierzig Minuten aus. Sein sehniger und bogenhaft gespannter Körper, die schmalen unmännlichen Schultern, seine roten Locken schütteln sich bei jedem Atemzug, der ihn in seinem Lachkrampf rettet. Denn dränge kein Sauerstoff mehr in ihn, würde er an der Lustigkeit, die ihn befallen hat, sterben, sein aufgerissener Mund würde so weit geöffnet einfrieren, und ich hätte ihn ewig als »Munch«-Karikatur in Erinnerung.

»Was hast du bloß gemacht?«, vibriert er vor Lachen.

Ich hatte gedacht, es würde ihn beeindrucken. Er ist doch der Exot unter uns, immer unterwegs, muss immer alles anders machen als die anderen, zu allem eine strenge Meinung abgeben, obwohl er von sich selbst als Meditationskünstler doch behauptet, gänzlich undogmatisch zu sein, feste unbeugsame Regeln gar nicht zu kennen. Was also ist jetzt so verrückt an meiner Glatze?

»Deine Haare waren so schön ... sie waren deine ...«, er explodiert vor guter Laune und wischt sich die Tränen aus den Augen. Jetzt übertreibt er, habe ich das Gefühl, oder ist er in Wirklichkeit traurig und sucht einfach nur einen Grund zum Lachen?

»Deine Weiblichkeit!«, kreischt er und verliert wieder die Kontrolle über seine sich in beide Richtungen verziehenden Mundwinkel.

»Ach so, ich dachte, du bist die Aufklärung in Person ... und jetzt tragen alle Frauen auf einmal nur noch lange Haare?«, frage ich skeptisch und nippe an der selbstgemachten Zitronenlimo aus seiner Bambusflasche.

»Das habe ich nie gesagt ... ich bin nicht aufgeklärt, ich bin Buddhist ... mein Gott, siehst du ulkig aus ...!«, prustet er wieder los und zieht dabei eine mitleidige Miene, als würde er es bereuen, mit einer

Minderjährigen zusammenzusein, aber auch Verständnis für ihre Unreife haben, nur dass ich schon lange erwachsen bin.

Ich streiche mit der Handfläche über die glatte Haut meines Schädels und zitiere im Kopf Artikel 1 des Grundgesetztes. Ich dachte, er fände es anziehend. Ich finde es anziehend, meine Hand zieht es an, ich muss immer wieder die Glätte abtasten, komme meinen Gedanken so viel näher.

»Wo warst du eigentlich diesmal?«, frage ich ihn und stelle fest, dass es mich nicht mehr kränkt, dass er mir nie sagt, wohin seine nächste mindestens zweimonatige Reise geht, ich habe mich daran gewöhnt.

»In Indonesien ...«, spricht er kaum verständlich aus und versucht seine lachbedingten Schüttelattacken zu zügeln, weil ich beleidigt aussehe. Er wirft ein paar Eiswürfel in seinen Bambusbecher mit ätzendem Zitronenkonzentrat, als könnte man aus meiner Keramik nicht mehr trinken.

»Indonesien ist ein ... Inselstaat, oder?«, frage ich vorsichtig, versuche irgendwie wieder auf seine Höhe zu kommen, denn alles was mich mit ihm verbindet ist Bewunderung, die ich nicht erklären kann.

»Ja ... entschuldige, Kira, ich ... es ist fast vier, meine Zeit. Ich ziehe mich kurz zurück, ja?«, sagt er, schluckt seine Limo hinunter und geht zu seiner Meditation in mein Schlafzimmer. Routiniert klemmt er sich seine aus dem Rucksack gezogene Matte unter die Achsel und kommt kurz näher an mich heran.

»Darf ich?«, kichert er und streicht zart mit der Hand über meinen Nacken. Dann bückt er sich kurz zu mir herunter und riecht an der kahlen Kopfhaut.

»Duftet genau wie der Rest deiner Haut ... zum Rest komme ich dann später, ja?«, säuselt er anzüglich, und ich stelle fest, dass er vielleicht ein Idiot ist, nur habe ich es bisher verdrängt. Immerhin, er hat wenigstens einen Hauch Interesse an mir gezeigt, bevor er zu dem übergeht, was kompassartig sein eigentliches Interesse lenkt – die heilige Meditation.

Ich höre die Schlafzimmertür hinter ihm dumpf ins Schloss fallen und betrachte das kleine Bild der Ostsee über dem Schreibtisch, der auch als Esstisch fungiert. In der zehnten Klasse hatten wir eine Klassenfahrt an die Ostsee unternommen, nach Hiddensee. Es war eine unbestimmte, beunruhigende, hoffnungslose Zeit, ich war in niemanden verliebt, hielt mich nicht gern in Gruppen auf und schmiedete Fluchtpläne aus dem Bochumer Plattenbau, Flucht in meine Phantasie und gleichzeitig in die Realität, von der mir klar war, dass sie auch an der Kunsthochschule real bleiben würde, denn ich kannte sie einfach zu gut. Als wir von der Klassenfahrt zurück waren, wo ich dieses Bild der halbgrauen See gemalt hatte, spuckte ich meine Entscheidung endlich zu Hause aus, ich würde Malerei studieren und die Schule schmeißen ... »Obdachlos und schwanger wohl eher ... Künstlerin! ...«, fauchte Papa. Auf dem Bild sind Wolken, weder düster noch hell, die Möglichkeit von Helligkeit, das Wasser wirkt schwer und lebendig zugleich, spiegelt ein starkes, festes Wetter, das zu einem langen Spaziergang am Strand einlädt, mit den dazu gehörenden Selbstgesprächen. Ein naives, pubertäres Bild, am rechten Rand baumelt hoch oben in der Luft die Schnur eines Drachens, der Drachen selbst ist aus dem Bild geflogen, nicht da. Ich muss es Theodor sagen, egal was er dann tut.

Ich versinke in der See über mir und sehne mich stumm nach den Berührungen, die heute Abend noch kommen, ich will mich darin vergessen, jede einzelne Pore seiner Haut in den Mund nehmen, mich verirren in der Dunkelheit, alle Enttäuschung hinter mir lassen für die Nacht, alle Sehnsüchte verdrängen und an niemanden denken, auch nicht an ihn, und ertrinken in den verwaschenen Gefühlen, die seine Zunge mir bereitet, sein Gewicht auf meinen Schultern.

»Du sitzt ja immer noch hier«, sagt er, entspannt und aufgerichtet aus dem Schlafzimmer tretend, die schmale Matte wieder lässig unter der Achsel. »Alles gut? ... Verzeih, ich hab das nicht so gemeint vorhin, mir gefällt dein Haarschnitt ... also ... nicht Haar, sondern ...«, er beginnt wieder zu giggeln mit seiner von der Meditation gesenkten Stimme und verzieht sich aufs Klo.

»Und wie war es dort?«, versuche ich die unterbrochene Unterhaltung durch die geschlossene Tür wieder zu beleben. »Hast du diese ... Riesenechsen gesehen? Die gibt es doch dort, oder?«, frage ich und wünsche mir, wir müssten nicht aus Höflichkeit miteinander reden, sondern könnten uns stumm an unseren Gliedmaßen abarbeiten und dann könnte ich ihn in den Schrank stellen, um ihn bei der nächsten passenden Gelegenheit wieder herauszuholen. Vielleicht wünscht er sich dasselbe.

»Komodo-Warane? Ja, habe ich gesehen«, er spült und kommt leicht angespannt aus dem Bad. Irgendetwas ist mit ihm, alles wirkt wie eine Ausweichbewegung, Übersprung ...

»Kira, ich ... die letzte Stunde hat mir sehr gutgetan, gut, dass ich mich an meine Meditationszeit gehalten habe, das gelingt mir nicht immer in den letzten Wochen, weil ... ich müsste dir etwas sagen, denke ich ... «

Ich muss ihm auch etwas sagen.

»Also ich ... was ist bloß los mit mir? Ich muss klar bleiben, es gibt keinen Grund, sich zu schämen, das Leben geht seine Wege ... «, murmelt er, und ich weiß nicht, ob er mit mir spricht oder mit sich selbst. »Ich war auf einem Konzert in Jakarta, bevor ich zum Tempel gefahren bin«, formt er seine Erzählung aus sich versperrenden Sätzen. »Sie war älter als ich, zehn Jahre vielleicht. Eine Engländerin, und ihre Haare waren schon ein bisschen grau. Wir haben uns gleich bemerkt in der Menge, sie saß in dem kleinen Kellerlokal an der Bar. Ich habe mich dazugesetzt und dann haben wir erstmal ziemlich lange nichts gesagt. Wir hörten der Band zu und hielten uns an den Händen. Sie hat ihre Hand einfach in meine gelegt. Sie trank einen bunten Cocktail, den sie immer wieder auf den Tresen zurückstellte, und jedes Mal rutschte ihr Kleid ein bisschen nach rechts, also der Ausschnitt, weil es ihr ein wenig zu weit war. Und ich habe ihr dabei immer zwischen die Brüste geschaut, auf die Mulde zwischen ihren Brüsten, diese Kerbe im Körper ... sie ist sehr schlank ... wir haben kein Wort miteinander gesprochen, und nach dem Konzert habe ich bezahlt, und wir sind zusammen auf die Toilette gegangen. Ich schloss die Tür hinter uns und drückte sie an die Wand. Ich mache so etwas normalerweise nicht, weißt du?«, haucht es aus seinem Mund in mein ungeschütztes Ohr.

»Ich mag einfach keine öffentlichen Toiletten, der Geruch, ich finde den Geruch einfach höllisch, du nicht?«, fragt er, und ich weiß nicht, ob er mich necken will, ob das alles nur ein Witz ist und gleich in einer weiteren Lachtirade wegen meiner abrasierten Haare mündet. »Naja, vielleicht bin ich einfach ein Spießer ... «, kichert er unterdrückt und trinkt den Rest seiner Zitrone in einem Zug aus. Er schaut mich bedrohlich direkt an, aber ich verstecke meine Furcht, ich hatte noch nie Angst vor ihm. »Ich schob ihr Kleid hoch und drang in sie ein und wir vögelten miteinander, gar nicht so, wie ich es mir auf einem Klo in einem Club vorstellen würde. Ich quetschte mich zwischen Wand und Klo und saugte mich förmlich in ihre Vulva. Wir waren dann drei Tage lang permanent zusammen. Ich habe bei Tageslicht gesehen, dass mich ihre Augen eigentlich gar nicht aufregen.« Ich warte kurz ab, ob er vielleicht meine Augen erwähnt, aber begreife schnell, dass es um mich hier nicht mehr gehen wird, auch heute Abend nicht mehr. »Sie ist Steuerberaterin und war fünfzehn Jahre mit ihrem Mann zusammen. Wir sind durch die Stadt gelaufen, und sie hat mir erzählt, dass sie sich vor dem Alter fürchtet, weil es keine Kinder geben wird. Ich habe sie gefragt, ob das ihre letzte Chance ist ... Catherine, sie heißt übrigens Catherine ... und habe ihr gesagt, dass ich das machen kann, ich werde kein Vater sein, der verschwindet. Nach England ziehe ich aber nicht, denke ich ... demokratisch gesehen befinden wir uns ja hier auf dem sichersten Schiff gerade ... ich schaute also in ihre Augen, und da war so etwas Freies drin, aber angespannt, wie ein Kubus oder so mit nem Deckel drüber, durchsichtig und undurchsichtig, und das, was ich da sah, das war alles, mehr würde sie mir nicht von sich zeigen ... ich glaube, ich habe ihr den Wunsch nach Sicherheit und Verbundenheit erfüllt, mit Garantie auf Unabhängigkeit und Emanzipation, das habe ich ja jetzt schön ausgedrückt ...«, er blubbert weiter selbstgerecht vor sich hin. Die Vagina dieser unbekannten Frau, die sicheren Schiffe, von denen er erzählt, die Riesenechsen und der eingebildete Geruch in meiner Nase, den dieses widerliche Klo gehabt haben könnte, auf dem er sich seine Männlichkeit bewies, weil es sich auf eine andere, weniger anonyme Art und Weise scheinbar nicht traute, Vater zu werden, verwirrten meine ohnehin schon der Ordnung beraubten Gedanken, und auch der kahle Schädel brachte nicht mehr Klarheit in diese ganze aus dem Ruder gelaufene Sache.

Am nächsten Morgen finde ich einen Zettel neben meinem Kopfkissen: »Ich bin weg, ruf bitte nicht mehr an … England … Aber ich hatte das Gefühl, du wolltest mir noch etwas sagen? Also, wenn es wichtig ist, ruf doch an. Ciao, Theo«

18

Sarah ist siebzehn und läuft mit ihrer Freundin Sunja die Sadowaja Uliza entlang. Auf der Hauptstraße im Zentrum Chisinaus gehen wieder alle spazieren. Die Stadt war eine Ruine, als Sarah, ihre Eltern und ihre vier Schwestern aus der Evakuierung zurückkehrten. Und nun wird seit vier Jahren schon praktisch jährlich so viel gebaut, wie es sonst nur in einem Jahrzehnt zu schaffen ist, so wird erzählt im sowjetischen Radio, das Sarah manchmal im Hausflur hört, wenn es aus der Nachbarskommunalka nach außen dringt. Sarahs Familie hat kein Radio, sie leben in einem Keller, zu siebt in der vorderen Hälfte. Es ist August und strahlender Sonnenschein, einer der heißen Sommer, wie es sie in Moldawien gibt. Die Sadowaja Uliza erscheint Sarah heute besonders breit und frei. Die cremefarbenen wieder aufgebauten und restaurierten Gebäude mit Verzierungen und Schnörkeln auf den Kolonnen säumen die Straße, und die neu gepflanzten Bäume sprießen langsam aus dem Boden und stehen zart da. Das Leben geht weiter, der Krieg ist vorbei.

Sarah trägt eines der beiden Sommerkleider, die sie besitzt, weiß mit grünen großen Blumen und einem schmalen Stoffgürtel. Die Sandalen hat sie auf dem Markt ergattert, sie sind viel zu alt, aber eleganter als alles, was neuer erschien. Wochenlang hat sie nebenbei gearbeitet am Kiosk in der Parallelstraße und konnte sie sich aus eigenem Verdienst leisten, von ihrer Mutter hätte sie nur ein paar flache Treter bekommen, die zwei Jahre halten. Am Hinterkopf wippt ein Zopf aus ihrem so dunkelbraunen Haar, und ihre Lippen hat sie mit Silvas Lippenstift angemalt, heimlich, als diese nicht da war. Silva möchte den Lippenstift nicht mit allen vier Schwestern teilen, dann bleibt nichts davon übrig, aber um sich einen eigenen zu kaufen, müsste sie noch ein paar Wochen im Kiosk Zeitungen verkaufen, doch jetzt stehen die Prüfungen an, an Arbeit ist da nicht zu denken.

»Nächstes Jahr mache ich meinen Abschluss und werde Buchhalterin«, sagt sie und schaut in den Himmel, der heute genau das gleiche beruhigende Blau hat, wie an jenem eisigen Wintertag im Krieg, als sie nach der notdürftigen Amputation ihrer abgefrorenen Zehen endlich aus ihrem Fiebertraum erwachte. Jetzt schaut sie auf ihre Sandalen hinunter und ist froh, dass sie sich gerade diese leisten konnte, mit einer geschlossenen Spitze vorn, die ihre Zehen verbirgt.

»Ja, das ist ein guter Beruf, Sarotschka. Menschen, die Geld zählen können, braucht es immer. Geld gibt es immer, wenn es nicht gerade ausgegangen ist!«, antwortet Sunja, und beide lachen. »Da, ich sehe sie. Siehst du da vorn, die Jungs?«

»Und welcher ist es?«, fragt Sarah neugierig.

»Der links in dem weißen Hemd. Ist er nicht hübsch?«

Sunja winkt, und ein junger Mann winkt zurück. Er löst sich aus der Gruppe seiner Freunde, die am Eisstand stehen und sich unterhalten, und kommt energisch auf Sunja zu. Er bleibt vor ihr stehen und legt zart seine Hände um ihre Hüfte. Sie küssen sich kurz und schauen sich dann verlegen um. So etwas gehört sich nicht in der Öffentlichkeit.

»Ich bin Jewgenij«, sagt der junge Mann und verbeugt sich leicht vor Sarah.

»Oh, sehr anständig, dein Zukünftiger«, antwortet sie und kichert ein wenig.

Jewgenij lädt die beiden auf ein Eis ein, und sie stellen sich an den kleinen hohen Tisch am Eisstand. Sunja und Jewgenij turteln schüchtern und unauffällig, und die anderen Jungs sprechen über die Veränderungen in der Stadt. Einer von ihnen studiert Architektur und zählt lauter Namen von Architekten auf, die dieses und jenes in Chisinau wieder aufbauen dürfen, was wie aussehen wird und an welchen Projekten er jetzt schon als Assistent beteiligt ist. Chisinau soll wieder die Mischung aus den alten geraden Straßen, der klassischen Architektur und dem traditionellen moldawischen Dekor bekommen, erklärt er, als hätte er einen Radiobeitrag auswendig gelernt.

»Die Stadt wird schöner als noch vor dem Krieg! Alles wird schöner jetzt, das ganze Leben, glaubt mir!«, prahlt der junge schmale Mann, der das »R« nicht richtig rollen kann und dem eine Haarpracht aus roten Locken aus der Kopfhaut sprießt. Seine Augen blitzen hinter einer großen Brille, die ihm Ähnlichkeit mit einem Uhu verleiht. Sarah kann ihm gar nicht ernsthaft zuhören, weil er so witzig aussieht, möchte aber seiner Prophezeiung glauben.

»Und du, glaubst du das auch?«, fragt eine andere Stimme. Sie ist ganz gebannt von den Beschreibungen des Rothaarigen und fasziniert von seinen Locken und hat gar nicht bemerkt, dass da noch jemand neben ihr steht. Seine Stimme wirkt irgendwie ruhig und unaufdringlich, so als würde er sehr geduldig auf eine Antwort warten können, egal wie lange.

»Wie bitte?«, fragt sie.

»Na, glaubst du auch, dass jetzt das Leben und alles besser wird?«

»Na... da müssen wir doch dran glauben, oder? Ich meine... wenn nicht jeder einzelne von uns an das Bessere und...an den Sozialismus und... also an alles glaubt, dann sind wir selber schuld!«, sagt sie mit strengem Gesichtsausdruck und leckt an ihrem Eis. »Wer bist du überhaupt?«

»Gute Antwort, Genossin. Du bist eine ganz Ernsthafte, was?«, der junge Mann lacht. »Ich bin Aaron.«

Sarah bemerkt, dass ihr ein bisschen Plombir aus dem Waffelgläschen auf die Hand läuft. Sie liebt Plombir, alle lieben Plombir. Dieser Aaron hat sehr dichte Augenbrauen. Wie ein Wolf, denkt sie. Und einen konzentrierten, aber weichen Blick. Er hat einen vollen Mund und ist viel zu schlank. Das hat wahrscheinlich der Krieg verursacht, das lässt sich wieder hinkriegen, denkt sie, kochen kann sie, und irgendwann gibt es auch wieder eine größere Auswahl an Lebensmitteln in den Läden, denn das ganze Leben wird ja ab jetzt immer besser.

»Ich werde Buchhalterin«, sagt sie gefasst.

»Und ich Ingenieur«, antwortet Aaron.

»Was denn für einer?«

»Maschinenbau. Das wird gebraucht heute und auch in der Zukunft, das braucht unser Staat, Maschinenbauingenieure.«

Sarah merkt, dass Aarons Blick sich vertieft, als würde er etwas nachtrauern. Er schleckt an seinem Plombir.

»Eigentlich würde ich gern Ingenieur für Kosmos-Technologie werden, aber im Krieg habe ich zu viele Schuljahre verloren, die ich erst einmal nachholen musste und ... als Jude werde ich da sowieso nicht zugelassen«, sagt er leise und blickt vorsichtig um sich.

»Bist du evakuiert worden?«, fragt Sarah ihn.

»Ja, wir waren in Usbekistan.«

»Wir auch«, sagt Sarah.

Aaron betrachtet die Hand, die Sarah auf dem Hochtisch abgelegt hat. Sie wünscht sich, dass er sie berührt. Gleich jetzt. Dann schauen beide zu der breiten Promenade hinüber. Paare und Kinder und ältere Menschen in heller Kleidung bewegen sich wie langsame kleine Boote auf ruhiger See die Sadowaja entlang. Sarah hat das Gefühl, Aaron könnte sogar mit ihren abgeschnittenen Zehen umgehen, und versucht hineinzuspüren in die Leere der nicht mehr vorhandenen Körperteile. Vielleicht hat er ja auch irgendwo etwas zu wenig, denkt sie. Irgendetwas fehlt jedem, der den Krieg überlebt hat, selbst wenn es nur eine Kleinigkeit ist.

»Komm mich doch einmal besuchen. Es ist kein Palast, aber Mama brüht leckeren Tee«, sagt sie vorsichtig, wie nebenbei, und verschlingt das letzte Stückchen Plombir mit der Waffel. »Kommt ein Jude zum Rabbi und fragt ihn, wie er so leckeren Tee macht. Sagt der Rabbi: Juden, spart nicht am Tee!«, erzählt Aaron einen Witz, und sie lachen. Er berührt ihre Hand.

19

Ich wache mitten in der Nacht mit rasendem Puls auf. Ich schrecke hoch und starre auf den Wecker neben dem Bett, als wollte ich sicher gehen, dass es noch Zeit gibt, mich daran festhalten, dass es wenigstens noch Uhrzeiten gibt in diesem Leben. Die Leuchtschrift zeigt 04:12 Uhr. Es wird bald hell. Ich versuche meinen Atem zu beruhigen und laufe leise, als wollte ich vor mir selbst verheimlichen, dass ich aufgewacht bin und furchtbare Angst habe, in Karls Kinderzimmer. Er schläft ganz ruhig auf dem Bauch in seinem Bettchen. Hat die Decke von sich geworfen und ein Knie nach oben gezogen. So schläft Marc auch immer.

Seine Konturen ähneln Marc schon jetzt, aber seine Augen sind eine Kopie meines Blicks, kleine traurige Oliven. Ich höre auf seinen Atem, so wie ich es immer getan habe, als er noch ein Säugling war. Er hat so leise geatmet, dass ich manchmal nicht sicher war, ob er noch lebt. Er ist ein wenig verschnupft und klingt verklebt. Er lebt. Ich lasse die Tür zu seinem Zimmer offen, damit ich ihn besser spüren kann, und werfe einen Blick ins Wohnzimmer. Marc ist nicht da. Ich habe mir noch nie gewünscht, Marc auf dem Sofa vor einem Film liegen zu sehen mit Kopfhörern auf den Ohren, aber jetzt gerade möchte ich nichts mehr als das. Kommt er denn nachts gar nicht mehr heim? Ich spüre, dass er Interesse hat für jemand anderen, ich weiß es. Ich glaube, es ist noch nichts passiert und vielleicht wird es das auch nicht, aber es gibt einen echten, physisch realen Körper, dessen Anwesenheit mitschwingt, wenn Marc nach Hause kommt. Ist sie älter als ich oder jünger, eine Studentin von ihm? Was gefällt ihm an ihr? Ich kriege keine Luft und öffne das Fenster im Wohnzimmer, ein leichter Wind legt sich auf meine nackten Schultern. In der Dunkelheit setze ich mich auf das Sofa, auf dem er gewöhnlich schläft.

Übernachtet er schon lange nicht mehr zu Hause, und ich habe es nur nicht bemerkt oder ist es ihre erste gemeinsame Nacht? Vielleicht wohnt sie nur ein Haus weiter oder gleich hier in der Nachbarwohnung ein Stockwerk über uns.

Vielleicht presst er ihr gerade die Hand auf den geöffneten stöhnenden Mund, damit ich ihre Schreie nicht höre. Ich betrachte die Decke über mir. Vielleicht will er sie so sehr, dass der Boden unter ihnen zusammenbricht, der Boden, der über mir schwebt, vielleicht stürzt ihr Bett gleich durch die Zimmerdecke, und ihr nackter gieriger Körper landet auf meinem, und ich werde sofort wissen, was es ist, was an ihr schöner ist als an mir oder besser oder wichtiger für ihn. Vielleicht ist es gar nicht ihr Körper, sondern irgendetwas Unsichtbares, das ich nicht habe. Ich lege mein Gesicht in meine Hände, die aus den Unterarmen herauswachsen, die sich auf die Ellenbogen stützen, und die Ellenbogen stützen sich auf die Knie, und ich weiß nicht, wie lange ich mich selbst noch so stützen kann. Der Gedanke, dass Marc einfach gar nichts mehr interessiert, hatte in letzter Zeit etwas Beruhigendes, aber der Verdacht, dass es doch etwas gibt, wofür er Interesse hat, vergiftet mich vollständig. Ich bin abhängig.

Im Traum stand schon wieder Karl mit seinem Reiserucksack vor mir in der Küche, als wollte er abreisen. Dabei war doch heute meine Ausstellung...

»Ich muss nach England...«, sagte er.

»Zu Catherine?«, fragte ich ihn.

»Woher kennst du ihren Namen?«, fragte er mich zögerlich.

Er lief schnell in den Flur, als wollte er vor mir fliehen. Ich eilte ihm nach und verriegelte alle Schlösser an der mit Leder gepolsterten Tür. Das obere Schloss, dann das untere, und dann drehte ich den letzten Schlüssel im Hauptschloss um. Ich presste mich mit dem Rücken an das weiche Leder und steckte mir den Schlüssel in den Mund.

»Mama…«, sagte Karl genervt, und ich bemerkte, dass seine Locken auf einmal rot waren. »Ich will, dass du mir alles erzählst, dann kannst du gehen«, sprach ich mühevoll, da der Hausschlüssel in meinem Mund die Worte blockierte.

»Aber was denn?«, schrie er aggressiv.

»Ich will wissen, was in dem Kubus ist. Wenn du es mir verraten hast, lasse ich dich für immer in Ruhe. Dann kannst du abhauen«, jaulte ich wütend. Karl packte mich am Hals und würgte mich. Ich lachte, weil ich im Traum nicht sterben konnte, und das wusste er auch.

»Du darfst mich nicht hassen, du bist mein Sohn!«, fauchte ich ihm in sein wutverzerrtes Gesicht und lächelte spöttisch. Ich genoss seine Berührung und seine Aggression und schmeckte das Metall in meinem Mund.

»Ich verfluche dich…«, flüsterte er mit zusammengepressten Zähnen. Karl schnappte nach Luft und biss auf seine Lippen, drückte seine Finger so tief in meinen Hals, dass ich schon beinahe meine Zunge herausstrecken musste, um zu atmen, aber ich behielt sie bei mir, weil ich nicht wollte, dass der Schlüssel herausfiel. Ich hing in seinem festen Griff, und die weichen Lederpolster der sowjetischen Tür drückten sich in meinen Rücken, ich war weich gebettet, spürte aber nur Schmerz. Ich schluckte den Bleigeschmack hinunter, die Augenlider rollten über meine Augäpfel, es flimmerte, und dann wachte ich auf.

Die Haustür fällt ins Schloss, Marc. Ich schleiche mich aus dem Wohnzimmer, möchte nicht, dass er mich hier entdeckt, mitten in der Nacht auf seinem Sofa. Ich möchte nicht riechen, wer an seiner Haut klebt.

20

(Bochum, Deutschland, 2019)

Mamas Hände am Lenkrad sind verkrampft und geschwollen. Ihre Nägel sind etwas länger, als dass man sie kurz nennen kann, schön gefeilt und geputzt, und ein durchsichtiger Lack ist darübergestrichen. Sie hat schon einige hellbraune Altersflecken auf der Haut, und sie ist ein wenig zittrig. Sie sitzt angespannt auf dem Fahrersitz, ihre Augen etwas aufgerissen, weil sie sich so sehr auf den Verkehr konzentriert. Sie hat ihren Führerschein drei Mal und erst mit fünfzig gemacht, und ihre panische Furcht, einen Unfall zu verursachen, weil sie ihr Selbstwertgefühl irgendwann vor fünfundzwanzig Jahren verloren hat, ist nicht kleiner geworden. Sie kaut nervös auf ihren Lippen, sodass sich ihre untere Wange und das Kinn ein wenig nach rechts und dann wieder nach links verziehen, je nachdem an welcher Backeninnenseite sie ihre Nervosität auslässt. Sie trägt ihren Kurzhaarschnitt, den sie seit zwanzig Jahren schon hat, und riecht wie immer nach Haarspray, süßlich synthetisch, wie unsichtbares Gummi. Eine kleinere zeitgemäße rechteckige Brille hat die überdimensionale Eulenbrille von vor dreißig Jahren ersetzt. Mama wird bald fünfundsechzig und ist rundlich geworden. Ihre Augen sind müde seit der Chemotherapie. Beim zweiten Krebs hat sie realisiert, dass es nicht mehr lange dauern kann, die Zeit wird fühlbar weniger, und ich frage mich, wie genau sich diese Konkretheit anfühlt, in der die übrig gebliebene Zeitspanne sich irgendwo zwischen zehn und fünfzehn Jahren bewegt. »Du hättest Karl mitbringen sollen«, murmelt Mama und betätigt den Blinker. Ein kleiner grüner Pfeil leuchtet auf, und ein Tick-Tack-Geräusch klackt leise und gelangweilt vor sich hin, bis Mama nach mehreren Schulterblicken den Lenker rechts eingedreht hat und abgebogen ist. Sichtliche Erleichterung in ihren Augen. »Ich bleibe doch nur zwei

Tage. Marc passt gut auf ihn auf, keine Sorge. Er ist ein guter Vater«, antworte ich und atme tief aus.

»Das klingt aber anstrengend ...«, bemerkt Mama trocken.

»Was?«, frage ich abwesend und betrachte die Ruhrgebietshäuser in dem abgelegenen Stadtteil, in dem meine Eltern gelebt haben. Keine Menschen auf der Straße, es ist Sonntagvormittag, und ich vermisse Berlin schon nach einer Nacht.

Berlins Lebendigkeit ist in keiner anderen deutschen Stadt auffindbar. Die Stadt spricht und atmet, denkt und altert. Das Ruhrgebiet verdrängt und plaudert, ist sympathisch und umgänglich, wir sind gute alte Bekannte. Berlin und ich liegen uns in den Armen, es ist schwül, und ein weißes verschwitztes Bettlaken bedeckt uns grob, unsere Fußsohlen schauen heraus, Berlin hält dabei die Augen geschlossen.

Jetzt schaue ich gedankenlos durch das offene Autofenster. Betrachte die Eschen, deren Blätter aus den aufwärts gerichteten Ästen von unten nach oben zu wachsen scheinen, den Wolken entgegen.

»Du klingst angestrengt. Alles in Ordnung bei euch? ... Wenn du Karl nicht auf den Friedhof mitnehmen möchtest, hätten wir ihn bei der Nachbarin lassen können, sie hat auch einen kleinen Sohn. Du hättest Karl trotzdem mitbringen sollen ...«, wiederholt sie beharrlich.

»Ich sage doch, ich bin nur zwei Tage da, du kannst uns ja demnächst mal wieder besuchen ...«, antworte ich und betrachte die Wohnsiedlung, in der wir eine Weile lang gelebt haben, vor über zwanzig Jahren. In den dreckigen Fluren haben wir als Jugendliche heimlich geraucht. Der Aufzug war regelmäßig kaputt und roch nach Urin. In der Wohnung mit den erdrückend niedrigen Decken habe ich in meinem winzigen Zimmer gemalt. Ich wollte mich herausmalen, die Enge in Tiefe umwandeln. Wenn kein Platz da ist, um sich nach rechts oder links zu drehen, muss man eben nach unten oder oben arbeiten, dafür aber in Kauf nehmen, dass der Boden unter einem zusammenbricht oder das Dach über dem Kopf einstürzt, und wenn man das überlebt hat, ist man befreit. Noch nicht frei, aber befreit, weil zumindest die äußeren Umstände es zugelassen haben. Oder man überlebt es nicht und sucht sich »einen vernünftigen Job« ...

»Ist alles in Ordnung bei euch?«

»Ja, was soll denn nicht in Ordnung sein? Und was heißt alles in Ordnung? Was meinst du bloß immer mit Ordnung? Na, und wenn alles in Unordnung wäre, was wäre dann?«, frage ich sie und ärgere mich über meine Gereiztheit.

»Ach, mit dir kann man nach wie vor überhaupt nicht sprechen. Wie ein kleines Kind, wirklich. Wann lernst du bloß vernünftig zu reden, wie ein erwachsener Mensch? Du bist schon lange erwachsen, Kira…«

»Ja und?«

»Ach, was soll's… in diesem Land ist sowieso alles anders, ich habe das nie begriffen. Ich habe nie begriffen, worum es hier geht. Den Menschen… worum geht es denen?«, fragt sie mit zitternder Stimme, betätigt den Blinker, schaut viermal über die Schulter, ob auch kein Radfahrer kommt, dabei ist uns in den letzten zwanzig Minuten kein einziger Mensch begegnet, und hüstelt gereizt, ein hartnäckiges Leiden, das sie aus der ersten Chemotherapie behalten hat. Ich nehme mir vor, sanfter mit ihr zu sein, ich will ihr zur Seite stehen ein paar Tage lang, aber das begreift sie nicht. Sie ist es nicht gewohnt, sich zu entspannen, Anspannung ist die gewohnte innere Umgebung ihres Körpers, darin haust ihre Seele, die Ausflucht sucht, aber auch das ist schon Gewohnheit. Dieser kleine Hauch in ihr, der kleine lebendige Wind, der nur ihr gehört, versucht sich durch die Knochen und Schleimhäute hindurchzuarbeiten, an den Gedärmen vorbei strebt er nach oben, in der Hoffnung, durch den Rachen den Weg in die Mundhöhle zu finden und im richtigen Moment, vielleicht während sie spricht oder isst, unbemerkt zu entkommen. Aber diese Momente sind rar, Mama spricht nicht viel und essen tut sie mit Anstand, der Mund bleibt geschlossen. »Vielleicht sollte ja jeder selbst rausfinden, worum es geht, Mama. Ich glaube, verallgemeinernd kommst du da nicht weit. Du versuchst es ja schon seit über fünfundzwanzig Jahren…«, sage ich und bereue den letzten Satz.

Ein Gespräch ohne Vorwurf hat bei uns noch nie stattgefunden.

»Ja, ja… Du wieder mit deinen Theorien… wir sind alle gleich, wenn man das erstmal begriffen hat, wird alles einfacher… wenn jetzt jeder anfängt nach sich selbst zu suchen… dann… dann…«

»Was dann, Mama?«, ich merke, dass ich wirklich gern eine Antwort von ihr hätte, vielleicht hat sie ja Recht.

»Dann kommt eben so etwas dabei heraus«, sie verliert kurz die Kontrolle und fuchtelt wild mit der rechten Hand vor der Frontscheibe herum. Dann klatscht sie die gestikulierende Hand wieder auf das Lenkrad und kaut weiter nervös auf ihren Lippen herum. Ich betrachte die Autobahn, die wir gerade befahren haben und nach der sie soeben mit der Hand gedeutet hat, und kichere vor mich hin. Mama schaut mich irritiert aus dem Augenwinkel an, niemals würde sie den Kopf wenden, das könnte zu einem Unfall führen.

»Ein Mensch, der nach sich selbst sucht, verwandelt sich in eine Autobahn?«, frage ich und kann mein Lachen nicht mehr zügeln, gleichzeitig schießen mir Tränen in die Augen. Mama stutzt einen Augenblick lang und überlegt kurz, ob sie jetzt nicht einfach auch lachen sollte. Sie ist heute gutherzig, auf dem Weg zum Friedhof zu Papa, und erlaubt sich ein wenig Humor, denn der Tag wird schwerer werden, wie jeder Tag, an dem sie Papas Grab besuchen fährt, seit er vor einem Jahr verstorben ist. Sie traut sich und lacht. Wir tun es beide. Ich würde am liebsten einen hellblauen Ballon aufblasen und Mamas Sicherheitsvorkehrungen sprengen, indem ich das Fenster herunterkurbele und den kleinen ovalen Ballon in den Himmel entlasse. Der Fahrtwind würde dabei seitlich mein Gesicht anpeitschen und ein monotones Geräusch von sich zu schnell bewegender Luft bliebe in meinem Ohr hängen.

Ich betrachte Mama und erinnere mich an ihr ewiges Gekeife, meine Eltern hielten es keinen Tag ohne Streit aus, das war Tradition.

»Wozu nimmst du diese Burda-Hefte mit? Was willst du mit deinen russischen Burda-Heften in Deutschland?«, fragte Papa verärgert, als wir die Wohnung leerräumten.

»Na, die kommen ja ursprünglich aus Deutschland, aber ich spreche doch noch kein Deutsch, also lese ich sie eben dort auf Russisch und nähe mir etwas nach«, antwortete Mama und kaute nervös auf ihren Lippen herum.

»Du hast dir noch nie etwas nachgenäht, wieso willst du dir dann gerade dort etwas nachnähen?«

»Ich habe ja nicht vor, mir direkt bei der Ankunft etwas nachzunähen, aber es kann doch sein, dass ich allzu altmodisch aussehe, wenn wir dort ankommen, oder einfach anders, ich weiß nicht. Und vielleicht nähe ich mir dann anhand eines Schnittmusters aus meinem Burda-Heft etwas nach. Hast du etwas dagegen?«

»Nein, nein, ich habe nichts dagegen. Ich denke nur, wir werden andere Sorgen haben als unsere Kleidung. Aber, bitte.«

»Also, ich kann das alles wirklich nicht mehr hören, deine Sorgen. Warum machst du dir solche Sorgen? Wir sind jung, wir wollen arbeiten, wir können lernen, warum sollte es uns denn so schlecht gehen, wie du es dir ausmalst? Du Nihilist. DU warst schon immer ein elender Nihilist. Das ist der Jude in dir. Ihr könnt nicht anders. Wenn dich auf der Straße jemand nach dem Weg fragt, dann antwortest du: Nein, ich weiß nicht, wo Auschwitz liegt.« Das war einer von Mamas Lieblingswitzen.

»Also, das ist unglaublich. Ich bin ein Nihilist? Das sagt die Richtige.«

»Ja, du bist ein Nihilist. Ich bin jetzt fast zehn Jahre mit dir verheiratet, und seit du zwanzig bist, redest du davon, dass du bald sterben musst. Du stirbst aber nicht, du lebst immer noch«, fauchte sie ihn an.

»Am Ende müssen alle sterben«, lachte er.

Sie waren schon immer ein wenig anders als die anderen. Unscheinbar, so als würden sie sich geschickt tarnen, machten sie alles auf ihre eigene Weise, die sie als einzig richtige ansahen. Wir hatten dieses grauenhafte Plüschsofa in einem undefinierbaren braun-grau Ton, das jemand auf die Straße gestellt hatte, genau vor dem Haus, in dem wir unsere erste eigene Wohnung im Bochum bezogen. Und da es noch in gutem Zustand war, haben sie es mit hineingenommen und ins Wohnzimmer gestellt. Das hatten sie nicht erwartet, dass sie sich alte Möbel von fremden Leuten in die Wohnung stellen müssten im besseren Europa. Sie saßen dann immer auf dem Sofa, tranken Tee und stritten sich. Wie ein kaputtes Radio, es gab keine Welle mehr, die man unverstimmt empfangen konnte.

Ich stelle sie mir vor auf diesem hässlichen Sofa, das eine Ende des Sofas auf Papas Grab und das andere auf Mamas. Das wird mein nächstes Motiv: »Dialog posthum«.

»Du wirst eine Arbeit finden, es kann gar nicht anders sein, wie soll das gehen? Wir sind doch noch jung«, versucht Mama ihn zu überzeugen.

»In der Sowjetunion waren wir jung, hier sind wir, wie sagen die das? Ich kann es nicht aussprechen. Kira, sag mal ... was benutzen die für ein Wort dafür?«, fragt Papa.

»Midlifecrisis. Englisches Wort, Papa. Wenn man eine Krise in der Mitte des Lebens hat. Aber die hat man mit Fünfzig, glaube ich. Du bist noch zu jung..«

»Midlaif ... ja, was auch immer. Ich habe keine Krise. Nie gehabt. Wie kommen die darauf, dass ich eine Krise habe? Und woher wollen die wissen, wo die Mitte meines Lebens ist? Sind sie Gott, oder was? Ich weiß nicht mal, wo die Mitte meines Lebens ist, also wie wollen die mir sagen, wo meine Mitte ist und in welcher Krise ich stecke? Die stecken selbst in einer Krise. Ihr ganzes Scheißeuropa, das ist eine einzige Krise. Wahrscheinlich, weil Europa seine Mitte auch schon längst überwunden hat, kann alles nicht mehr lange dauern, so wie es hier zugeht, paar Jahre noch, dann ist das alles hier vorbei und nicht mehr wahr ...«

»Das hat er über die Sowjetunion auch gesagt«, fügt Mama an.

»Ich weiß, Mama«, antworte ich. »Ich geh dann mal an die Kunsthochschule.«

Mama setzt ihre Brille ab und starrt mich an, Papa packt mich regelrecht am Nacken.

»Bist du übergeschnappt? Für wen war das denn alles hier? Für wen haben wir denn diesen beschissenen Anhänger mit ihren beschissenen Burda-Heften hierher gezogen? Jelena, hast du das gehört? Wo sie hingehen will?«

»Ich hab es gehört, Wenja. Beruhige dich, Kunst ist ... auch ein Beruf ... wenn man ein Künstler ist ... oder so. Aber was ist mit dem Abitur, Kira?«

Ich kann nicht antworten, da ich mit dem Kopf unter der Achsel meines Vaters klemme, der gerade versucht mich umzubringen, was mir nichts ausmacht, denn am Ende müssen ja sowieso alle sterben.

»Wofür haben wir denn gekämpft hier? Was hatte ihre beschissene Grundschullehrerin noch mal in diese Beurteilung reingeschrieben ... Was hat die Alte geschrieben??«

»Sie hat geschrieben, dass Kira zu lange Sätze schreibt, unsere Tochter sei ja schließlich nicht Thomas Mann.«

»Ja, das hat sie geschrieben. Du bist nicht Thomas Mann, hörst du? Wer bist du dann, Kira? Wer bist du?«

»Auf jeden Fall nicht Thomas Mann«, spreche ich in Papas Achsel hinein.

»Gott sei Dank hat sie nicht geschrieben, dass du eine Midlaif-Krise hast. Weißt du, wie anstrengend das war, dich in diesem Scheißgymnasium unterzukriegen, damit du eine Zukunft hast in diesem freien Land hier? Dachte ich zumindest, dass wir aus einem unfreien Land in ein freies Land fahren, davon haben ja permanent alle gequatscht ... Was willst du, Kira? Willst du frei sein, oder was? ... Ich bringe dich jetzt um. Ich bringe sie jetzt um, Lena.«

»Nein, Wenja, bring sie, bitte, nicht um ...«

»Kira? ... woran denkst du denn die ganze Zeit? Wir sind da ... Hallo?«, Mama stupst mehrmals an meine Schulter. Ich öffne mechanisch die Autotür, und wir steigen aus.

Mama entfernt die vertrockneten Blumen von Papas Grab, säubert die Blumenvase mit Wasser aus der Flasche, die wir mitgebracht haben, füllt sie frisch auf und fegt mit dem kleinen Handbesen den Grabstein. Ihr Gesicht ist angeschwollen, die Augen tief eingefallen in ihre Höhlen, die Hände schwach und noch etwas zittriger als vorhin, ich winde ihr den Besen aus der Hand und übernehme das Fegen. Sie setzt sich auf den kleinen aufklappbaren Hocker, den sie immer mit auf den Friedhof nimmt.

Seine Metallbeine rutschen ein wenig in die weiche Erde, gestern hat es stark geregnet, und so wächst das Hockerchen mit der fast schon alt gewordenen Lena darauf in die Ruhrgebietserde hinein.

»Hier sind wir, mein Lieber, Wenjetschka. Schau, Kira ist gekommen. Freust du dich? Bestimmt freust du dich. Wie geht's dir, mein Lieber? ... Bei uns ist alles gut. Bald fahre ich den kleinen Karl besuchen, darauf freue ich mich schon. Dieses Ungeheuer hat ihn einfach zu Hause gelassen, in ihrem Berlin da, mit Marc. Ich stelle mir vor, wie ich eine dreijährige Kira mit dir allein zu Hause lasse ... «, Mama lacht leise. »Du kannst ja nicht einmal Rührei machen ... das arme Kind würde verhungern. Aber die Deutschen können das besser, habe ich gehört. Auch die Väter wechseln Windeln ... naja, hier war schon immer alles anders ... ich habe es nie verstanden.«

Mama versinkt in Gedanken, und ich lasse sie in ihrer murmelnden Meditation. Ich möchte, dass sie sich endlich ausruht. Ich fege leise und vorsichtig Erde, kleine Steine und Blätter vom Grabstein hinunter und betaste mit der anderen Hand den kühlen grauen Stein. Er fühlt sich rau an und hart, aber lebendig, wie Papa. Das Grau mischt sich mit schmalen weißen unendlich vielen Streifen, die die Farbe des Grabsteins im Auge flimmern lassen. Ich folge den blitzartigen Verzweigungen der dünnen weißen Streifen, die sich mit dem eigentlichen Dunkelgrau mischen und ein helleres Grau ergeben, hinauf bis zur Grabtafel, in die Papas Portrait eingearbeitet ist, eine alte Fotografie von ihm, auf der er Anfang zwanzig sein muss und seinen Armeehut trägt. Ein lächerlicher Anblick, denn Papa hatte wie die meisten in seinem Alter seinen Armeedienst in der Sowjetunion geleistet, aber danach nie wieder etwas mit dem Militär zu tun gehabt. »Ich habe kein besseres Bild von ihm als junger Mann«, sagte Mama kurz vor seiner Beerdigung vor einem Jahr.

»Was soll's, dann eben mit Schapka und rotem Stern.«

Und Papas Schwester, die zur Beerdigung aus Israel angereist war, fuchtelte noch mit einem Bild herum, auf dem er dreizehn Jahre alt ist, ein zarter und schöner Junge in einem Wollpullover und mit einem klugen nachdenklichen Blick, seinem vollen Mund und den etwas eingefallenen Backen, eine Schwarz-Weiß-Fotografie, auf der seine pechschwarzen Haare noch schwärzer aussehen. Aber Mama wollte es nicht. »Ich habe ihn jung in Erinnerung, als Kind kannte ich ihn noch nicht. Er war mein Ehemann, ich entscheide«, beharrte sie. Und Papas Schwester Rosa erwiderte: »Ja, und mein Bruder, es kommt ein Stern auf sein Grab. Ich bestehe darauf.« Mama weigerte sich: »Er hat doch schon einen Stern auf der Mütze.«

»Ja, einen roten«, spottete Papas Schwester.

»Ein Judenstern auf einem Grab in Deutschland, das muss nicht sein. Ich will keine Schmierereien, das gibt es immer noch, Rosa, stell dir vor, sowas gibt es wieder, das werde ich nicht ertragen, ich will das nicht wegwischen müssen, und was, wenn es nicht abgeht? ...«, stritt Mama.

»Es heißt Svezda Davida, und der Stern kommt aufs Grab, bitte, Lena, das musst du verstehen. Er hat dir sein ganzes Leben gewidmet, ist nicht mit seiner Familie nach Israel gegangen, er nimmt seine ewige Liebe für dich mit ins Grab, und jetzt lass mich das bitte machen für seine Eltern, die ihre Liebe für Wenja mit ins Grab genommen haben«, beharrte Tante Rosa, und Mama stimmte am Ende beiden Sternen zu.

Ich wische den Davidstern und Papas Fotografie vorsichtig mit einem Tuch ab, Papas Gesicht ist leicht zur Seite gedreht, seine Augen funkeln ein wenig traurig, der Blick, zu dem er lebenslänglich verurteilt war, er lächelt leicht, aber ernst, schließlich wird er in seiner Uniform fotografiert, und die Fotografie ist eine stolze Erinnerung an den geleisteten Vaterlandsdienst. Er wirkt kräftig und klug, nicht kleinlich und unsicher, verletzt und ermüdet, wie ich ihn in Erinnerung habe. In Lenas Erinnerung ist er jung.

Ich setze mich neben Mamas Hocker auf die Erde und berühre ihre angeschwollenen Finger. Sie antwortet mit zartem Druck auf meine Hand. Unsere Erinnerung schwebt über uns und Papas Grabstein wie ein kleines Polarleuchten.

21

(Berlin, Deutschland, jetzt)

Karlchen ist sehr anhänglich heute. Auf dem Spielplatz prallt die Sonne auf unsere Köpfe, es ist unerwartet warm geworden, und wir sind zu dick angezogen. Ich ziehe Karl die Schuhe und Socken aus und frage ihn, ob er im Sand spielen möchte oder Fußball, aber er steht etwas gelangweilt barfuß im Gras und starrt auf die anderen spielenden Kinder. Ich knie mich zu ihm und nehme ihm seine Mütze ab, dann schaue ich ihm in die Augen und halte mit beiden Händen sein Gesicht fest. Er bläht seine Lippen zu einem Schmollmund auf, und ich frage ihn, ob etwas passiert ist.

»Ich hatte einen Traum heute Nacht. Linda war gestorben«, sagt er.

»Die Schildkröte aus dem Kindergarten?«, frage ich ihn.

»Ja, Lindi.«

»Aber es war nur ein Traum, oder?«

»Ja, Lindi ist ok. Aber ich war ganz traurig, weil ich geträumt habe, dass ich morgens komme und Linda aus dem Käfig holen möchte, sie sitzt ruhig da, weil sie ja meistens ruhig dasitzt, aber als ich sie in die Hand nehme, bewegt sie ihre Beinchen gar nicht. Und ich habe sie gefragt, ob sie noch ein bisschen müde ist? Aber sie lag so in meinen Händen und hat gar nicht gestrampelt, als ich versucht habe sie zu kitzeln. Und dann habe ich gedacht, dass sie vielleicht gestorben ist wie Opa Wenja letztes Jahr. Damals war ich auch so traurig.«

»Warum hast du mir nicht heute früh schon davon erzählt?«, frage ich Karl.

»War eben zu traurig ...«

»Aber Linda ist nicht tot«, sage ich und ziehe ihn zu mir auf die Parkbank.

»Warum ist Opa Wenja gestorben?«, fragt er.

»Opas Herz ging nicht mehr so richtig, weißt du. Opa hat viel gearbeitet im Leben, und er war oft traurig und gereizt, und da hat sein Herz dann irgendwann genug gehabt.«

»Ich hatte Angst, Mama, dass das traurige Gefühl noch trauriger wird, und im Traum war doch auch alles wie wahr, oder? Also warum stirbt Lindi in meinem Kopf und macht mich traurig?«, sagt er und fragt weiter: »Wird Oma Lena auch sterben?«.

»Weißt du, alle Menschen müssen irgendwann sterben. Aber Oma noch nicht. Und ich auch nicht.«

»Und ich?«, fragt er.

»Und du schon gar nicht«, lächle ich und versuche die Frage zu überhören, da ich scheinbar genauso empfänglich bin für Untergangsphantasien wie mein vierjähriger Sohn. Ich drücke ihn fest an mich und setzte ihn auf meinen Schoß. Wir schwitzen beide in der Frühlingssonne, und Karl kneift seine weinenden Augen zusammen, weil das Licht ihn blendet. Ich wische ihm mit einem Taschentuch die Flüssigkeit weg, die aus seiner Nase tropft. Er weint.

»Ich weiß nicht, warum wir Angst haben, Karl. Also, warum wir, wenn wir Angst haben, Angst davor haben, noch mehr Angst zu kriegen, und deshalb lieber nicht fröhlich sein wollen. Das geht vielen so, weißt du. Auch Erwachsenen. Opa Wenja, der konnte auch nicht mehr fröhlich sein. Schon als ich noch ein kleines Kind war, da konnte er es schon nicht mehr. Linda lebt ja, und es gibt keinen Grund, um ihr Leben zu fürchten, aber ich verstehe dich. Ich denke auch manchmal, dass etwas, das ich sehr mag, plötzlich nicht mehr da sein könnte, und dann freue ich mich lieber nicht zu sehr darüber, obwohl das Freuen doch so schön ist, oder?«

»Ja«, sagt er und legt seinen Kopf auf meine Brust. Ich weiß nicht, wie ich ihn trösten soll. Meine Träume scheinen auch real zu sein, mein Geist zahlt mir die Verdrängung des Tages zurück und zwingt mich in Situationen, die ich im Hellen meide.

»Mama?«, fragt er, als ich verstumme und mein Kinn in seine Haare tauche. »Bist du jetzt traurig?«

»Nein, Karl, ich bin…«

»Ich rette dich, Mama«, sagt er und umschlingt mit seinen kleinen Armen meinen Hals, und seine Kinderhände legen sich auf meinen Nacken. Wir sitzen wie zwei Gnome auf der Bank, Karl spielt mit den Nackenhaaren, die mir aus dem Dutt hängen, drückt seine Lippen in meine Wange, bekommt dadurch nicht so gut Luft und pustet die Luft aus seiner Nase in meinen Wangenknochen hinein, während ihm ein bisschen Rotz aus der Nase läuft und in meinem Gesicht hängen bleibt. Dann greift er nach meinem Strohhut und legt ihn sich aufs Gesicht wie so oft und versteckt sich. Dann lacht er, als würde er sich verschlucken, setzt ihn mir wieder auf den Kopf und springt von meinem Schoß hinunter. Wozu trage ich diesen seltsamen Strohhut … Nele hat ihn mir irgendwann geschenkt. Karl leert den Beutel mit dem Sandspielzeug auf dem Boden aus, schnappt sich seinen Plastiktraktor und rennt barfuß in den Sand. Das ist ein gutes Mittel gegen Angst, denke ich mir. Was bleibt mir? Ich könnte ihm hinterherlaufen, aber die anderen Kinder würden mich nicht als Kind akzeptieren.

Verantwortung lässt sich nicht ablegen, wenn sie erstmal ins eigene Leben hineingeboren wurde.

Marc und Karl spielen abends im Wohnzimmer. Sie schieben Karten mit Tierfotos hin und her und suchen nach passenden Bildern. Ich stehe im Bad vor dem Spiegel und untersuche meine Brandwunden, da sie dieses Mal ein bisschen zu tief geraten sind und sich entzünden. Ich streiche Desinfektionssalbe darauf und betrachte die älteren Wunden auf den Oberschenkeln, die langsam verheilen und kleine Narben hinterlassen. Die Haut regeneriert sich. Manchmal komplett, von Feuer allerdings selten. Immer, wenn ich geliebt habe in meinem Leben, habe ich denselben Schmerz verspürt und die Rührung, die dazu gehört. Das Gesicht arbeitet sehr viel im Schmerz. Die Augen, die Wangen und die Lippen, die Stirnhaut, das bewegt sich alles, wenn wir etwas empfinden. Ich verziehe mein Gesicht vor dem Spiegel, während ich mir vorstelle, wie ich aussähe, wenn ich mit eiskaltem Wasser übergossen werden würde oder von erhitztem Eisen verbrannt, oder wenn man mir die Haut abzöge. Was die Gesichtsmuskeln tun würden, wenn mich jemand ins Gesicht schlagen würde, mit einem Stück Holz gewaltsam in meinen After eindränge. Ich habe furchtbare Angst vor Schmerz und male ihn mir dennoch detailliert vor meinem inneren Auge aus. Alles, was ich über Folter weiß, blitzt schlagartig in meinem Kopf auf, und ich empfinde Demut und Schuld, da das nicht mir passiert, sondern anderen Menschen. Ich denke daran, dass das alles schon immer möglich war und immer noch möglich ist, jetzt gerade in diesem Moment, in dem Marc mit Karl spielt und ich vor dem Spiegel stehe, wird eine Frau auf irgendeinem Erdbeerfeld in Spanien zwischen den Erdbeeren vergewaltigt und gepeinigt, oder Menschen werden geschändet oder als Geiseln gehalten. Das passiert alles nicht mir. Es passiert nicht hier.

Ich streiche über meine Schwangerschaftsstreifen links in der Leiste und am unteren Bauch. Sie werden nicht mehr komplett verblassen.

Auch die Narbe auf meiner Stirn von dem Fahrradunfall als kleines Kind bleibt für immer sichtbar, rechts oben kurz vor dem Haaransatz. Ich lag im Krankenwagen, und Mama war auf einmal da und sprach auf mich ein: »Kirotschka, Kirotschka …!«. Ich verstand nicht, was passiert war, und glaubte immer noch, auf dem Fahrrad die Straße entlangzufahren, gedankenverloren. Ich hatte nicht mitbekommen, dass ich umgefahren worden war und mit dem Kopf auf den Straßenbahngleisen aufschlug. Das massive grüne Kinderfahrrad aus dem Anhänger aus Chisinau wurde nach dem Unfall verschrottet. Papa machte mir mit seinem Gesicht vor, wie es nach dem Unfall ausgesehen hatte. Er verzog dabei seinen Mund in unterschiedliche Richtungen, schielte und tat so, als würde er etwas mit seinen Händen verdrehen. Ich war gerade wieder bei Bewusstsein und verstand anhand seiner Pantomime, dass das Fahrrad gestorben war, jemand hatte es erwürgt. Ich lag im Krankenbett und wurde aus dem Fahrstuhl geschoben, wobei das schwere Krankenbett mit den Rädern über den kleinen Spalt zwischen Fahrstuhl und Boden fuhr. Und diese Erschütterung machte meine Kopfschmerzen noch unerträglicher. Als wäre mein Kopf der kleine Spalt im Boden und jemand führe mit seinem Fahrrad darüber.

Schmerz ist etwas sehr Langsames und Verblendendes. In den Wehen mit Karl war der Schmerz so groß, dass ich dachte, ich würde es nicht schaffen, ihn zu erschaffen. Warum macht das nicht Gott? Wieso soll ich das für ihn übernehmen? Ich schaue tiefer in den Spiegel, bis sich meine Gesichtsränder übereinanderlegen und ich mich verdoppele. Einige der Brandwunden sind so tief, dass Narben bleiben werden von zusammengezogener, nach innen gewölbter Haut. Die Schwangerschaftsstreifen bilden kleine dunkelblaue Wellen auf meinem Bauch und treiben auf dieser Oberfläche wie auf friedlichem Seewasser.

22

»So manch ein Palast liegt hoch oben in den Wolken, unserer dagegen hat sich abgesenkt. Neun Stufen, komm, hier runter, Aaron!«, lacht die junge Sarah und führt Aaron, der fast achtzehn ist, die schlecht beleuchteten Treppen hinunter. Sie ist aufgeregt, versucht aber, gelassen zu wirken. Sie hofft, dass nicht alle Schwestern da sind, denn sie möchte nicht, dass er sich in eine von ihnen verliebt.

»Ihr wohnt im Keller, ja? Hab ich mir schon gedacht. Naja, so geht es vielen, meine Mutter und ich teilen auch zwölf Quadratmeter mit einer vierköpfigen Familie. Das wird sich in den nächsten Jahren alles ändern. Alles wird besser, oder Genossin?«, witzelt Aaron und genießt Sarahs Hand in seiner. Sie betreten den Raum im Souterrain mit zwei winzigen abgesenkten Fenstern, an denen Bettlaken als Vorhänge befestigt sind, und stehen Hand in Hand in einer engen, mit einem weiteren Bettlaken abgehängten Zimmerhälfte, dahinter wohnt eine andere Familie. Sarahs Mutter spült an einem kleinen Waschbecken das Geschirr ab. Sarah lässt Aarons Hand los, doch die Mutter hat es gesehen. Sie schmunzelt. Zwei ihrer heranwachsenden Töchter haben sich in den letzten Wochen fast gleichzeitig verlobt und werden bald heiraten, und wenn Sarah jetzt auch einen passenden Mann gefunden hat, der hoffentlich Jude ist, dann ist das doch gar nicht schlecht.

Das bedeutet, drei Töchter ziehen demnächst aus, und es gibt etwas mehr Platz in dieser Winterküche hier unten. Sarahs Mutter grüßt die beiden zerstreut, die Hände im Wasser, und ihre alte Wohnung vor dem Krieg kommt ihr in den Sinn. Als sie vor drei Jahren aus der Evakuierung zurückgekehrt waren, wagten sie nicht zu hoffen, dass sie ihre alte Wohnung einfach wieder beziehen könnten, und sie lagen richtig. Mit ihren Säcken und Beuteln standen sie vor einem halb zerstörten Haus, und auf dem beschädigten Balkon saßen Soldaten. Sarahs Vater nahm seinen Mut zusammen, ging hinauf und versuchte zu erklären, dass das ihre Wohnung sei und sie wieder einziehen wollten.

Aber die sowjetischen Soldaten erhörten seine Bitte nicht, eilten jedoch alle auf den Balkon, um sich die fünf hübschen Töchter anzuschauen.

»Schicke Jüdinnen hast du da. Sehr hübsch. Es war Krieg, mein Lieber, einige von uns befinden sich Hunderte Kilometer entfernt von ihrer Heimat. Wir bleiben noch eine Weile hier, es gibt nicht genug Wohnmöglichkeiten für uns Stationierte, und wir passen nun einmal auf, dass hier alles ruhig bleibt und keiner deine schönen Töchter anrührt. Geh, mein Lieber, ihr werdet schon etwas finden. Alle finden etwas.«

Aaron steht verlegen da und fragt sich, ob Sarahs Mutter etwas an ihm schon jetzt nicht gefällt. Er räuspert sich und ist schon im Begriff, wieder zu gehen.

»Mama, das ist Aaron«, sagt Sarah fordernd.

»Ach, Gott, verzeiht, ich habe geträumt. Guten Tag, Aaron. Wollt ihr einen Tee trinken?«

Sarah nickt und zwinkert Aaron zu, als wollte sie sagen, du wirst gleich sehen, was für einen unglaublichen Tee Mutter brühen kann, und das in diesen Zeiten!

Aaron schaut sich um und sieht mehrere Holzschemel an den Wänden stehen. Darüber sind Holzplatten gelegt und mit Teppichen zugedeckt. Ein solches Bett steht auseinandergebaut und senkrecht aufgestellt an der Wand, wahrscheinlich, um tagsüber mehr Platz in dem Raum zu schaffen.

»Sind das eure Betten?«, fragt er.

»Ja«, antwortet Sarah etwas verlegen und redet sich innerlich gut zu, dass sie sich nicht zu schämen braucht, schließlich war Krieg und jetzt wird der Sozialismus gebaut, auch in Moldawien, es geht allen so. Hinter dem Laken, das das Zimmer zerteilt, ist Kinderlachen zu hören und das Schimpfen einer Frauenstimme. »Das sind unsere Nachbarn. Schade, dass sie das hintere Zimmer haben, so sind wir im Durchgang. Naja«, meint Sarahs Mutter etwas abwesend.

Aaron stellt sich an das kleine Fenster und schaut hinaus. Er fragt, ob er rauchen darf, öffnet das Fenster und raucht die Füße der vorbeigehenden Menschen an. Sarah zeigt ihm ein paar gerettete Familienbilder, lacht und betrachtet sich selbst als kleines Mädchen. Rimma, Sylva, Lusja, Beata, zählt sie die Namen ihrer Schwestern auf und zeigt auf die kleinen Kindergesichter auf der Familienfotografie.

»Diese beiden sind schon verlobt«, sagt sie und beobachtet vorsichtig, ob Aaron sich dafür interessiert. Tut er nicht, denkt sie, er will mich. Er will nur mich!

Sarahs Mutter reicht den beiden den heißen Tee in Gläsern und entschuldigt sich dafür, dass gerade kein Zucker da ist. Sie musste sich vor ein paar Tagen auf dem Markt entscheiden, ein kleines Stück Rindfleisch für die ganze Woche oder Zucker. Aaron probiert den wundervollen Tee und stellt sich vor, wie er gesüßt schmecken würde.

»Unglaublich gut, Maria Moissejewna!«, bedankt er sich bei Sarahs Mutter, deren Namen sie ihm noch vor dem Betreten des Palastes eingebläut hat.

»Und mit Zucker erst, Aarontschik, mit Zucker!«, antwortet Sarahs Mutter. Aaron empfindet Wärme trotz der ärmlichen Verhältnisse, in denen Sarah lebt. Eine Wärme, wie er sie von seinem toten Vater noch im Gedächtnis hat. Die Erinnerung an den schweren, großen Mann auf seinem Rücken steigt wieder in ihm auf. Das wird er niemals mehr loswerden. Immer, wenn er an seinen Vater denkt, spürt er seinen toten Körper auf seinem Rücken und muss kurz die Augen schließen, um wieder in der Realität anzukommen.

»Habt ihr eure Füße in Usbekistan auch im Sandal gewärmt?«, fragt er.

»Ja ...«, seufzt Sarahs Mutter. »Gott sei Dank haben die Usbeken eine Lösung für Kälte«, lacht sie.

Sie hören oberhalb der Treppen die Tür quietschen und jemanden die Stufen herunterkommen. Eine füllige Frau mit Kopftuch steht vor ihnen und atmet schwer. Sie hat eine Papiertüte in der Hand und ihre Augen funkeln.

»Hier, dachte, ich bringe euch etwas Zucker. Habe gesehen, dass Sarotschka mit einem Kavalier gekommen ist. Ist doch dein Kavalier, oder, Sarotschka?«, fragt sie und zieht Sarah an der Wange, als sei sie ein kleines Mädchen. Sarah wird rot, freut sich aber so sehr über den Zucker, dass sie beschließt, sich nicht gegen diese Zärtlichkeiten von Tante Dascha zu wehren.

»Wir werden sehen, Tante Dascha, wir werden sehen«, sagt sie und nimmt ihr vorsichtig den Zucker aus der Hand. »Danke!«

»Ich bin hier die Vermieterin. Ich passe auch auf, wer kommt und geht. Das sage ich ganz offen, da muss ich ja aufpassen. Der Krieg ist rum, aber die Zeiten, in denen wir leben … bist du auch Jude?«, fragt sie Aaron.

Er trinkt einen Schluck Tee und stellt die Tasse gefasst ab.

»Ja, Darja … ?«

»Michajlowna.«

»Ja, Darja Michajlowna, ich bin auch Jude. Aaron Semionowitsch. Sehr angenehm«, sagt er ruhig.

»Na, das macht nichts. Auch unter euch gibt es Menschen. Ich habe schon immer viele anständige Juden gekannt. Schon vor dem Krieg und auch danach. Naja… ich wollte nicht stören. Genießt euren Tee!«, sagt sie und kneift Sarah noch einmal in die Wange.

»Willst du nicht auch einen, Michajlowna?«, fragt Sarahs Mutter.

»Nein, ich habe noch Bügelarbeiten. Mein Rücken, mein Gott, mein alter Rücken, aber was soll's, man muss etwas dazuverdienen in diesen Zeiten. Die Zeiten, in denen wir leben … Diese Lebensmittelmarken reichen doch nicht, wer hat sich das ausgedacht, mein Gott … bildhübsche Jüdinnen hast du! So süße!«, sagt sie und kneift Sarah erneut in die Wange. Aaron grinst Sarah zu, als die dicke Vermieterin schnaufend die erste Stufe besteigt, und setzt sich auf einen der Schemel. Die Holzlatte fliegt hoch, und der Teppich landet auf Aarons Kopf. Er ist darunter gar nicht mehr zu sehen und versucht sich zu befreien. Sarah und ihre Mutter brechen in Gelächter aus und Dascha ruft lachend von der Treppe: »Das ist deiner, Sarotschka! Dieser Aarontschik da, der gehört jetzt dir, für immer!«

Sie lacht und steigt schnaufend die Treppe hinauf.

Aaron und Sarah waren neunundsechzig Jahre verheiratet.

23

Nele hockt auf dem PVC-Boden und krallt sich mit ihren Händen an der Haltestange der Liege fest. Ich habe das Gefühl, meine Augen sind seit über zehn Stunden permanent aufgerissen vor Erstaunen und Entsetzen zugleich. Meine Lider schmerzen, ich möchte mich entspannen, halte das aber für ein Luxusproblem in Anbetracht dessen, was Nele hier seit den frühen Morgenstunden durchmacht. Ich wusste schon immer, dass sie unglaublich stark ist, obwohl sie so schmal gebaut wirkt. Schon bei unserem ersten Zusammentreffen am Rhein damals ist sie mir als eine Mischung aus Giraffe und Pferd in Erinnerung geblieben. Die meisten Menschen haben Ähnlichkeit mit einem Tier. Ich selbst bin ein kleiner Schimpanse, und die hockende Giraffe mit nacktem Hintern, gespreizten Beinen und einer Blutlache unter sich, das ist meine einzige Freundin Nele, die gerade ihren Sohn auf die Welt bringt. Nele brüllt, als würde man ihr bei lebendigem Leibe die Brüste abschneiden, und in meinem Kopf blitzen Bilder von Gräueltaten der Nazis auf, von denen Oma Nastja erzählt hat, sie sprach von »den Faschisten« und das »sch« zischte dabei wie kochendes Wasser, das aus einem Topf auf die überhitzte Herdplatte stürzt. Im Geschichtsunterricht in Deutschland habe ich später begriffen, dass ihre Schilderungen nicht erfunden waren. Seitdem kann ich diese Folterphantasien nicht mehr ertragen, ich muss irgendetwas ändern in meinem Leben, ich bin wie eingewachsen in meine eigene Unfähigkeit. Ich male längst nur noch mit den Kindern, die ich unterrichte, oder besser gesagt, ich ziehe Linien für sie nach und helfe ihnen, ihre Hände zu führen, denn ich selbst habe vergessen, wie es geht. Ich sehe nach wie vor Bilder, zu viele, zu bedrohliche, zu sinnlose, aber ich kann sie nur noch sehr langsam und sperrig wiedergeben, als müsste ich mich an ihrem Inhalt übergeben. »Ich habe einfach nichts mehr zu sagen«, denke ich mir, »weil ich überhaupt nicht mehr weiß, worum es geht.« Ich wusste noch nie, worum es geht, fand es aber eher amüsant, so unbehaust und außerirdisch umherzuwandeln. Ich hatte mehr erwartet von Rita, ich dachte, sie würde mich unterstützen. Aber sie hat mich fallen lassen wie einen fauligen Apfel, als sie gemerkt hat, dass meine Disziplin nachlässt oder dass ich einfach gar keine habe. Disziplin ist wahrscheinlich auch das, was man braucht, um überhaupt ein Kind zu gebären. Ich schließe kurz meine Lider, um die Augäpfel zu befeuchten, und denke mir meine Magenschmerzen weg, ich muss jetzt für Nele da sein. Ich beende meine kurze ungerechtfertigte Pause, denn Nele hat auch keine, zwinge mich aus dem Sessel, der hinter ihr steht, und knie mich wieder zu ihr.

Halte ihre Hand und lasse sie meine Finger zerquetschen.

»Ich werde diese Missgeburt von Mann mit dem Küchenmesser aufschlitzen, wenn der wieder hier ist. Wer verpasst denn die Geburt seines eigenen Sohnes, bitte schön? Wer macht so etwas? Ich knalle ihn ab, ich besorge mir eine Knarre und …«, sie brüllt und jault, meine Finger brechen gleich. Ihr Freund ist auch Musiker und momentan auf einer Konzertreise in Australien. Manuels Geburt ging ungeplant zwei Wochen früher los, sodass er es nicht rechtzeitig nach Deutschland geschafft hat. Er sitzt jetzt in Sydney am Flughafen und wird in zwanzig Stunden hier sein. Manuels allerersten entsetzten Gesichtsausdruck, der von Verwunderung und Panik zeugt, wenn Neles Körper ihn endlich ausgeworfen hat, wird sein Vater Suk nicht mitbekommen, aber ich.

»So, jetzt hast du es gleich geschafft, Cornelia!«, redet die Hebamme der sterbenden Nele gut zu.

»Nele, einfach Nele, habe ich doch schon tausendmal drum gebeten, ist das so schwer zu begreifen …?«, schreit Nele zurück, und die Hebamme lächelt mich ein wenig spöttisch an, als wollte sie sagen, das ist normal, die drehen alle durch, wenn es schon fast so weit ist, und diese hier, die ist ja ganz verrückt, quält sich ohne Betäubung durch die Geburt, wahrscheinlich, weil sie denkt, sie ist dann eine bessere

Mutter, diese neumodischen esoterischen Biomütter ... Mir wird klar, dass ich das denke, und nicht die Hebamme, und schäme mich für meine Feigheit und Ungeduld. Ich werde das niemals so mutig meistern können wie Nele und ich zweifle daran, ob der Zeitpunkt jemals kommt. Ich werde nicht mehr lange leben, denke ich und verachte meine immerzu sich selbst vernichtenden Gedanken. Nele krallt sich erneut in meine rechte Hand, und ich versuche den Druck in meine Knie abzugeben, die wiederum den harten Boden unter sich spüren und sich fragen, warum eigentlich alles so unglaublich schwer sein muss. Es flimmert vor meinen Augen.

Dann drehe ich meinen Kopf zur Tür und sehe einen weißen kleinen Königstiger den Raum betreten. Er ist noch nicht ausgewachsen und bleibt unsicher im Türrahmen stehen, mich und Nele irgendwie wohlwollend betrachtend. Er rümpft ein wenig seine Tigernase und zwinkert mit einem Auge öfter als mit dem anderen. Dann hebt er seine gestreifte Tatze und reibt damit sein linkes Auge, als wäre er gerade erst aufgewacht und müsste noch kurz zu sich kommen, bevor er uns begrüßen kann. Er lächelt. Ich habe noch nie einen lächelnden Tiger gesehen. Können Tiere lächeln? Ich habe die Tiere schon immer für ihren Stolz und ihre Beherrschtheit beneidet, sie zeigen ihre großen Emotionen nicht, und kleine Emotionen haben sie nicht, weil sie sich nicht mit Eifersucht oder Selbstzweifeln beschäftigen, ihre Probleme und die Essenz ihres Daseins ist tiefer, sie müssen einfach überleben und suchen nicht nach Sinn im Leben. Der kleine Königstiger kommt langsam auf uns zu und fixiert mit seinem Blick Nele, als wollte er mich wegblenden, seine kleinen Tigerschultern wölben sich nach oben und wieder nach unten beim Gehen, je nachdem mit welcher Tatze er auf dem Plastikboden dieses Kreißsaals aufkommt. Er staunt auch selbst kurz über die Beschaffenheit des Materials unter seinen Füßen, merkwürdig unangenehm, glatt, leblos ... Dann bleibt er neben mir stehen und schaut mich genervt aus dem Augenwinkel an, als wollte er sagen, dass ich mich jetzt vom Acker machen kann, Nele und er brauchen mich nicht mehr. »Müsstest du nicht in Indien sein?«, frage ich ihn. Er zieht seine Mundwinkel nach unten, hebt die rechte

Tatze und greift schon fast nach meinem Gesicht. Ich weiche zurück, und meine Hand bleibt in Neles Hand hängen, weil sie nicht versteht, was ich mache, ich wollte ihr doch bis zum Ende beistehen, und jetzt weiche ich aus. Ich schaue sie entschuldigend an und habe Schmerzen in der Schulter, weil Nele an meiner Hand zieht.

»Da ist der Kopf, da schau, der ist fast raus, der Gute, los, mach weiter, du bist unglaublich!«, redet die Hebamme auf Nele ein, und ich nutze den Augenblick ihrer kurzen Entspannung, weil sie begreift, dass diese Qualen gleich beendet sein werden, und löse mich aus der Umklammerung ihrer knochigen langen Finger.«

»Wie heißt du, kleiner Tiger?«, frage ich das weiße Fell aus einiger Entfernung. »Manuel ist da, er ist da!«, brüllt Nele und hält im nächsten Augenblick ein fleischiges Paket mit asiatischen Augen, die es von Suk geerbt hat, in ihren Armen. Das Fleisch ist blutig, schleimig und bläulich, ein wenig bordeauxrot, denke ich mir und krieche unbemerkt zur Tür. Ich richte mich auf und verlasse diese Hölle, von der ich mich frage, ob ich selbst sie auch überleben könnte.

Mir ist noch immer schwindelig und leicht übel. Ich erinnere mich an die Übelkeit vor ein paar Jahren, und die Enttäuschung darüber, dass die Übelkeit jetzt nicht denselben Grund haben kann wie damals, frisst sich in meine Eingeweide. Ich renne schon fast den Gang entlang und werde dabei vom besorgten Blick einer Krankenschwester begleitet, schlage gegen die schwere Toilettentür und lege mein gesamtes Gewicht darauf, um sie zu öffnen, falle in die Klokabine und übergebe mich. Es ist nur ein wenig Schleim, der meinen Magen verlässt, und ich nehme mir vor, endlich zum Arzt zu gehen wegen dieser Brechattacken. Ich kann einfach nicht mehr, denke ich und weine alles aus mir heraus. Ich höre jemanden die Klospülung in der Nebenkabine betätigen und schalte mein Schluchzen kurz ein wenig leiser. Das habe ich als Kind schon gelernt, mein Leid runterzupegeln, weil Mama und Papa genug eigenes Leid hatten, meines würde sie nur überfordern. Es gibt niemanden, dem ich das erzählen könnte, denke ich, auch Nele nicht mehr, weil sie ab jetzt keine Zeit mehr haben wird. Ich warte, bis die Person in der Kabine nebenan die Toilette verlässt, und schalte das Weinen dann wieder lauter, obwohl es sich jetzt schon beruhigt hat. Das hilft immer, denke ich mir. Das Unerträgliche im unerträglichsten Moment abdämpfen, dimmen, einfrieren, so tun, als sei es da, müsste aber kurz warten. Ich wasche mir das Gesicht mit kaltem Wasser und beschließe von jetzt an keine Schuldgefühle mehr zu haben, ich kann nichts dafür, dass der kleine Embryo, der meine Tochter geworden wäre, ich bin mir sicher, dass es ein Mädchen war, sich dazu entschlossen hat, nicht zu leben. Es ist nicht meine Schuld. Ich trage keine Schuld…, spreche ich leise in mich hinein und frage im Flur eine Krankenschwester, wo die Kantine ist.

»Die ist unten im Keller. Einfach mit dem Aufzug ganz nach unten fahren und dann immer rechts die Flure entlang. Alles ok mit Ihnen?«, will sie wissen, und ich merke, dass es dieselbe Schwester ist, die mich vorhin auf dem Gang gesehen hat. Ich lächele wie ein explodierter Clown und sage nichts.

Ich wische mir mit meinem Taschentuch in den Augen herum und versuche die herausgefallenen Haare wieder in den Zopf zu fummeln. Diese Geste erinnert mich an Rita, an ihre mit Gel angeklebten Haare. Das war eine merkwürdige Frau, denke ich mir. So hart und verbittert, so schön und feige zugleich, hauptsächlich feige.

Alles, was keinen Erfolg mehr bedeutete, strich sie von ihrer Liste. Und dazu gehörte auch ich sofort, als sie merkte, dass der Duft des Gelingens, der anfangs von mir ausging, sich aus meinen Kleidern und meiner Haut verflüchtigt hatte. Ich hatte alles erzählt, ich war leer. Eigentlich direkt nachdem ich das großformatige Bild von ihrem Auge mit dem Muttermal darin angefertigt hatte. Ich hatte das Innere ihres Blicks begriffen, ich hatte begriffen, worum es ihr ging und worum es mir nie gehen wird. Nicht weil ich so ein erhabener Mensch bin, der nicht nach Erfolg strebt, sondern weil mir einfach alles egal ist. Fast alles, denke ich. Ich werde langsam verrückt, denke ich, während ich mit den Fingerknöcheln auf dem weißen Holz des Kantinentisches herumklopfe, halte kurz inne und spüre ein wenig Wärme durch meine Hände laufen, weil mir in diesem Moment klar wird, was der Inhalt meines nächsten Bildes sein wird, der kleine Tiger, dem ich vorhin begegnet bin. Ich drehe durch … ich drehe durch …

»Ist es gesund?«, höre ich jemanden wie aus der Ferne fragen und hebe meinen Kopf.

»Hä?«, frage ich mürrisch.

»Na, du bist doch gerade aus dem Kreißsaal gekommen, oder? Ich stand neben dir im Aufzug, schon vergessen? … Willst du Kaffee? Wirkst fertig …«, sagt der Mann.

»Ja, danke«, antworte ich, und in derselben Nacht liegen wir nackt aneinander geschmiegt in Marcs Bett, und er findet es witzig, dass uns dasselbe passiert ist, an diesem Tag. Seine Kindheitsfreundin Julia war in einer ähnlichen Situation. Ihr Mann arbeitet in einer anderen Stadt, und als die Geburt einsetzte, schaffte er es gerade noch rechtzeitig ins Krankenhaus, sodass Marc erlöst war und mir im Fahrstuhl begegnen konnte, ohne dass ich ihn bemerkte. Wir waren uns einig, dass unsere nächste Verabredung in einem Kreißsaal uns selbst betreffen würde, und ein Jahr später war Karl da. Marc war Journalist und unterrichtete an der Uni. »Ein Dozent, der am liebsten nichts denkt, könnte verhaftet werden, deshalb erzähl das nicht weiter«, scherzte er.

Marc war schön. Er hatte kastanienbraunes gelocktes Haar und weiche Gesichtszüge, er wirkte ein bisschen feminin, war nicht groß und hatte sehr viel Körperspannung. Er war zart, vernünftig und konsequent. Und bequem.

In unseren ersten Nächten lag ich wie ein Sack auf ihm drauf. Ich fühlte mich so sehr erleichtert von ihm, dass ich es wagte, mein gesamtes Gewicht auf ihm abzulegen. Und es war ihm nicht zu schwer. Mein Gewicht wurde zu seinem Gewicht, er hielt es aus. Er strich zart mit den Fingern über meinen Rücken und tastete nach der Tätowierung, deren Konturen ein wenig zu spüren waren. Ein »&« klein und schwarz, knapp über meinem Gesäß gestochen. Wir waren leicht. Nicht schwer zu verstehen. Unsere Begegnung war eine Nische in unseren Leben, für die wir dankbar waren, weil wir in dieser Nische etwas Fertiges fanden. Wir waren ein Ergebnis, zumindest eine Zeit lang.

24

Ich bin zu kleingeistig für Suizid, das wäre ja schon fast pathetisch, wie meine beschissenen Bilder. Außerdem braucht Karl mich. Ich hänge fest in meinem Alltag, in meinem verhältnismäßigen Wohlstand. Würde ich noch in Osteuropa leben und wäre nicht die Tochter von Oligarchen, was ich ja nicht bin, würde ich über mich selbst denken, ich sei reich. Was würde ich eigentlich machen, wenn ich noch in Moldawien lebte, oder in Rumänien, Lettland ... irgendwo dort, wo ich scheinbar nie gewesen bin? Ich habe meine Brandwunden abgetupft mit Desinfektionsmittel. Nun betrachte ich die Haut, die sich zusammenzuziehen scheint, und stelle mir die Zellen vor, die sich unsichtbar zu regenerieren versuchen. Ich werfe mich auf das Bett, in dem Marc schon lange nicht mehr schläft, und drücke mir das Kopfkissen fest aufs Gesicht. Ich drücke es in meine Erinnerung hinein: Ich war Anfang zwanzig, als ich nach Chisinau geflogen bin, das erste Mal allein. Ich stieg aus dem Flugzeug und betrachtete im Bus zur Flughafenhalle die anderen Menschen, von denen viele so wirkten, als sei die Ankunft in ihrem Land ein Nationalfeiertag, sie wirkten stolz und gelöst, und irgendwie bewunderte ich sie, denn ich spürte nichts, nur dieselbe Fremdheit wie überall. Ich stand in der Flughafenhalle und hatte vergessen, dass Moldawien nicht zur EU gehört. »Dieses Land liegt nicht in der Europäischen Union«, klingelte es in meinem Kopf. Es brannte, es knallte fast. Ich bewegte mich immer weiter vor in der Schlange zur Passkontrolle und begann zu beten: »Die EU löst wirtschaftliche Probleme. Die EU schafft Freihandelsräume nach dem Willen der EU selbst, die der langfristigen Stabilisierung des Landes dienen. Die EU ist Haupthandelspartner des Landes. Warum tut die EU das? Hat sie zu viel Herz? Weil sie so Geld aus Moldawien bezieht, indem sie den Scheiß aus der EU in Moldawien auf dem Markt verkauft.«

Ich entferne reflexartig das Kissen von meinem Kopf und schnappe nach Luft. Meine Eltern haben früher oft prophezeit, dass ich, wenn ich noch in Osteuropa leben würde, Mist aus China auf dem Markt verkaufen oder irgendwo abwaschen würde. Manche Menschen können eben die Zukunft vorhersehen, meine Eltern können anhand einer nicht stattgefunden Vergangenheit die nicht vorhandene Gegenwart sehen. Klar, andersherum ist es besser – lieber hier Mist aus China in den Discountern kaufen, als ihn dort auf dem Markt verkaufen... Aber auch in Moldawien würde ich wahrscheinlich genau das machen, was ich in Deutschland mache: Auf meine Leinwand kotzen und so tun, als sei das Kunst. Was heißt »пошлость« auf Deutsch?, frage ich mich und stopfe mir eine Kissenecke in den Mund, bekomme keine Luft und spucke sie hustend wieder aus. Es gibt keine Übersetzung... Abgeschmacktheit, Plattheit, Obszönität. Aber das beschreibt alles nicht dasselbe wie das Wort »пошлость« im Russischen... es bedeutet viel mehr als platt oder unanständig oder schlüpfrig oder vulgär, es beschreibt meine Seele und meine Bilder. Die Bedeutung dieses Wortes »poschlost«, das riecht wie faules Fleisch, schmeckt wie nasse Zigarette, sieht moralisch verwerflich aus, wenn man moralisch ist. Die Bedeutung dieses Wortes kann man nur verstehen, wenn man noch in irgendeiner Hinsicht moralisch ist, denn wenn sämtliche Erinnerungen an irgendwelche Werte wirklich ausgestorben sind, dann herrscht »poschlost«, und was das ist, das kann man nicht ins Deutsche übersetzen. Unmöglich. Ich drücke das Kissen erneut auf mein Gesicht und versuche es auszuhalten nicht zu atmen, vielleicht lerne ich auf diese Weise endlich auch tauchen.

Ich stand im Flughafen in der Schlange zur Passkontrolle und fürchtete mich vor ihrem Ende. Ich beschloss, das Ganze einfach mit Humor zu nehmen und stellte mir vor, ich sei nicht ich, das konnte ich schon immer gut. Ich konnte mich verwandeln, weil ich als Kind einmal am Strand verloren gegangen bin. Ich betete mein postsowjetisches Gebet vorsichtshalber zu Ende: »Die EU ist Haupthandelspartner des Landes, weil sie ihren Scheiß in Moldawien auf dem Markt verkauft, meine Eltern haben also Recht, irgendwer verkauft immer Scheiß auf dem Markt. Russland sagt: Wenn ihr mit der EU kooperiert, kaufen wir euren Wein nicht, ätsch! Moldawien verkauft aber nur Wein. Russland schwächt die moldawische Wirtschaft: Wenn ihr euch an Europa ranmacht, kaufen wir euren Wein nicht, ätsch! Was die Moldawier selbst angeht, so will die Hälfte die EU als Mama und die andere die Eurasische Wirtschaftsunion.« Die Bezeichnung habe ich auswendig gelernt, falls mich jemand fragen sollte … will Moldawien eigentlich unabhängig sein?

Die EU löst wirtschaftliche Probleme. Die EU schafft Freihandelsräume, denke ich und beiße auf der Kissenecke herum.

»Ausweis!«, befahl mir eine mechanische verrauchte Stimme. Ein Roboter, der raucht?

»Nein, ich habe meinen Reisepass nicht dabei, nur den Personalausweis«, entschuldigte ich mich.

»Sie sind in Chisinau geboren?«, fragte eine weibliche, nicht verrauchte, aber urteilende andere Stimme.

»Ja, bin ich.« Grinsen. Tuscheln. Lachen. »Und warum haben Sie die Staatsbürgerschaft aufgegeben?«

»Weil ich DDON bin.«

»Was?«

»Definitiver Depp ohne Nationalität.«

»Was??«,

»Mutter Russin, Vater Jude«, ich schielte dabei. Verächtlicher Blick ihrerseits. Tuscheln. Telefon. Abführen. Durchsuchen.

Ich verbrachte eine Nacht im Flughafen und flog wieder zurück. Nach ein paar Monaten kam ich mit einem Reisepass wieder und mit dem Bewusstsein, dass Moldawien wirklich etwas anderes war als das bessere Europa. Das ist es bis heute, und irgendwann wird es wahrscheinlich einfach wieder Russland sein, so wie es lange Zeit Sowjetunion war, weil es zu klein ist für seine eigene Unabhängigkeit.

Ich krieche mit dem Kopf unter das Kopfkissen und weine bitterlich. Was soll das sinnlose Geheule? Warum funktioniere ich nicht? Ich fühle mich nicht mehr begehrt, nicht mehr geliebt, nicht mehr gesehen, ich sehe selbst nichts mehr, außer das Motiv für dieses merkwürdige Bild, das ich in den letzten Wochen beendet habe, das ich selbst als »poschlost« bezeichne. Ich werde es zu den anderen Bildern auf dem Dachboden stellen, weil ich keinen Galeristen habe, keinen Agenten, keine Fotos von meinem Erfolg auf Facebook. Nicht mehr, ich bin gestorben in den letzten Jahren. Ich schwitze unter dem Kopfkissen, meine Nase läuft, meine Tränen machen den Kissenbezug und das Bettlaken nass und schleimig, und ich würde jetzt gern in tiefes Gewässer eintauchen, was ich mich nicht traue. Ich möchte in die Tiefe unseres Ursprungs tauchen, um mir die Algen und Fische und Wasserinsekten anzuschauen, nackt zu frieren in dem eiskalten Wasser und einfach den Mund aufmachen, um zu versuchen, ein Lebewesen zu werden, das Flüssigkeit in seine Lunge lassen kann. Diesen glasigen Fischblick von dieser Catherine aus meinem Traum übernehmen und wie verlangsamt durch das Wasser treiben, während ich ab und zu mein Maul aufsperre, um kleinere Fische zu verschlucken. »A fish doesn't think, because a fish knows everything.«

Ich schließe die Augen, atme nicht und beobachte meine Angst. Marcs innerer Abgrund ist so dunkel, wie es hier unter meinem Kissen mit geschlossenen Augen ist. Dunkelheit, die schwärzer ist, als sie es sein kann, blinder als blind. Er spricht nicht darüber.

Ich werfe das Kissen gegen die Stehlampe und schnappe nach Luft. Ich starre an die Decke in unserem Schlafzimmer. »Was sind Depressionen?«, habe ich ihn einmal gefragt. »Kein Interesse mehr«, antwortete er.

Die Zartheit seiner Finger verwandelte sich mit der Zeit in Unbeweglichkeit aus dickflüssigem Gel, umschlossen von seiner dicken Haut, die nichts mehr durchlässt. Er spricht nicht mehr mit mir.

25

(New York, USA, 2012)

Ich bin Mitte zwanzig und kann die Statue sehen.

»Welche Statue? Bist du gut gelandet? Wie lange bleibst du dort?«, fragt Papa angespannt am anderen Ende der Leitung.

Ich habe gerade alle Kontrollen überwunden. Habe allen, die es wissen wollten, erzählt, warum ich hier bin und wie lange ich vorhabe zu bleiben, hatte diesmal den richtigen Pass dabei und habe die skeptischen Blicke des Überwachungsdienstes über mich ergehen lassen, nachdem ich mich in der für mich vorgesehenen Schlange für Nicht-Amerikaner eingereiht hatte.

»Na, welche Statue wohl? Die von Stefan cel Mare, natürlich ...«, witzele ich.

»Weißt du überhaupt wer Stefan cel Mare war? Hast du etwas gegessen? Bist du warm angezogen?«, schreit Papa.

»Stefan cel Mare war der größte Rumäne aller Zeiten, Papa! Die Freiheitsstaue sehe ich, natürlich. Ich bin in einer Telefonzelle und nehme gleich die Metro in die Stadt. Ich kann Staten Island hinter der Glasscheibe sehen. Ist relativ weit weg, aber die Statue ist ja mindestens so groß wie ihre Freiheit ... von daher.«

»Warum hast du Tante Sweta nicht Bescheid gegeben, wann du landest?«, fragt er mich weinerlich.

»Damit sie nicht auf die Idee kommt, mich vom Flughafen abzuholen. Ich komme schon klar, macht euch keine Sorgen. Ich melde mich.«

»Lena, sie steht in einer Telefonzelle in Amerika und erzählt mir von Stefan cel Mare ...«, Papas Aufregung bricht ab, ich habe aufgelegt.

Ich muss einige Male umsteigen, bevor ich Brooklyn erreiche, und werde ziemlich verloren ausgesehen haben beim Versuch zu begreifen, ob ich beim nächsten Umstieg nun Downtown oder Uptown muss. Ich hätte mich besser informieren sollen im Vorhinein, denke ich, als ich von einem jungen Mann angesprochen werde, der mich an meinem Metroplan herumhantieren sieht. Er erklärt mir, wohin ich fahren muss und schaut mich etwas erstaunt und väterlich an, weil er höchstwahrscheinlich vermutet, ich sei erst sechzehn. Meine Größe und meine naiven Augen haben es mir schon immer nicht leicht gemacht, ernst genommen zu werden.

Ich steige in die hoffentlich richtige Metro und klammere mich an den Trägern meines großen Rucksacks fest. Beobachte vorsichtig die Menschen um mich herum. Unter der Erde singt die Metro quietschende Lieder, die mich an irgendetwas erinnern, aber ich weiß nicht woran. Dann verlässt der Zug den Schacht und fährt über eine Brücke, ich fühle mich gefangen in einem Klischee, da ich mir den Weg nach Brooklyn genauso vorgestellt habe. Das liegt wohl an den vielen amerikanischen Filmen, die jeder gewöhnliche Europäer zu sehen bekommt im Laufe seines Lebens, ob er will oder nicht. Wir wachsen damit auf. Dann frage ich mich, ob ich mich wirklich schon als Teil dieses »Wir« betrachte, und stelle fest, dass es so ist. Wenn ich verreise, bevorzuge ich es immer auf Nachfragen zu antworten, dass ich »German« sei, das macht alles viel einfacher. So ein Personalausweis macht generell alles im Leben viel einfacher, nur nicht die Einreise nach Moldawien, das nun mal nicht zur EU gehört. Stefan cel Mare steht in Chisinau an jeder Straßenecke als Statue herum und wurde im rumänischen Fernsehen wirklich zum größten Rumänen aller Zeiten ernannt, das weiß ich. Man nennt ihn auch Stefan den Großen. Er hat im Krieg gegen die Osmanen viele Türken umgebracht, die Moldau aber trotzdem nicht von ihrer Herrschaft befreien können, sie waren zu mächtig. Ich betrachte die größtenteils müden Gesichter der Menschen im Metrowagen. Merkwürdigerweise erinnern sie mich an das Ruhrgebiet, den ersten Ort, wo wir in Deutschland ankamen. Die Straßenbahnen waren damals gefüllt mit Menschen aller Nationalitäten. Asiaten, Türken, Araber, Osteuropäer, Afrikaner ... Es wirkte, als hätten sie alle gleichzeitig die Länder, aus denen sie stammten, verlassen und beschlossen, ihr Glück im Ruhrgebiet zu finden, wo es natürlich an jeder Straßenecke herumlag. Ich erinnere mich ausschließlich an unglückliche Menschen mit schwarzen Augenringen, nach unten gezogenen Mundwinkeln, tarnfarbenen Discounterjacken, nassen und verdreckten Schuhen und ausdruckslosen Gesichtern. Sie wirkten arm, in allen Hinsichten. Und in dieser amerikanischen Metro hier sieht es ganz ähnlich aus, auch wenn der Kontrast größer ist. Es scheint, als würden hier Menschen der unterschiedlichsten sozialen Klassen dieselbe Metro benutzen. Stefan cel Mare hatte die Unabhängigkeit Moldaus im fünfzehnten Jahrhundert dann doch noch bewahren können, aber mit einer hohen Summe dafür bezahlt, die er jährlich an irgendeinen Sultan abtreten musste.

Unabhängigkeit kann gefährlich und unberechenbar sein, und sie hat immer ihren Preis, denke ich mir.

Ich habe ein Bett in einem Hostel gebucht, weil ich mir kein Hotel leisten kann. Nach meiner ersten Ausstellung vor einigen Jahren in Berlin sind meine Bilder mit mir durch viele verschiedene Städte gereist, ich habe einige verkauft und mit Ritas Hilfe gut verdient. Von dem Geld lebe ich heute noch, aber es geht mir langsam aus. Ich muss irgendetwas unternehmen. Will ich mein Leben lang von Malstunden leben?, frage ich mich, unterdrücke den Gedanken aber sofort wieder, denn genau deshalb bin ich hierhergekommen. Ich suche eine Antwort, weil diese Frage in den letzten Jahren meiner tendenziellen Arbeitslosigkeit so groß geworden ist, dass ich sie nicht mehr aushalte. Sie füllt meinen Körper mit Gas, und wenn jemand auf die Idee kommt, ein Streichholz in meinen Mund zu halten, dann explodiere ich. Immerhin weiß ich aber, was ich tun muss, wenn ich mich entscheide, das Ganze hier selbst zu beenden. Nach Streichhölzern suchen.

Das Hostel liegt in Brooklyn. Tante Sweta, die Tochter von Oma Sarahs Schwester Rimma, lebt auch in Brooklyn, aber ich tröste mich mit dem Gedanken daran, dass Brooklyn so groß ist wie Berlin. Sie wird mich nur schwer finden können.

Mehrbettzimmer, gemütlich klang das Hostel nicht …

Ich steige aus an der Bedford Av Metro Station, so hatte ich es mir notiert, gehe die Treppen hinunter und versuche, den Geruch der herbstlichen Stadt ausfindig zu machen. Die Sonne geht bald unter, es wird langsam dämmrig, aber es scheint ein sonniger Tag gewesen zu sein, der Asphalt wirkt benutzt und warm. In den nächsten Tagen fällt mir auf, dass die Sonne über New York eine Strahlkraft besitzt, die ich in Europa selten gesehen habe.

Kann das sein?, frage ich mich. Eine andere Sonne über Amerika? Männer in schwarzen Kaftanen und mit Löckchen an den Schläfen schwirren wie Kakerlaken, die es eilig haben, die Straßen entlang. Sie tragen schwarze Hüte und ziehen mehrere Kinder hinter sich her. Die Jungen haben ebenfalls Peies an ihren Schläfen und weiße Hemden unter den Mänteln, die Mädchen tragen lange Röcke, und die Frauen haben Kopftücher oder Hüte über dem Haar. Frauen sehe ich jetzt allerdings nicht mehr viele und erinnere mich, dass heute Freitag ist. Die Männer werden gleich in ihre Behausungen flitzen, um den Sabbat zu beginnen, und die meisten Frauen sind wahrscheinlich schon daheim und bereiten das Abendessen vor. Ich stehe unter einer dunklen Brücke und lache ein wenig über mich selbst. Ich habe übersehen, dass das Hostel in Williamsburg liegt, aber eine leise Ahnung davon, dass das ein jüdisch-orthodoxes Viertel in Brooklyn ist, befällt mich. Kein Wunder eigentlich, wo sollte ich sonst landen? Außerdem habe ich wahrscheinlich unterbewusst Tante Swetas Nähe gesucht, denn es zieht mich doch immer wieder in die Fänge meiner Familie. Ich denke, das ist der Fluch, den die Frau in den Schlappen und Socken damals über uns gelegt hat. Der wirkt sich auf jedes meiner Familienmitglieder unterschiedlich aus. Wahrscheinlich ist jede Familie ein Fluch, aus dem heraus es einen erlösenden Spruch gibt, den man ausfindig machen muss, oder eben einen Ort, an den man flüchten kann. Das hier ist allerdings definitiv der falsche.

Ich bin so dämlich, denke ich mir. Was suche ich hier? Was soll in Amerika denn anders sein? Wo ist es denn anders, und was soll sich ändern?

»What are you searching for?«, fragt mich unerwartet ein Mann mit sehr vorsichtigem Gesichtsausdruck, da er höchstwahrscheinlich, seiner Religion wegen, keine fremden jungen Frauen auf der Straße ansprechen sollte. Mein Rucksack verrät jedoch meine Fremdheit, und der junge Mann scheint einfach Mitleid mit mir zu haben. Ich zeige ihm die Adresse des Hostels, die ich in meinem Telefon gespeichert habe, und er schaut mich irritiert und irgendwie belustigt an. Dann deutet er mit dem Finger hinter mich und ich bemerke, dass ich ein paar Meter vor dem Eingang des Hostels stehe. Ich lächele beschämt und bewege mich in Richtung des Eingangs unter der Brücke. Noch einmal überlege ich kurz, ob ich Tante Sweta anrufen soll, entscheide mich aber dann, die Klingel zu drücken. Es dauert einen Moment, bis die Tür aufgeht. Eine Frau mittleren Alters hängt über mir, da direkt hinter der Tür eine Treppe steil nach oben führt, sodass sie noch halb auf einer der Stufen steht und sich nach unten beugt, um mit einem Arm die Tür aufzuhalten. Ein merkwürdig schimmliger Geruch steigt mir in die Nase, als würde mir keine Frau, sondern ein nasser alter Fuß die Tür öffnen.

»Hi.«

»I booked a room«, sage ich.

»You mean, a bed«, antwortet sie.

»Yes. I'm from Germany.«

»Welcome to Brooklyn«, begrüßt sie mich und bedeutet mir mit der Hand, dass ich die Treppen hinaufsteigen soll.

Ich quetsche mich mit meinem Rucksack durch die schmale Tür und steige die Treppen hoch. Rechts und links auf den Stufen stehen überall Schuhe.

»Take your shoes off, please«, sagt die Frau, und ich begreife, dass das hier Schuhe aller das Hostel bewohnenden Menschen sind, lauter Füße in meiner Nase. Sie erklärt mir, dass leider alle Frauenzimmer ausgebucht sind, ich aber ein Bett in einem Männerzimmer bekommen könnte, wenn ich wollte. Leichte Panik befällt mich sofort, ich möchte allerdings noch einen kurzen Moment lang meinen Mut ausprobieren, bevor ich Tante Sweta anrufe und sie frage, ob ich nicht doch bei ihnen wohnen kann. Drei Wochen will ich hier verbringen, um besser zu begreifen, ob ich vielleicht noch einmal auswandern möchte, da das unter Umständen einfach die Lösung für alles wäre – ein geographischer Neuanfang. Sie führt mir das Männerzimmer mit den Stockbetten vor, und ich erinnere mich an das Auffanglager im Ruhrgebiet, in dem wir vor fast zwanzig Jahren nach unserer dreitausend Kilometer weiten Reise im Lada angekommen sind. Ich springe erschreckt zur Seite, weil eine Katze zwischen meinen Beinen hindurchhuscht, sie sieht Susanka, die nach achtzehn Jahren an Katzenkrebs gestorben ist, verblüffend ähnlich.

»So? You want it?«, fragt mich die Frau mit unverhohlener Ungeduld in ihrer Stimme.

Ich bin der Katze ein paar Schritte nachgelaufen, um zu kontrollieren, ob das Susanka ist, und merke, dass ich verwirrt wirke. Also werfe ich einen konzentrierten Blick durch den Raum und aus dem Fenster, das halb geöffnet ist, trotz der abendlichen, nicht mehr warmen Herbstluft, die von draußen hereinströmt. Die Metro rattert am Fenster vorbei, dessen Scheibe nach oben geschoben ist, und ich bin überrascht über meine Auswanderungsgedanken. Bin ich wirklich so blöd zu glauben, dass das Wiederholen der Geschichte zu einem Fortgang der Geschichte führt? Welcher Geschichte?

»I think, I'll fly back right now.«

»What?«, fragt mich die Frau leicht gereizt. Ich merke, dass sie nicht sicher ist, ob sie es mit einer Psychopathin zu tun hat, wobei es ihr dabei weniger um mein gesundheitliches Wohlbefinden geht, als um die Frage, ob ich so ein Hostel überhaupt bezahlen kann. Ich zahle 90 Dollar Kaution, obwohl ich das Bett nicht will, und komme nicht mal auf die Idee, mit ihr darüber zu streiten, dass mir ein Frauenzimmer versprochen war, und dieses hier ein Bett in einem Männerzimmer ist, in dem ich mit Leichtigkeit mitten in der Nacht vergewaltigt werden könnte, oder aus dem geöffneten Fenster auf die Schienen der singenden Metro geworfen werden, sodass nur noch pseudodeutsches Hackfleisch von mir übrigbleiben würde. Es erinnert mich an Wale, denke ich. Das Geräusch der quietschenden Schienen der Metro erinnert mich an singende Wale, jetzt weiß ich es wieder.

»Kirotschka, aber natürlich komme ich dich sofort abholen! Mein Gott, Mutter, sie ist bei den Orthodoxen gelandet, na immerhin, da kann ihr nichts passieren, immerhin. In einem бомжатник! Mutter, sie wollte tatsächlich in einem Bomschatnik übernachten. Sie ist verrückt! Sie denkt, das sei hier Europa. Das ist New York, Kirotschka! Brooklyn!«, schreit mich Tante Sweta mit einem Unterton von Todesangst bei dem Wort Brooklyn aus dem Telefon an. »Meine liebe Nachbarin Dinotschka wird mich sicherlich mit dem Auto zu dir fahren. Bleibe dort und rühre dich nicht vom Fleck! Wo bist du? Wo stehst du, Kirotschka? Hast du etwas gegessen? Bist du warm angezogen?«

»Ich stehe unter einer Brücke«, spreche ich in den Hörer.

»Mein Gott, Mutter, sie steht allein unter einer Brücke. Rühre dich nicht vom Fleck! Na immerhin bist du in Williamsburg, die Kaftane tun dir nichts! Die nicht, hab keine Angst, ich rette dich!«

»Ich habe keine Angst, Tante.«

»Solltest du aber … New York … Bomschatnik … die Kaftane tun dir nichts … ich komme!«, höre ich sie gehetzt murmeln, als wäre sie mit einem Bein schon im Wagen ihrer Nachbarin Dinotschka und zehn Minuten später sehe ich sie tatsächlich unbeholfen und behäbig, übergewichtig und müde aus der Tür einer großen amerikanischen Karre steigen.

»Mein Gott, bist du gewachsen, Kirotschka!«

»Ja, ich war fünf, Tante Sweta«, versuche ich liebevoll zu antworten, denn ich weiß jetzt schon, dass sie mich in den Wahnsinn treiben werden, die jüdischen Verwandten meines Vaters, aber ich habe keine andere Wahl. Ein Hotel konnte ich mir nicht leisten, und ich bin ein Angsthase, ich fürchte mich vor einem Bett im Männerzimmer eines »Obdachlosenheims«, wie Tante Sweta es auf Russisch genannt hat – Bomschatnik. Allein das Wort schon verrät mir, dass meine weit entfernten und mir nur aus Erzählungen bekannten Verwandten eine ziemlich verdrehte Sicht von der amerikanischen Metropole haben, in der sie seit über zwanzig Jahren leben, ich befürchte sogar, sie haben die Sowjetunion geistig überhaupt nie verlassen. Was soll's, denke ich mir. Ich werde einfach morgens um acht das Haus verlassen und erst um Mitternacht wieder zurückkommen. So kann ihre Nostalgie und Lebensenttäuschung mir nicht noch den letzten Rest meiner unfreien Seele aus dem Leib saugen, und vielleicht mag ich es ja wirklich hier und bleibe einfach. Eine Greencard könnte ich mit ihrer Hilfe bekommen. Was für schäbige Gedanken, denke ich und schäme mich für meine Unreife.

In den zwanzig Minuten Fahrt in den anderen Teil Brooklyns, in dem Tante Sweta mit ihrer kranken Mutter lebt, bombardiert sie mich mit allen Erinnerungen, die sie in ihrem Leben je gehabt hat. Sie beschreibt detailgenau, wie mein Vater laufen gelernt hat, und welches Wetter an einem beliebigen Datum eines jeden Jahres in Chisinau herrschte, dabei immer wieder vor Entsetzen aufschreiend über meine Entscheidung, in einem »Obdachlosenheim« zu übernachten. Die Nachbarin, die im Gegensatz zu ihr einen Führerschein besitzt und ebenfalls Russisch spricht, hustet immerzu und fügt hinter jedem Satz von Tante Sweta ein wohlwollendes und nervöses »Jaja« an, und freut sich sichtlich, als wir endlich ankommen, denn auch sie scheint von der Gesprächigkeit meiner Großtante, mit der sie es heute sicherlich nicht zum ersten Mal zu tun hat, genervt zu sein. Mir tut es etwas leid, dass diese fremde Dinotschka meinetwegen noch abends ihre Wohnung verlassen musste. Wahrscheinlich geht sie wegen ihres fortgeschrittenen Alters und der nicht vorhandenen Englischkenntnisse auch dreißig Jahre nach ihrer eigenen Auswanderung nicht oft raus.

Wir betreten das Apartment, und ich werde gleich wieder mit einem Geruch konfrontiert, der mich vermuten lässt, dass Amerika einfach grundsätzlich stinkt. Es sind Medikamente, die mir in die Nase steigen, und ich brauche einen Moment, um mich daran zu erinnern, welche Tabletten so riechen. Ich kenne diesen Geruch. Baldrian, denke ich mir. Baldrian … In dieser Wohnung scheinen alle permanent ihre Nerven beruhigen zu müssen, deshalb haben sie wahrscheinlich einen Behälter angebracht irgendwo in der Abstellkammer oder in einem Schrank, dem immerzu kleine Baldrianwolken entsteigen, sodass alle dauerhaft betäubt sind und sich nicht erinnern müssen, an nichts, vor allem nicht an das Vergessene.

Tante Sweta zieht mich sogleich ins Wohnzimmer und bricht in Tränen aus. Ihre kranke Mutter Rimma, die Schwester meiner Großmutter Sarah, die jetzt in Haifa lebt, liegt auf dem Sofa und scheint seit dem Tag, an dem sie in New York angekommen sind, nicht mehr aufgestanden zu sein.

Ihre Haut ist voller Altersflecken, und sie hat wenig Ähnlichkeit mit Oma Sarah, stelle ich fest.

»Kirotschka! Wenjas Töchterchen!«, flüstert sie und weint. Ich reiße mich zusammen und lasse ihr den Moment, in dem sie tief in meine Augen blickt und sich an ihr ganzes Leben erinnert, das nichts mit mir zu tun hat. Sie erkennt meinen Vater in meinen Gesichtszügen, dem ich überhaupt nicht ähnlich sehe, und in der Erinnerung an ihn schimmert das Gesicht ihrer Schwester Sarah durch, die meinen Vater geboren hat, und mit der sie ihre Kindheit, die Evakuierung im Krieg, das Zusammenleben im Keller und all die Jahrzehnte nach dem Krieg in Chisinau verbracht hat. Sie erinnert sich daran, dass sie es überlebt haben, alles, und dass das hier ihr amerikanisches Ende ist.

Ich verlasse die Wohnung täglich um acht und komme gegen Mitternacht wieder und entscheide mich sehr bald, nicht noch einmal auszuwandern, weil es hier nichts zu suchen und nichts zu finden gibt. Das Wesentliche liegt irgendwo anders als in der Geographie, denke ich, als ich drei Wochen später zurückfliege, vielleicht in der dunklen Furche unter meinem Brustknochen, die ich ungern berühre, weil ich befürchte, die zarte Stelle durch den Druck meiner Finger zu durchbohren und durch mich hindurchzugreifen.

26

(Berlin, Deutschland, jetzt)

Ich parke das Auto und sehe Marc an der Eingangstür des Kindergartens stehen. Das beunruhigt mich sehr, weil ich sofort vermute, dass Karl etwas zugestoßen ist und ich den Anruf der Erzieherin nicht gehört habe, weil ich mit meinem Kopf unter dem Kopfkissen lag, und nun ist Marc von der Arbeit gekommen und holt Karl. Ich steige hektisch aus dem Auto und werde fast angefahren von einem Fahrrad, als ich die Autotür zuknalle. »Idiotin«, schreit mir ein Helm entgegen, aber das interessiert mich nicht.

»Was ist los?«, frage ich Marc.

»Nichts. Ich bin heute früher fertig und dachte, ich treffe euch hier.« Ich setze meine zu große, kurzsichtige Brille ab, und kaue auf meinen Lippen herum, so wie immer, wenn ich nervös bin.

»Ach so«, sage ich und überlege kurz, ob er wohl seinen Job verloren hat. Ob er jetzt kein Dozent mehr ist und nur noch zu Hause in seinen Rechner tippen wird und endlich Zeit haben für uns, selbst wenn er nicht mit mir spricht.

»Na, jetzt schau nicht so entsetzt, ich dachte, wir könnten ja was zusammen unternehmen«, sagt er.

Ich stehe vor ihm mit einem Fuß auf der Treppe zur Kindergartentür und sage dann skeptisch: »Klar, wieso nicht?«

Karl läuft auf uns beide zu, nicht ganz sicher, zu wem auf den Arm er springen soll.

»Oh, Papi und Mami heute«, säuselt eine Betreuerin, als sie uns sieht. »Na dann, viel Spaß euch«, sagt sie und drückt mir Karls Brotdose in die Hand.

»Gehen wir schwimmen?«, fragt Karl. »Klar«, sage ich, »wir haben keine Badesachen, aber wir können auch so in den See springen.«

»Ja, heute ist Dienstag«, sagt Marc, »es wird nicht so viel los sein.«

Wir halten an der Tankstelle und holen Obst und Getränke. Karl sucht sich ein Eis aus. Im Radio läuft elektronische Musik, leicht und rhythmisch, es gibt ein Interview mit dem Musiker, und ich schalte es leiser und dann wieder lauter, als noch ein Track von ihm eingespielt wird. Marc hat das Fenster etwas heruntergekurbelt und seine Sonnenbrille aufgesetzt, er nickt mir zu, als ich lauter drehe, und macht einen Kussmund. Mit dem Zeigefinger geht er mit dem Beat mit und lächelt gelassen. Ich lache, er sieht aus wie ein italienischer Mafioso aus alten Filmen. Ich betrachte Karl in seinem Kindersitz im Rückspiegel, er ist eingeschlafen, wahrscheinlich weil er wie fast jeden Tag den Mittagsschlaf im Kindergarten verweigert hat. Der Wind aus Marcs geöffnetem Fenster bewegt leicht seine Haare. Er wirkt ganz friedlich, ganz entspannt. Ich schaue durch meine Eulenbrille auf die Autobahn und zittere innerlich. Ich bin glücklich.

Am Teufelssee hievt Marc Karlchen aus dem Auto, wobei der Kleine aufwacht und sich an ihn schmiegt. Er lässt sich an unsere alte Badestelle tragen und scheint zu schweben dabei. Der Nachmittag erhitzt sich immer weiter und wird sich wahrscheinlich in einem Gewitter entladen. Wir laufen ein Stück durch den Wald zu der Stelle, die etwas versteckt zwischen den Bäumen liegt, kein Sandstrand wie der auf der anderen Seite des Ufers, nur braune Erde. Ich ziehe meine lange Hose aus und gehe in Unterhosen durch den Wald, Neles Strohhut auf dem Kopf und die Schuhe in der Hand. Ich spüre den Waldgrund unter den Füßen. Marc trägt Karl quer über die Arme gelegt, sodass ihm der Kopf auf der einen Seite herunterhängt und die Beine auf der anderen Seite baumeln. Er hat seine Augen auf, schaut in die Baumkronen und durch sie hindurch in den Himmel und lacht, verschluckt sich an seinem Lachen, wie er es immer tut.

»Ich sehe eine Wolke«, singt er schon fast, »eine Wolke, und noch eine Wolke, und noch eine Wolke, und da, ein Vogel, ein Vogel ist von einem Baum auf den anderen geflogen, und vielleicht sehe ich gleich, Mama, was sehe ich gleich, weißt du es?«

»Nein«, lache ich, »vielleicht ein Flugzeug?«

»Nein«, antwortet er, »Papi, was sehe ich gleich?«

»Ich weiß nicht, einen Fallschirm?«, fragt Marc.

»Nein, ich sag's euch nicht. Ich sag's euch nicht«, freut er sich und lacht wild. Ich schleiche mich von hinten an die beiden heran und kitzele Karl durch. Er quietscht und windet sich, Marc passt auf, dass er ihm nicht aus den Armen fällt, und lacht auch mit seinem weichen Blick, den ich so lange nicht gesehen habe.

»Sag es, du kleines Biest, sag es!«, kitzele ich ihn weiter, »sonst kitzele ich dich kaputt.«

»Ein Eichhörnchen, Mama, ein Eichhörnchen!«

»Ach so!«, lacht Marc und legt Karl auf der Erde ab, und wir fallen beide über ihn her und kitzeln ihn, und er kitzelt mich, und Marc fällt aus Versehen auf mich drauf, ich lande auf dem Bauch und spüre sein Geschlecht, und wir halten beide kurz inne, überrascht. Etwas verschämt richten wir uns wieder auf, und ich klopfe Karls Hose ab, an der Erde und kleine Äste hängen. Karlchen platziert sich zwischen uns beiden und hält uns an den Händen, mich links und Marc rechts, und wir spielen im Gehen unser Spiel. Karl hängt an unseren Armen, wir zählen bis drei, schreien »Oppah!« und werfen ihn hoch, sodass er eine Weile zwischen uns hängt. Dann lassen wir ihn herunter und das Ganze geht wieder von vorn los, bis mir am Ende die Oberarme weh tun. Karl freut sich unglaublich über dieses Spiel und hängt seinen Kopf in den Nacken, wenn er hochgehoben wird, und macht dabei den Mund weit auf.

Wir erreichen unsere alte Lieblingsstelle. Ein älteres Pärchen liegt auf einer Decke etwas weiter abseits, und Marc sagt leise: »Ich glaube nicht, dass wir die beiden da stören, wenn wir nackt ins Wasser springen.« Ich lächele. So lagen wir hier in unserem ersten Sommer und küssten und liebten uns, wenn wir uns unbeobachtet fühlten. Ich breite die Decke aus, Karl ist schneller ausgezogen, als ich schauen kann, und ich sage ihm, er soll nicht zu weit reingehen ins Wasser. Marc legt sich in Unterhosen auf die Decke und beißt in einen Apfel. Ich laufe Karl halbnackt hinterher und springe ins Wasser. Ich bespritze ihn dabei, und er planscht an mich heran. Er kann noch nicht schwimmen und springt auf mich wie ein kleiner Affe und umarmt mich, so fest er kann. Er legt seinen Kopf an meine Schulter, und ich stelle mich bis zur Brust ins Wasser und wiege ihn langsam hin und her. Diese Szene habe ich vor ein paar Tagen schon im Traum gesehen… Marc lag tot auf dem Sofa, und ich bin mit Karl abgehauen. Er ist im Auto eingeschlafen, und ich habe überlegt, ob ich gegen die Wand fahren soll im Tunnel… links von der Autobahn war das Meer zu sehen. Ich habe Karl am Strand auf die Decke gesetzt, und er hat aus seiner Flasche getrunken, und sein Gesicht war wie das Wasser. Seine Haut hat sich gewellt, als würde ich durch eine Scheibe schauen, die beschlagen ist. Er hat an die Scheibe geklopft und wollte eine Antwort. Ich war wie eine Zeugin im Gerichtssaal und wollte die Wahrheit sagen, aber je mehr ich gesagt habe, desto misstrauischer hat er mich angesehen. Dann standen wir im Wasser, und es ging mir bis zu den Schultern. Es war nicht besonders warm, wie immer an der Ostsee. Aber die Sonne strahlte auf unsere Köpfe, durch meinen Strohhut hindurch und auf den Schirm von Karls Sonnenmütze. Ich hielt ihn wie ein kleines Äffchen, und er umklammerte mich mit seinen Beinen. Das habe ich mir immer gewünscht, dass ich auf ihn aufpassen kann, ohne auf ihn aufzupassen. Dass ich es schaffe, nichts von ihm zu erwarten, damit er frei sein kann. Er hat ins Meer geschaut mit seinem klaren Blick. Dann hat er seinen Kopf auf meine Schulter gelegt und mit den Lippen im Wasser geblubbert. Und ich roch an ihm und fragte mich, wie ich riechen werde, wenn ich tot bin.

Ich sehe zu Marc hinüber, der sich aufgesetzt hat und an uns vorbeischaut in die Ferne. Ich versuche seinen Blick zu fangen, damit wir kurz zusammen glücklich sein können, aber er scheint an etwas anderes zu denken. Ich drehe mich weg und schaue in dieselbe Richtung wie er, auf die andere Seite des Sees, wo Menschen im Sand liegen und schwimmende Köpfe aus dem Wasser schauen. Der kleine Koala, den ich geboren habe, hängt an mir und berührt mit seinen Lippen das Wasser. Er blubbert eine Melodie auf dem Wasser, ein altes russisches Kinderlied, dass ich ihm früher oft vorgesungen habe: »Wir fahren, fahren, fahren in weite, weite Weite … «.

27

(Irgendwo zwischen Saporischschja und Usbekistan, 1941)

Aarons Mutters hilft in Eile und Panik der jungen Mutter mit dem
Säugling auf dem Arm aus dem Waggon. Sie nimmt das kleine Kind
an sich und versucht dabei, auch Aaron nicht aus den Augen zu verlieren. Sein Vater beugt sich im Rennen über Aaron, so als würde er
den Jungen in sich einrollen wollen. Die Erde bebt unter ihnen, es
ist Nacht, aber alles scheint hell erleuchtet von den fallenden Bomben. Sie stürzen vom Himmel und reißen Löcher in die schwarze Erde,
Rosa mit dem Säugling auf dem Arm versucht ihnen auszuweichen,
wirft sich dabei immer wieder auf die Erde und schützt das Baby unter
ihrem Körper. Aarons junge Mutter rennt Rosa hinterher und wirft
sich ihrerseits auf sie und das kleine Mädchen, in der Hoffnung, so
noch mehr Schutz geben zu können mit ihrem dürren verletzlichen
Körper. Aaron ist zehn Jahre alt und merkt, dass sie sich auf einem
Feld befinden, es ist Getreide, durch das sie sich wühlen. »Ist das Raps
oder Senf? Warum blüht das im Herbst?«, fragt er sich. Er wirft sich
auf den Boden beim Knall der nächsten fallenden Bombe, hält seine
Hände über dem Kopf und spürt seinen Vater über sich. Der Krach
wird immer breiiger, bis er gar nicht mehr aufhört, die Bomben fallen
ohne Intervalle immer weiter. Es ist ein Meer aus Krach, und es piept
in Aarons Kopf. Er drückt sich die Fingerspitzen in die Ohren und
versucht sich das Ganze von oben vorzustellen, um sich von seiner
eigenen Angst abzulenken. Die Erde ist ein großer haariger Kopf, auf
dem sie liegen, und je mehr Bomben fallen, desto mehr Löcher entstehen auf der Kopfhaut, die Haare fallen büschelweise aus, und am
Ende ist nur noch eine Glatze zu sehen, auf der sie wie Läuse hin und
her wimmeln oder regungslos liegenbleiben, so wie sein Vater über
ihm jetzt.

Aaron hört nur noch einen einzigen hohen Ton in seinem Ohr, der immer lauter wird, er spürt das Gewicht seines Vaters auf seinem Rücken, der ihm die Luft abschneidet. Er betastet die kalten großen Hände seines Vaters, die sich um seinen Bauch gelegt haben, um ihn zu schützen, und spürt eine warme Flüssigkeit an seiner Schläfe herunterlaufen. Er ruft immer wieder »Tatenyu, Tatenyu!«, und wagt nicht, den Vater von sich herunterzurollen, da er befürchtet, es damit noch schlimmer zu machen. Es schreit in seinen Ohren, die Bomben leuchten als Feuerwerk in seinen Augen, und er schmeckt matschige Erde mit seiner Zunge.

28

Ich habe meinen Kopf in die Hände gehängt und die Ellenbogen auf dem Küchentisch aufgestellt, meine Augen sind zu. Es ist Abend, und ich fühle mich etwas leichter als sonst, nach unserem gemeinsamen Ausflug zum See heute. Ich spüre eine Hand zart meinen Rücken berühren und schrecke zusammen. Marc steht hinter mir und fragt, ob ich kein Licht anmachen möchte, es sei düster.

»Ich ... der Computer leuchtet. Kennst du doch, deiner leuchtet auch. Das reicht«, antworte ich.

Marc setzt sich mir gegenüber an den Küchentisch und schweigt. Ich lege meinen Kopf auf den Tisch. Er nimmt ein Glas und füllt es mit Leitungswasser. Davor lässt er das Wasser länger aus dem Wasserhahn laufen, damit es richtig kalt ist. »Es muss richtig kalt sein«, sagt er immer.

»Was schaust du da im Internet?«, fragt er. »Ich lese Szczypiorskis Biographie«, mein Gesicht liegt auf dem Tisch, und er versteht mich kaum.

»Wer? Kenne ich gar nicht. Ach so, doch«, sagt er. »Dieser Autor aus Bulgarien.«

»Polen«, korrigiere ich ihn.

»Ach so, ja, stimmt. Und?«

»Und was?«, frage ich.

»Was hatte er für ein Leben?«

»Er war im KZ, dann war er Journalist, dann war er Schriftsteller. War politisch sehr aktiv. Setzte sich ein für Völkeraussöhnung.«

»Siehst du«, sagt Marc.

»Was?«

»Er ist Schriftsteller geworden. Nachdem er zunächst Journalist war. Dazu habe ich mir in letzter Zeit viele Gedanken gemacht. Also, ob Journalisten eigentlich auch Künstler sind? Hauptsächlich, weil ich selber einer bin natürlich. Ich habe mich gefragt, was ich eigentlich mache? Und wozu? Ich denke, sie sind keine Künstler. Sie sind Techniker. Sie können technisch gut schreiben.«

»Sind sie nicht dafür da, Information zu verbreiten?«

»Ja, dazu müssen sie technisch gut schreiben können«, antwortet er trocken.

»Und Schriftsteller?«, frage ich ihn.

»Die können sehen.«

»Und Maler?«

»Das sind Hexen«, sagt er und trinkt sein richtig kaltes Wasser.

»Was?«

»Ja gut, Zauberer, sagen wir Zauberer«, korrigiert er spöttisch.

»Ja, danke, habe schon verstanden«, sage ich.

»Ach komm, ich meinte nicht dich. Erstens stellst du nichts aus, und zweitens bist du eine Fee, keine Hexe. Ja? Eine Fee.«

»Ach so, und wenn ich nichts ausstelle, bin ich auch keine Malerin?«

»Oh nein … das meinte ich nicht so. Natürlich doch. Natürlich bist du trotzdem Malerin und verkaufst bestimmt auch bald wieder ein Bild.«

Ich schaue ihn schweigend an und frage mich, wie lange wir schon zusammen sind. Der Hauch von Erleichterung und Entspannung nach unserem Ausflug, der gerade noch in mir war, verfliegt, und ich möchte am liebsten aufstehen und schlafen gehen. Sein deprimierter Zynismus, der eigentlich ihm selbst gilt, geht mir auf die Nerven.

»Und was steht da noch?«, fragt er.

»Er war ein politisch sehr engagierter Mensch, hat mehrere Preise aus unterschiedlichen Ländern bekommen. Keine Ahnung. Was willst du wissen?«, frage ich ihn gereizt.

»Ja, auch das ist eben der Unterschied«, sagt er.

»Unterschied wozu?«

»Unterschied zu dem, was wir heute so sind. Ich bin Journalist geworden, weil ich keine Geduld hatte, lange Geschichten zu schreiben.

Berichte haben mir völlig ausgereicht, so als Form. Politisch war ich vielleicht mit neunzehn, aber auch nur verdeckt. Wenn ich ehrlich sein soll, wusste ich noch nie, welche Haltung ich einnehmen soll. Vielleicht liegt das daran, dass ich im Westen groß geworden bin. In freien Systemen ist es halt schwieriger auszumachen, wogegen sich der innere Widerstand richten soll. Ich habe eigentlich überhaupt kein Interesse, mich für irgendetwas einzusetzen. Und das macht mir Sorgen, ich werde wahrscheinlich unterrichten bis an mein Lebensende und das war's dann. Das war doch früher alles irgendwie anders, oder?«

»So im Sinne von: Früher war alles besser?«, frage ich ihn.

»Nein, das ist heute auch noch möglich. Es ist immer möglich, Haltung zu wahren. Wenn man eine hat.« Er schaut desorientiert auf den Küchentisch und kratzt ein wenig mit dem Fingernagel am Holz. »Politisch brenzlige Stoffe gibt es ja immer noch genug, mehr als genug. Aber irgendwie wächst der ganze Mist heute ja auf dem alten Mist, und der ist irgendwie vorbei, also irgendwie ist das eine alte Zeit, in der wir leben. Ist wahrscheinlich immer so. Das eine hängt mit dem anderen zusammen...« Er schweigt wieder und wirkt geknickt. »Ich meine, der zweite Weltkrieg, der betraf alle, der erste auch, die Sowjetunion, die DDR, der Kalte Krieg, Vietnam, die USA, Israel und Palästina, das ist doch alles schon passiert. Passiert zum Teil immer noch, aber das sind doch alles die Konflikte von gestern. Und ich bin hier... mir geht's gut. Ich schreibe Literaturkritiken und sammle Platten, bringe ein paar anderen bei, wie Schreiben geht. Das ist doch alles völlig ungefährlich. Ich sage nicht, dass alle Journalisten so sind, aber ich bin so ... Ich bin ein ziemlich uninteressanter Mensch«, sagt er und blickt mich verletzt an. »Davon, dass ich einen Bericht für eine Zeitung schreibe über irgendein wichtiges Thema, wird die Welt auch nicht besser. Enttäuschend eigentlich.«

»Ja, keine Ahnung«, ich habe das Gefühl, ich müsste ihn trösten, bin mir aber nicht sicher, ob er einfach nur kokettiert. »In der Ukraine ist Krieg«, sage ich. »Afrika platzt vor Krieg, die Flüchtlingsfrage braucht eine Lösung. Such dir was aus.« Ich will aufstehen und schlafen gehen, aber er hält mich an der Hand fest. Er sitzt breitbeinig am Tisch, ich kann seine Unterhosen sehen, wenn ich meinen Blick senke und unter den Tisch schaue. Er lacht grunzend.

»Aussuchen. Ist doch kein Buffet«, sagt er und streichelt leicht meine Hand, die er zu sich gezogen hat.

»Da habe ich doch nichts mit zu tun. Das wäre weit gegriffen, über den Krieg schreiben zu wollen, hier aus unserer süßen kleinen Wohnung in Friedrichshain. Mit Fakten und Gegenwart ist es ja etwas anders als bei euch Malern«, sagt er, und ich verspüre ein altes Gefühl von Scham, weil ich scheinbar etwas Falsches gesagt habe, obwohl ich ihm nur aus Mitleid geantwortet habe. Wer ist dieser Mensch? frage ich mich. »Du kannst dir den Krieg vorstellen, in Moldawien oder so, an das du keine Erinnerungen hast, weil du zu klein warst, aber du hast ja einen künstlerischen Beruf, kein Problem, du kannst dir etwas ausdenken. Denkst dir was und malst es. Geschafft. Kunst«, sagt er und trinkt sein kaltes Wasser aus.

»Ja, so einfach. Bei uns Hexen ist das ganz einfach.«

»Ich kann mir ja nicht irgendetwas ausdenken, ich muss glaubwürdig bleiben, muss mich an Vorgaben halten von Redaktion und Magazin oder Sender, muss deren politische Haltung mitdenken, nach Möglichkeit nicht lügen und der Realität gerecht werden. Am Ende irgendeine Schlussfolgerung bringen, provozieren, aber nicht zu viel, jung und sexy sein, aber auch belesen, eine bestimmte Gruppe ansprechen, damit diese die Zeitung auch weiterhin kauft, ich muss durch so vieles durch, bevor ich auch nur einen einzigen Satz sagen kann, dass ich, ehrlich gesagt, lieber stundenlang Referate halte … Ich … «

»Ja?«, frage ich ihn.

»Ich mag einfach keine Menschen«, sagt er. Ich atme tief aus, lasse seine Hand auf dem Tisch liegen und stehe auf.

»Warte, warte, Kira, ich hätte eine Utopie! Willst du meine Utopie hören? Also willst du?«

Ich bleibe im Türrahmen stehen und lehne mich an.

»Zum Beispiel, was du da gesagt hast über die Flüchtlinge. Also, meine Meinung, ja? Ich finde, es braucht eine Änderung im Grundgesetz im Abschnitt Asylrecht. Ich finde, das Ganze hat nichts mit Mitleid zu tun oder so, also ich meine, europäisch lieb sein und ein paar Hundert mehr oder ein paar Tausend weniger aufnehmen, ich finde, es sollte Einrichtungen geben, die immer vorhanden sind, ja? Denn diese letzte Welle von syrischen Kriegsflüchtlingen, die hat doch gezeigt, dass das einfach eine permanente historische Möglichkeit ist, dass ein dermaßen großer Krieg ausbricht, dass im Prinzip eine Völkerwanderung folgt. Denn nichts anderes ist es doch, Exodus. Wenn man in der Geschichte zurückdenkt, sieht man doch, dass das einfach passieren kann, aufgrund von Umweltkatastrophen, Vertreibungen oder eben Kriegen. Völker können sich verlagern von einem geographischen Punkt an einen anderen. In der Realität ist das Ganze natürlich komplizierter. Aber die Utopie läge nicht nur darin zu sagen, wir machen das praktisch möglich, indem wir die Menschen, die sich entscheiden nach Europa zu kommen, mit sicheren Verkehrsmitteln herbringen. Also Europa als einen Ort denken, der so viel weiterentwickelt ist, dass er sich weder vor Unruhen innerhalb des Kontinents fürchten muss, noch sich fürchten muss vor Zuwanderung, weil die Idee Europas darin besteht, Leben in friedlicher Freiheit zu schaffen. Ist Freiheit eigentlich friedlich?«, er hält inne und wirkt angespannt. »Das Ganze, ist natürlich in erster Hinsicht auch eine Geldfrage, klar«, sagt er, und ich setze mich wieder zu ihm. »Es braucht auch viele Rechtsanwälte, die sich für diese Änderung im Grundgesetz einsetzen, klar, und … es braucht eine Änderung in den Köpfen aller. Oder so. Die Köpfe ändern. Meine Utopie«, sagt er stolz und lacht über sich selbst. Ich setze mich unsicher auf seinen Schoß. Der Computer schaltet in den Ruhemodus und ich kann ihn in der Dunkelheit der Küche kaum sehen. Ich lege den Kopf auf seine Schulter und sage:

»Szczypiorski, dieser Autor, der hat an der Existenz Gottes gezweifelt, weil der im Zweiten Weltkrieg keine Hilfe geleistet hatte, also Gott. Es ist doch immer noch dasselbe, oder?«, frage ich ihn. »Also, ich meine, diese Menschen, die im Mittelmeer ertrinken, oder sich in der Sahara verirren, weil sie aus dem einen Teil illegal in den anderen Teil Afrikas gelangen wollen, die bekommen zumeist doch auch keine

Hilfe von denen, die sie geben könnten, wie du es sagst, denn es gibt ja einfach sehr viel Geld. Es ist da und es reicht für alle. Wir helfen ihnen nicht, und somit gibt es keinen Gott.«

»Bist du jetzt gläubig, oder was?«, fragt er und küsst mich auf den Mund.

»Nein, ich glaube nicht an Gott, nicht in dem Sinne, aber ich meine, es fehlt etwas, schon immer ... Es fehlt das Gewissen oder so, das uns schützt ...«, versuche ich weiterzusprechen und küsse ihn auch.

»Ja, es fehlt etwas. Ich zwischen deinen Beinen, das fehlt.«

Er trägt mich ins Wohnzimmer. Ich versuche dabei, leise die Tür zu schließen, damit wir Karl nicht aufwecken, Marc legt mich auf das Sofa, und wir küssen uns und schmiegen uns aneinander. Wir ziehen uns gegenseitig aus, und Marc streichelt mich zart am Rücken, so wie er es früher immer gemacht hat. Er berührt meine Brüste und das eingestochene »&« am unteren Rücken. Das habe ich so sehr vermisst. Und dann streicht er über meinen Bauch und zuckt etwas zusammen. Ich weiß, dass er meine Narben fühlt. Er kriecht zu der Stehlampe am anderen Ende des Sofas und knipst sie an.

»Kira, was hast du da?«

»Narben.«

»Was für Narben? Wie ist das passiert?« Ich überlege kurz, ob ich ihn anlügen soll.

»Ich war das«, sage ich.

Marc sitzt nackt auf dem Sofa und streicht langsam über meine Oberschenkel, tastet meine kleinen Brandwunden ab.

»Tut das weh? Also, ich meine, wieso? Sind das Brandwunden, oder was?«

»Ja.«

»Du drückst Zigaretten an dir aus?«

»Ja, ich ... mache das.«

»Und wieso?«

»Weil, weil ich wissen will ... wo ich aufhöre.«

Marc legt seine Lippen auf eine Narbe links in meiner Leiste und beginnt sie mit der Zunge zu befeuchten.

»Ich lecke sie gesund. Ist das gut?«

Er fährt mit der Zunge über meine Leisten und meinen Körper weiter nach oben, bis an mein Gesicht heran und streichelt mich am Kopf. So zart wie früher. »Ich liebe dich ... du Hexe«, sagt er, rutscht dann nach unten und presst seine Lippen zwischen meine Beine.

Ich spanne mich wie ein Bogen. Ich weiß nicht, mit wem ich da schlafe, und drücke seinen Kopf zusammen mit meinen Schenkeln und halte ihn mit den Händen an seinen Haaren fest. Ich löse mich auf, wie ohnmächtig. Ich drücke zu, so fest ich kann. Er versucht irgendetwas zu sagen, aber schafft es nicht, versucht sich zu befreien aus dem Griff meiner Schenkel, aber es gelingt ihm nicht. Er denkt, ich spiele mit ihm und lacht, bekommt dabei nicht richtig Luft und wiederholt dort zwischen meinen Schenkeln das schwer zu verstehende Wort Hexe, strampelt und wehrt sich. Ich presse meine Schenkel weiter zusammen, so fest ich nur kann, und spüre, wie ich implodiere. Marc meint nicht mich und hat mich nie gemeint, und ich bin trotzdem die Mutter seines Kindes, und das lässt sich nicht mehr ändern. Marc bewegt sich nicht mehr. Ich spüre eine wahnsinnige Kraft durch mich hindurchlaufen und habe das Gefühl, ich beende etwas.

Ich liege da, mit einem Mann zwischen meinen Beinen, der sich nicht mehr bewegt, und weiß nicht, ob er das Bewusstsein verloren hat oder ob er tot ist, und genieße das Gefühl zu schweben.

Ich liege nackt auf dem Rücken, und mein Körper erinnert sich an Karls Geburt. Dieser steinharte Bauch, beim Liegen, beim Hocken, beim Stehen, dieses Gewicht, das endlich abgeworfen werden wollte. Ich lag in der Wanne im Kreißsaal, mein Bauch schaute aus dem Wasser, und alle paar Minuten hatte ich das Gefühl, vor Schmerz zu bersten, als sollte ich daran erinnert werden, dass mir niemand helfen würde, außer der Zeit. Die Freude auf dieses Kind saß in meinen Fingerspitzen und in meiner Stirn, in meinen Augen, die ich lieber schloss, um weiter atmen zu können. Es gab also doch etwas Wirkliches.

Auch in Momenten, in denen der Schmerz unüberwindlich erscheint. Es gab dieses helle Gefühl, das Leben erwartete. Nachdem ich betäubt war, hockte ich nicht mehr vor dem Bett und krallte mich nicht mehr mit meinen Händen in die Bettkante, ich lag in altmodischer Position auf der Liege, so wie man früher Kinder bekommen hat, und spürte meine Beine nicht mehr. Ich spürte den Blick der Hebamme in mein Inneres und stellte mir die Zentimeter vor, die sie zählte, wenn sie in meinen Muttermund schaute. Ich wartete nun halb bewusst auf Karlchen. Und dann, als ich seinen Kopf im Handspiegel sah, spürte ich dieses fehlende Dazwischen, dieses Unsichtbare in unserem Leben, das trotzdem über alle Zeiten hinweg da ist, diesen Zwischenraum von Sein und Werden und Vergehen, diesen irrationalen Krampf, absurd und schmerzhaft, dieses Lebenwollen, das eigene, und das der anderen. Und dann hing Karlchen schreiend über mir, die Hebamme hielt ihn hoch und legte ihn mir auf die Brust. Sie deckte ihn zu, und er schrie und bewegte sich unaufhörlich, Tausend minimale Bewegungen pro Sekunde, er floss. Wir lagen auf dieser Liege und trieben zusammen dahin. Ich wollte ihn schützen.

Jetzt liege ich mit geschlossenen Augen auf dem Sofa und begrabe meine Familie: In inniger Verbindung mit einem einzelnen Menschen verabschiedet man sich von allen Moden und aller Aktualität und auch von der Jugend, lässt die absolute Unabhängigkeit als nicht wahrgenommene Herausforderung hinter sich und nimmt die Verantwortung an. Die Diskriminierung von Müttern besteht darin, dass man ihnen symbolisch das Wort *privat* auf die Stirn tätowiert und sie bemitleidet, weil sie ihre Freiheit und Autonomie zugunsten von Liebe und Bindung aufgeben. Mütter müssen darum kämpfen ernst genommen zu werden als Individuen. Mütter, die arbeiten, haben Schwierigkeiten sich zu entscheiden. Mütter, die ihre Partner wechseln oder Kinder von unterschiedlichen Männern haben, sind instabil. Mütter, die ihre Kinder der Ambivalenz ihrer Existenz aussetzen, weil das Leben komplex ist und nicht immer einfache Lösungen parat hat, fügen ihren Kindern psychische Traumata zu. Mütter, die, obwohl sie Mütter geworden sind, einfach sie selbst bleiben und sich in keine gesellschaftliche Passform einfügen lassen, Mütter, die, obwohl sie Mütter geworden sind, in ihren Gedanken und Taten anarchisch, verwirrt, ambivalent, desorientiert und autonom bleiben, sind Hexen.

29

(Bei Budapest, Ungarn, 1944)

Jurij liegt seit drei Tagen im Lazarett. Seit dem Bombenangriff ist er ohne Bewusstsein, und die Schwestern sind sicher, er wird nicht mehr aufwachen. »Der Arme«, sagt eine von ihnen, während sie das Kissen unter seinem Kopf zurechtlegt, »ist nicht mehr der Jüngste, aber alt ist er auch nicht. Dieser verdammte Krieg. Wie viele Jungs müssen denn noch gehen? An allem sind diese Deutschen und die Juden schuld. Beide!«, schimpft sie, und die andere Schwester, die seinen Oberkörper mit einem feuchten Tuch abreibt, nickt zustimmend. »Der hier ist um die dreißig. Hat bestimmt schon Familie. Seine arme Frau ... die armen Frauen ...«, spricht sie leise vor sich hin.

Das Lazarett ist überfüllt, in der Nähe werden schwere Kämpfe um Budapest herum ausgetragen, die Sowjets versuchen die Stadt einzunehmen, da das geographisch gesehen unabdingbar ist, um den Krieg zu gewinnen. Soldaten aus Russland, aus der Ukraine, aus Rumänien liegen auf Feldbetten oder auf dem blanken Boden und werden von viel zu wenigen Schwestern und Ärzten notdürftig versorgt. Operiert wird überall, auf den Fluren, im Keller bei schlechtem Licht, überall. Es werden Arme und Beine abgeschnitten, Köpfe verbunden, durchlöcherte Augen abgeklebt, Leichen hinausgeschleppt, es wird geschrien vor Schmerzen und leise geweint nachts in der Einsamkeit.

Draußen und an den Fenstern werden Papirossen geraucht, es ist bitterkalt, Jahresende. Manche liegen seit Tagen oder Wochen im Koma, ausgeschaltet von den Bombenangriffen. Unter den Soldaten, die noch oder wieder miteinander sprechen können, herrscht weiterhin Hoffnung, den Krieg bald zu beenden, der Kampf ums Vaterland ist selbstverständlich, sie alle müssen dienen und tun es, ohne nachzufragen, ohne zu jammern, ohne sich zu schonen. Das wurde so in ihre Köpfe getrichtert, und ohne diese Idee würde wohl kaum einer von ihnen weiterziehen, »sie ist überlebensnotwendig, wenn auch Unsinn, wie jeder Krieg«, hat Jurij sich schon öfter heimlich gedacht auf dem Vormarsch nach Deutschland und sich für seine Gedanken geschämt, denn er hat ja sein Leben schon als junger Mann dem Militär gewidmet. Damals wusste er jedoch nicht, was Krieg bedeutete. Die Schwestern drehen ihn wieder auf die Seite, so wie es empfohlen ist bei einer Kontusion, da der Verletzte jederzeit wieder aus dem Koma erwachen kann, es ist theoretisch möglich, und oft beginnt so ein Erwachen mit einem Erbrechen. »Weißt du, worauf ich Lust habe?«, fragt eine Krankenschwester die andere, während sie Jurij die dünne graue Wolldecke unter die Fußsohlen stopft, »Worauf?«, fragt die andere mit einem verschmitzten Grinsen im Gesicht. Ihre Kollegin blickt kurz um sich und flüstert dann: »Auf stundenlang andauernde, scheinbar niemals aufhörende hemmungslose Liebe…«. Die Zuhörende hält sich die eine Hand an den Mund und fuchtelt mit der anderen Hand herum, als wollte sie sagen: »Hör auf damit jetzt«, und kichert verhalten. Jurij meint etwas zu hören, sich daran zu erinnern, wie Hören geht, wie Stimmen klingen, ›Oder bin ich tot?‹, fragt er sich, ›und diese Frauenstimmen sind das Paradies, an das ich nicht glaube?‹. Die beiden Schwestern entfernen sich, ohne zu bemerken, dass der Soldat seine Augen einen Spalt weit geöffnet hat. »Ich hatte vor dem Krieg einen… du glaubst es nicht, Ljudka, der hat mich auf den Bauch gedreht, und dann…«, Jurij hört ein sattes und schallendes Frauenlachen und öffnet seine Augen. Hitze steigt in ihm auf, sein Herz rast, seine Hände unter der Wolldecke beginnen zu zittern, er friert und ist unglaublich wütend und beseelt zugleich. ›… Wir kesseln sie ein… das ist das Klügste, was getan werden kann… der Krieg ist fast vorbei, es dauert nicht mehr lange, ein paar Monate noch, dann ist das alles vorbei, das ist sicher… Vika, meine Schöne, ich werde sie niemals wiedersehen… wäre nicht dieser furchtbare Streit mit Nadezhda gewesen, den Tag, bevor ich eingezogen wurde… wir hätten nicht streiten dürfen, unsere Nina, drei Jahre alt und schon ein Krieg… 46. Sowjetische Armee… der Oberst… die verdammten Fritzen haben Budapest zur

Festung erklärt ... denen zeigen wir's ... und wenn Vika schwanger geworden ist, wie erkläre ich das Nadezhda? ... ich werde nicht zurückkehren zu ihr ... Nadezhda, ich komme nicht mehr zurück ... ich habe dich nicht verdient ... aber ich habe geliebt«, läuft es ununterbrochen ohne Sinn und Zusammenhang durch Jurijs Kopf. Dann spürt er eine starke Welle in sich aufsteigen, als würde jemand in seinem Innern eine Lawine mit einem Bagger nach vorn schieben, aus seinem Magen hinauf in seinen Mund, und er versucht den Mund geschlossen zu halten, da er nicht weiß, was gleich dieser Höhle in seinem Kopf, mit der er isst und so oft geküsst hat, entsteigen wird, und wie es aussehen wird, vielleicht ist es ein totes Kind, das seiner kleinen Tochter Nina ähnlich sieht, und er wird sogleich begreifen müssen, dass er nicht aufgewacht ist, sondern dass er den ewigen Todestraum träumt, weil er tot ist, und sein Kind auch, und vielleicht auch die beiden Frauen, die er geliebt hat, Nadezhda und Vika.

»Der hier kotzt! Er kotzt!«, hört er eine heisere Männerstimme neben sich rufen. »Schwesterchen, komm schnell, hol einen Arzt, der hier hat Glück gehabt, ist wieder aufgewacht! Schnell, hol den Doktor, falls noch einer von denen am Leben ist!«, ruft der Soldat, der unweit von Jurij auf dem Boden liegt und einen Verband um die Stirn trägt. Die nach hemmungsloser Leidenschaft dürstende Schwester, die neben ihrer Kollegin am Fenster steht und heißen Tee trinkt, stellt den Eisenbecher ab und läuft zu Jurij. »Schau, wo der Arzt ist, Ljudka, schnell!«

»Na, das ist doch wunderbar, mein Lieber! Kotz dich erstmal richtig schön aus, das hast du dir verdient. Nach allem, was du erlebt hast!«, sagt sie und streichelt Jurij vorsichtig am Kopf. Die zart gemeinte Berührung empfindet er regelrecht als Folter, da sein Kopf sich anfühlt wie ein geschwollenes Geschwür, das bei der leisesten Bewegung platzen kann. ›Nicht anfassen, du Hexe!‹, will er sagen, aber er kann es nicht. Er öffnet mit viel Mühe seinen Mund, aber außer dem Mageninhalt kommt nichts aus ihm heraus. Träumt er doch nur? Ist das alles das bittere Ende dieses sinnlosen Krieges?

»Na, sprechen geht noch nicht, mein Lieber, vielleicht nie wieder, mal sehen«, sagt die Schwester unsicher, und er hört sie wie durch eine Dunstwolke, oder als würde er sich in einem schalltoten Raum befinden, in dem es nur einen kleinen Spalt gibt, durch den Geräusche dringen, oder als schwämme er unter Wasser, tief unten im Ozean, und sähe einen riesigen Wal an sich vorbeiziehen, der aber nicht quietscht, sondern brummt.

»Warum brummt dieser Wal?«, versucht er zu fragen, aber es kommen keine Worte aus ihm heraus.

»Ich sag doch, lass das Sprechen erstmal sein. Ist eh besser für dich... Wo bist du denn überall gewesen, mein Lieber? Von wo kommst du?«, fragt sie, und schlägt sich gleichzeitig mit der Handfläche gegen die Stirn. »Ach, du kannst ja nicht sprechen, mein Gott, wie dämlich von mir... war nicht so gemeint, mein Lieber, ich wollte dich nicht aufziehen. Bleib so liegen, ja? Beweg dich nicht, ich hole den Putzeimer und schaue mal, ob ich noch irgendetwas Sauberes für dich zum Anziehen finde, saubere Bettwäsche ist Rarität, da müssen wir jetzt mit Lappen und Wasser arbeiten, aber riechen tust du wahrscheinlich eh nichts, deshalb ist es nicht so schlimm, wenn wir die Bettwäsche jetzt nicht ganz frisch machen können ... beweg dich bloß nicht, hörst du? Ist nicht empfohlen in so einem Fall wie deinem. Bin gleich wieder da«, sagt der brummende Wal und entfernt sich. ›Ich lebe‹, denkt Jurij. ›Ich lebe‹, und versucht seine Augen kurz zu schließen. Es gelingt ihm, aber selbst die Bewegung der Augenlider verursacht furchtbare Schmerzen im ganzen Kopf. Er spürt seine Lippen nicht und versucht, langsam die Hand unter der Bettdecke hervorzuziehen, um danach zu tasten. Das scheint ihm aber so anstrengend, dass er es lieber sein lässt, und versucht, daran zu denken, wie Nadezhda in der einen Nacht, die sie in Smolensk gemeinsam verbracht haben, seine Lippen mit ihren berührte. ›Mein Gott, wie schön sie war‹, erinnert er sich, und hat diese kleine schmale Frau vor Augen, mit den schönen, vollen Brüsten, die er die ganze Nacht mit seinen Lippen liebkoste, auch ihre Unterwäsche blitzt in seinem Kopf auf, und eine neue Hitzewelle überkommt ihn. ›Das zwischen ihren Beinen ...‹, denkt er und schämt sich, weil er in dieser Nacht etwas erlebt hat, was er nicht einmal seinem besten Freund Cyril erzählen würde...

Cyril, wo ist er jetzt wohl? Kämpft er? Ist er am Leben? Im nächsten Moment wird er aufgeschreckt von einer harten Männerstimme und kalten Händen, die seine Stirn berühren, was sich anfühlt wie das Gewicht von Klippen, die in sein Gesicht fallen.

»Wie geht's dir, Soldat?«, fragt der Arzt.

»Er kann, glaube ich, nicht sprechen, Doktor. Er hat es versucht vorhin«, antwortet der weibliche Wal anstelle von Jurij.

»Hmm ... klar, ist ja oft so. Naja, wollen wir hoffen, dass er wieder wird. Kommt vor, dass das Sprachzentrum beeinträchtigt ist. Manchmal geht das Sprechen aber nach einiger Zeit wieder.«

Die Krankenschwester beginnt seinen Mund mit einem feuchten Tuch abzuwischen, und Jurij versucht, sich wegzudrehen, weil ihm jede Berührung unsägliche Schmerzen bereitet, aber er kann sich nicht bewegen. Er fühlt sich so hilflos wie noch nie. »Bin ich jetzt ein Krüppel?«, versucht er den Arzt zu fragen, aber es geht nicht.

»Was, Soldat? Ich verstehe dich nicht ... !«, sagt der Arzt und lächelt ihm wohlwollend zu, während er seine Temperatur misst.

›Vielleicht habe ich auch einfach keine Hände mehr und kriege sie deshalb auch nicht unter der Bettdecke hervor ...‹, denkt Jurij. Er atmet erleichtert aus, als die Schwester die Decke von ihm zieht, um das Laken zu säubern. Er führt sein Kinn an die Brust, um einen Blick auf seine Hände und Füße zu erhaschen und erwischt den richtigen Winkel, es ist alles noch dran.

›Ich bin kein Krüppel. Kann nur, möglicherweise, nicht mehr sprechen‹, denkt er.

›Aber das ist vielleicht sogar besser. Das kann man nicht erzählen, was wir durchmachen, das werde ich auch nie jemandem erzählen, sowie ich nie jemandem erzählen werde, dass ich Vika ... mein Gott, wie schön sie war‹, denkt er.

»Habe gehört, du bist jetzt schon ein Held, mein Lieber. Für deine Verdienste in der Schlacht bei Jelnja. Glückwunsch, Soldat. Kannst stolz auf dich sein, auf deinen Mut. So jung und schon ein sowjetischer Held! Wie so viele von euch. Wie so viele ...«, sagt der Arzt und zieht Jurijs Lider auseinander, um hineinzuschauen in seine Seele.

›Dort ist es ab jetzt nur noch dunkel und leer‹, denkt Jurij und würde es am liebsten aussprechen.

»Alles für die Heimat, Soldat. Alles fürs sowjetische Vaterland! Denke daran, wenn du einmal nicht mehr kannst«, spricht der Arzt weiter, und Jurij hat das Gefühl, er reißt Löcher zwischen seine Augenlider, und wird sie hoffentlich sogleich mit Blei zugießen, denn das wäre das einzige Material, das hart genug wäre, um den Anblick all der Toten aus den letzten vier Kriegsjahren abdichten zu können.

»Ihr seid alle Helden unserer Heimat, ob mit goldenem Stern oder nur mit einem Arm weniger! Alle seid ihr Helden!«, korrigiert der brummende Wal den Arzt und schenkt Jurij einen satten Schmatzer auf seine Stirn. Das tut furchtbar weh, aber das Wissen darum, dass es ein Kuss ist, streicht zart über Jurijs Wut, die mit einem riesigen scharfen Beil den Erdball entzwei teilen möchte.

30

(Berlin, Deutschland, jetzt)

»Bist du sicher, dass du hier alleine zurechtkommst?«

»Ja, es ist nichts Schlimmes, hab mir was eingefangen, ist übermorgen wieder gut. Fahrt ruhig, Karl hat sich so aufs Zelten gefreut«, antworte ich und spüre, dass ich langsam fiebrig werde.

»Na gut ... vielleicht fahren wir dich mal lieber zum Notarzt, ist doch merkwürdig, du wirkst nicht erkältet, aber bist blass ... hast du Fieber?«, fragt Marc.

»Hast du Fieber, Mama?«, übernimmt Karl, stellt sich auf meine Füße, was mir in diesem Moment noch schmerzhafter erscheint als normalerweise, wenn er barfüßig mit seinen kleinen Sohlen auf meine Fußknochen steigt. Er versucht, mit der Hand meine Stirn zu erreichen, um nachzufühlen, so wie ich immer sein Fieber prüfe, aber ich schnappe mir seine kleine Hand und bedecke sie mit Küssen, versuche zu lächeln und den Schmerz in den Schläfen wegzudenken.

»So, jetzt reichts. Ich erhole mich schon. Haut ab jetzt.«

Karl hängt sich an meinen Hals, und sein Gewicht wiegt so schwer, dass ich das Gefühl habe, ein erwachsener Mann hinge an mir, alles fällt mir schwer, das Verabschieden, das Lächeln, das Lieben. Er drückt mir einen saftigen Kuss auf die Wange. Marc streicht mitleidvoll über meine Schulter, und als sie hinausgehen, haucht er mir einen ebenso mitleidvollen Luftkuss entgegen. Ich versuche, meinen Ekel zu verbergen.

»Vergiss nicht, dich warm einzupacken, nachts im Zelt«, sage ich zu Karlchen, streichle über seinen Kopf und versperre dann, wie meine Mutter früher und als würde ich mein gesamtes Gewicht und allen Atem in diese Bewegung legen, die Haustür. Ich verriegele das obere Schloss, dann das untere und dann das Hauptschloss. Stoße mit meiner Stirn gegen das braune Polsterleder, und es wirkt sich leider wie ein Airbag aus, lieber wäre mir zu zerschellen. Ich presse mich mit dem Rücken an das weiche Leder und rutsche langsam auf den Boden hinunter, lasse meinen schweren schmerzenden Kopf zwischen die Knie sinken. Betrachtete mich jemand von außen, würde er wahrscheinlich sagen, dass ich ziemlich lange so dasitze.

Das Teebeutelseilchen reißt ab, und der Inhalt des Beutels verteilt sich im heißen Wasser in der Tasse. Winzige Kamillepartikel schwimmen unkontrolliert umher, wirbeln im Kreis, und wenn ich lang genug warte, setzen sie sich irgendwann auf dem Boden der Tasse ab. Ich betrachte ihr Treiben und komme zu nah mit der Nase ans heiße Wasser, verbrenne meine Nasenspitze und ärgere mich. Ich schiebe die Tasse beiseite und kann nicht mehr aufrecht sitzen, es schmerzt in meinem Magen. Er scheint sich zusammenzuziehen und an sich selbst zu saugen, pocht gegen die vordere und hintere Körperwand, übt Druck aus. Mit der Hand streiche ich in Kreisbewegungen in der Magengegend herum, versuche das Ziehen zu besänftigen. Ängste und Zwänge brauen sich in meinem Schädel zusammen, ich werde wieder die Malstunden absagen müssen in den nächsten Tagen, sie werden wieder eine Vertretung brauchen, ich werde wieder nicht genau sagen können, warum ich nicht kommen kann, weil ich nicht zum Arzt will, und lange wird diese Nummer nicht mehr durchgehen, ich werde meinen Job verlieren und wieder von Marc abhängig sein, den ich nicht mehr ansehen kann, den ich von mir schütteln möchte.

Mit Mühe platziere ich meinen revoltierenden Körper in seitlicher Liegeposition, presse die Handfläche an die Magengegend, ziehe die Beine bei jedem Ziehen und Pochen weiter nach oben und habe mich irgendwann eingerollt wie ein Embryo, hoffentlich schaffe ich es, hoffentlich ertrinke ich nicht im Klo und lande irgendwo in den Abflussrohren bei den Ratten, die mich mit einem Schluck hinunterwürgen und sich erfreuen an der Frische und Saftigkeit meiner Existenz und mich dann irgendwo in der Kanalisation wieder ausscheißen … ich schwitze, und meine Stirn fühlt sich zu warm an, aber ich schaffe es nicht aufzustehen, die Tablettenkiste aus der Abstellkammer zu ziehen und meine Aufmerksamkeit auf das Suchen nach den richtigen Medikamenten zu lenken, außerdem würden die Pillen das Fieber senken, aber die Magenschleimhaut noch mehr reizen, ich müsste vielleicht Schleim brechen wie vor ein paar Monaten schon, ich müsste zum Arzt gehen, ich müsste mich stellen, zugeben was ich in den letzten Jahren getan habe, nämlich nichts. Der quietschende Schrei der U-Bahn hallt in meinem Ohr nach bei jedem Einfahren in eine Haltestelle. Ich musste schon immer an singende Wale denken, wenn ich U-Bahn fuhr. Nach meinem Tod möchte ich für immer singenden Walen lauschen, das ist das einzige, was der Stille nahekommt, alle anderen Geräusche im Leben sind unerträglich, sogar Musik. Die Komposition darin zerstört alles, das Ausgedachte an der Musik, das Menschliche ... die Wale kreischen ... vielleicht noch das Brabbeln von Säuglingen, bevor sie anfangen zu sprechen, diese kleinen undefinierbaren Laute, die sind irgendwie friedlich, das kann ich mir anhören, sonst nichts ... existiert Frieden unabhängig von unserer Wahrnehmung? Ist er lebendig? ... die Wale pfeifen ... ihre Gespräche sind außerirdisch, sie berichten einander von allem, was wir noch nicht wissen, sie kennen die Antworten auf alle Geheimnisse. Sie wissen, warum es Liebe gibt und warum Frieden und Hass, und sie wissen auch, wann das Leben auf der Erde vergehen wird ... Meine Augen lassen sich nicht mehr öffnen, der schwarze Sumpf darin saugt mein Bewusstsein immer tiefer in seine sich abwärts drehende Spirale, ich rausche in einen Tunnel.

Die Ausstellung ist heute. Heute ist meine Ausstellung ... Karl ist anderthalb Köpfe größer als ich, wir haben gerade Marc im Radio gehört ... Karl verabschiedet sich, er braucht mich nicht mehr, denn er ist zu schwer geworden um sich an meinen Hals zu hängen ... Das ist der Grund, warum erwachsene Söhne sich nicht mehr an ihre Mütter hängen, ganz pragmatisch ... Ich betrachte den dunklen Tunnel, durch den wir fahren, und das regelmäßig am Fenster vorbeiflackernde Licht. Ist heute die Ausstellung? Ich hätte es beinahe vergessen ...

»Warum hast du dich in Papa verliebt?«

»Was?«

»Na, es muss ja irgendeinen Grund gegeben haben, dass ihr zusammengelebt und mich bekommen habt? Warum gerade er?«, fragt der erwachsene Karl neben mir. Ich muss jetzt die Wahrheit sagen, ich muss zum Arzt gehen, ich muss zum Unterricht …

»Es war ein Missverständnis«, antworte ich.

Karl schweigt. Wir fahren in eine Haltestelle ein. Es wird hell. Menschen, die uns ähneln, steigen aus und steigen wieder ein, steigen wieder aus und wieder ein, eine ältere Frau steigt aus, lässt aber einen Fuß in der Tür stehen, überlegt, schaut mich durch die Glasscheibe an, als hätte ich sie an etwas erinnert, als kennten wir uns, aber sie ist nicht Mama. Die Tür zerquetscht die Frau beinahe zwischen ihren sich zusammenschiebenden Hälften, sie springt im letzten Moment aus der U-Bahn und lächelt mich an, als wüsste sie jetzt, woher wir uns kennen, aber ich erinnere mich nicht …

»Bis gleich, Mama«, Karl küsst mich mechanisch auf die Wange und bewegt sich zur Tür. Ich sehe ihn mit seinem Rucksack langsam aus der U-Bahn treten. Die Tür knallt ihre beiden Seiten mit dumpfem Laut gegeneinander, scheint aber keinen Schmerz zu empfinden. Der Zug fährt an, und das Hupen der Wale arbeitet sich langsam in immer höhere Oktaven hinauf, bis es sich in einen Tinnitus in meinem Ohr verwandelt. Die Wale warnen mich, aber wovor?

Ich wache kurz auf von dem unerträglichen Piepen, die schweren Augenlider schließen sich aber sogleich wieder mit dem dumpfen Geräusch der Schlundtüren in der U-Bahn.

Es sind viele Menschen gekommen, Fotografen, Presse, wie damals bei meiner ersten Ausstellung. Schade, dass Mama und Papa tot sind, sonst könnten sie heute dabeisein …

Fremde Menschen laufen durch die Räume und balancieren auf Papptellern die kunstvoll geschnitzten Möhrenbecher mit Zucchini-Paste, die Robert ausgesucht hat. Robert riecht wie Rita, warum hat sie sich in einen Mann verwandelt? Er stand vorhin an der Glastür am Eingang, machte wilde Handzeichen, rauchte nervös seine Zigarette und schrie mir von Weitem etwas Unverständliches entgegen. Es kommt mir so vor, als würde ich ihn schon lange kennen. »Du bist zu spät!«, brüllte er.

Er ist verbrannt, nicht ruhig und gefasst ... Vielleicht ist er Papa. Ich blieb ein paar Meter vor ihm stehen und sprang demonstrativ mitten in eine große schmutzige Pfütze. Das braune Wasser spritzte ihm bis fast vor die Füße, und er versuchte auf Zehenspitzen davonzulaufen, um sich in Sicherheit zu bringen. Ich habe ihn ausgelacht, bin noch einmal genüsslich auf der Stelle gesprungen und rief:

»Bomböschka, Robert, Bomböschka!«

»Du bist vollkommen verrückt!«, schrie er mich an, kam vorsichtig auf mich zu und versuchte mich zu stoppen, kam näher an mein Gesicht heran, küsste mich aber nicht, sondern fauchte im Flüsterton. Ich verstand nicht, was er sagte, griff ihn am Nacken und steckte ihm meine Zunge tief in den Mund. Er explodierte innerlich, und wir verharrten einen Moment lang so. Ich schaute in seine grauen Augen mit den langen Wimpern, roch Ritas kosmetischen Duft. Robert war bestimmt siebzig und komplett grau.

»Rein da!«, schnauzte Robert mich mit Ritas ungarischem Akzent an.

Ich betrat einen hell erleuchteten Raum, und meine Bilder betrachteten mich. Ich lief mit meinen schmutzigen nassen Lackstiefeln über das Parkett. Eine kleine Gruppe von Menschen hatte sich um meine »Angst« herum platziert. Die ältere Frau aus der U-Bahn lächelte mich voll Bewunderung an, aber ich konnte mich einfach nicht mehr erinnern, wer sie war. Vielleicht meine Schwester, die vom Portrait, die Schwester, die ich nicht habe ... »Angst« ist recht groß im Format ... das Bild wirkt viel zu hell und naiv ... als wäre es von einem Kind gemalt worden. Rechts steht eine Frau im leeren Raum, man kann ihren ganzen Körper sehen. Sie ist nackt, und man sieht sie im Profil. Und ihr gegenüber in Übergröße ihr eigener Kopf ohne Körper, der sie anblickt. Sie betrachten sich gegenseitig. Das ist alles.

Ich sah Karl hereinkommen und war erleichtert. Ich dachte, er wäre für immer ausgestiegen aus der singenden U-Bahn. Ich trank ein großes Glas Weißwein aus, hatte das Gefühl, sehr lange und sehr viel zu trinken, mein Magen blähte sich davon auf, und ich wollte den Inhalt wieder loswerden. Dann warf ich das Glas auf den Boden, es zerschellte glitzernd, und ich erntete einen strengen Blick von Robert dafür, dessen Augen funkelten wie Ritas, wenn man nicht tat, was sie sagte. Ich bewegte mich in Karls Richtung. Er winkte mir zu. Ich grinste ihn betrunken an.

»Wohin mit dem Rucksack?«, fragte Karl.

Eine Hand berührte vorsichtig meinen Rücken.

»Kira, ich hab's geschafft! Du hast ja die Stiefel an, die ich dir geschenkt habe!«, Nele umfasste mit ihren Händen mein Gesicht, ich strich über ihren fast glatten Kopf, spürte die noch wenigen übrig gebliebenen Flusen. Wir küssten uns auf den Mund, sie sah krank aus. Karl betrachtete uns irritiert.

Wir blieben stehen bei meiner »Mutter«, die ich damals so schwer geboren hatte oder sie mich ... Ich betrachtete das Bild.

Die Frau sitzt auf der Bettkante, das Laken unordentlich unter ihr, zum Teil vom Bett hängend, darunter die Matratze, farblich etwas dunkler als das Bettlaken, ein schmutziges Beige gemischt mit Grau, ein Holzbett, nicht elegant, eher quadratisch und in klaren Formen geschnitten. Der Mann kniet vor ihr, sein Gesicht in ihrem Schoß, ihre Hände liegen um seinen Kopf herum. Es ist sichtbar, dass sie ihn mit Kraft festhält, und ihre Beine sind um seinen Rücken geschlungen, der sich angespannt zu befreien versucht. Seine Füße sieht man von unten, seine aufgestellten Fußballen. Seine Hände greifen ihre Knie und versuchen sie auseinanderzupressen. Hinter ihnen ein geschlossenes Fenster und der Rahmen der Uhr an der Wand ohne Zeiger und Ziffern. Das ist doch lächerlich, er ist doch eindeutig stärker als sie, auch wenn ihre Hüften sehr fest und fleischig wirken. Er würde es schaffen, er würde sich befreien, nachdem er gemerkt hätte, dass es ihr nicht nur um die Befriedigung geht, dass es kein Spiel ist, dass sie einen anderen Plan hat und ihm weh tut. Warum befreit er sich nicht?

Er ist nicht ihr Sohn, so alt ist sie nicht, obwohl ich nicht erkennen kann, wie alt er eigentlich ist. Es ist kein Traum, in dem sie einen bereits erwachsenen Sohn gebiert, es ist keine Geburt. Er ist vielleicht ihr Geliebter, oder ihr Mann, und vielleicht will er es so, sie mögen es beide.

Vielleicht will er es auch nicht und tut es trotzdem, weil sie ihm etwas dafür versprochen hat, oder er ist einfach neugierig. Das einzige, was ich sehe, sind ein Mann und eine Frau, und sie sind sich sehr nah. Sie sind ineinander, sie verschmelzen. Sie bringen einander hervor. Sie versuchen etwas. Ich weiß nicht was. Vielleicht lieben sie sich.

Ich möchte Marcs zärtliche Berührung noch einmal auf meinem Rücken spüren, mich erinnern wie es war, als ich es wollte, und wundere mich, es ist doch schon so lange her, er hat uns verlassen ... Er wollte einfach seine Stirn nicht mehr an meine pressen, das war alles. Kein Weltuntergang, kein Drama, niemand ist gestorben. Seine Liebe war einfach vorbei. Ich weiß es, weil ich weiß, dass Liebe vorbeigehen kann. Sogar in meinem fiebrigen Schlaf weiß ich es ...

Ich öffne meine verquollenen Augen und betrachte den sich wellenden Raum. Meine Stirn verbrennt. Die Augenlider befeuchten schmerzhaft den Augapfel und verschließen sich dann wieder vor allem. Ich falle.

Ich sehe nichts, es ist dunkel, und ich habe hohes Fieber. Blind und desorientiert schlucke ich meine Verlorenheitstränen hinunter. Verlorengehen fühlt sich einsam an, aber auch interessant. Je älter man wird, desto weniger interessant wird es, nur noch einsam.

31

(Chabarowsk, Sowjetunion, 1968)

Lena ist dreizehn. »In Tadschikistan hatten wir wenigstens heiße Sommer. Warum sind wir bloß hierhergezogen?«, fragt sie sich, während ihre dicken Winterstiefel über den trockenen Schnee laufen und ihn zum Knirschen bringen. Es hat gerade wieder angefangen zu schneien, und die frisch gefallene Schicht ist so weiß, dass sie blendet, wenn man zu lange draufschaut. »Trockener frischer Schnee klingt wie ein Haufen zerknülltes Papier, über das man läuft«, denkt Lena bei sich und betrachtet ihre neuen Walenki mit den Galoschen drüber, die Mutter in der Fabrik zu einem Drittel des Preises bekommen hat, weil sie dort arbeitet. Ihre Mutter Nastja arbeitet halbtags in einer Filzstiefelfabrik und holt ihren Abschluss als Bauingenieurin in einer Abendschule nach. Nach dem Krieg hat sie ihren Eltern erst einmal beim Geldverdienen helfen müssen und ihr Studium danach begonnen, als sie schon Mitte zwanzig war. Dann lernte sie Lenas Vater Jurij kennen und wurde schwanger. Als Lena zehn war, beschloss sie ihren Abschluss nachzuholen.

»Ich werde auch einen wertvollen Beruf haben, ich werde Rechtsanwältin«, denkt Lena, während ihre Gummigaloschen mit dem warmen Filz darin in den Schnee einsacken. »Bei uns sollen alle einer sinnvollen Tätigkeit nachgehen, auch die Frauen. Das finde ich richtig«, denkt sie und ärgert sich im nächsten Moment wieder über den kalten Winter in dieser Gegend. »Das ist alles Papas Schuld«, denkt sie und schämt sich für ihre Gedanken, weil es doch eine Ehre ist, einen Helden in der Familie zu haben. »Hier wird es nicht einmal im Sommer richtig heiß. In Tadschikistan musste man sich verstecken vor der Hitze ... und im Winter hat man eben gefroren, so ist es vorgesehen von der Natur. Und hier? Es sind minus dreißig Grad und der Sommer wird lau ... wer soll das aushalten? Alles Papas Schuld ...«, wiederholt sie im Kopf, zieht sich das von ihrer Mutter selbstgestrickte Wolltuch noch höher ins Gesicht, sodass nur noch ihre Augen zu sehen sind, und verbietet sich gleichzeitig selbst den ohnehin schweigenden Mund.

Sie schiebt die schwere Holztür des roten Backsteinhauses auf und steigt die alten Treppen hoch. Es hat nur drei Stockwerke, und sie freut sich jedes Mal, wenn sie heimkehrt, über den Anblick der schönen roten Zwiebeltürmchen auf dem Dach. Das Haus immerhin ist nicht zu vergleichen mit dem winzigen Häuschen im tadschikischen Dorf, in dem sie geboren wurde. Sie kramt ihren Schlüssel aus ihrem Schulranzen hervor und öffnet die sperrige Haustür, um sie schnell wieder hinter sich zu schließen, damit keine Kälte in die Wohnung dringt. In den beiden Zimmern haben sie die Fenster zugenagelt für den Winter, um weniger heizen zu müssen. Lena zieht ihre Stiefel aus und stellt sie auf eine ausgebreitete Zeitung neben der Haustür. Dann läuft sie in die Küche und wirft eilig Holz in den Ofen, während sie ihren Mantel auszieht und ihren Kopf aus dem Wolltuch wickelt. »Aber eine schöne große Wohnung haben wir jetzt«, findet sie. »Ganz allein für uns. Keine Mitbewohner. Luxus nennt man das, glaube ich«, denkt sie, legt ihre Hände auf den Ofen und schaut, von der häuslichen Wärme eingelullt, aus dem Küchenfenster auf die Straße. Ihre Wohnung hat zwei Zimmer, ein Wohnzimmer und ein kleines Schlafzimmer, eine große Küche und sogar ein eigenes Bad. Im Wohnzimmer wird abends das Sofa für Lena ausgezogen, darauf schläft sie. »Wir haben jetzt keine Wohnung, sondern einen Palast!«, schwärmte ihre Mutter, als sie die Wohnung bezogen. Ihr Ehemann Jurij ist Offizier. Alle paar Jahre müssen sie deshalb in eine andere Stadt ziehen und bekommen eine Wohnung vom Staat zugewiesen. »Was für ein Glück!«, fand ihre Mutter. »Ein Glück für ein paar Jahre«, fügte Lena leise hinzu und seufzte, woraufhin die Mutter sie streng anblickte, und der Vater liebevoll über ihren Kopf strich, als wollte er, wie immer, sagen: »Das Schicksal sucht man sich nicht aus. Man muss sich nun einmal daran gewöhnen.«

Lena schlüpft in ihre warmen Hausschuhe, die sie heute früh unter dem Küchentisch hat stehen lassen, und entfernt das Baumwolltuch, das ihre Mutter über den frisch gebackenen Pilzkuchen gelegt hat. Als der Kuchen heute in aller Frühe fertig gebacken war, roch er köstlich. »Jetzt ist der Duft nicht mehr da«, denkt sie, während sie vorsichtig zwei große Stücke abschneidet, um den Kuchen in einer Keramikschüssel auf den heißen Ofen zu stellen, damit er sich etwas erwärmt und auch wieder ein bisschen duftet. Währenddessen kramt sie ihre Schulhefte und Bücher aus dem Ranzen und verteilt alles auf dem großen Holztisch im Wohnzimmer, das sie als ihr Zimmer bezeichnet.

»Hier hast du ein richtiges eigenes Zimmer!«, hatte ihre Mutter begeistert erklärt, als sie vor knapp einem Jahr durch die Räume der neuen Wohnung liefen, und irgendwie stimmte es auch, denn in Tadschikistan wohnten sie in anderthalb Zimmern, schliefen alle im selben Raum, und waren mit ihrem Bruder Vlad noch eine Person mehr. »Gott sei Dank hat er beschlossen dort zu bleiben. Wäre ich volljährig, würde ich auch sagen, ich komme nicht mit in diesen Kühlschrank hier«, denkt sie.

Lena setzt sich auf den großen Holzstuhl mit dem gepolsterten Sitz und genießt das bequeme Sitzen auf den »казенные« Möbelstücken, was bedeutet, dass auch die Möbel in der Wohnung, auf die ihr Vater als Staatsdiener ein Anrecht hat, staatlich sind. »Macht nichts, so lang ich so königlich sitzend meine Hausaufgaben machen kann, ist das doch prima…«, denkt Lena und überliest noch einmal die Aufgaben für den heutigen Nachmittag. Mathematik erledigt sie im Handumdrehen, das hebt sie sich fürs Ende auf, und danach wird sie lesen. Sie legt sich dazu auf das salatgrüne Sofa, deckt sich mit einer warmen Wolldecke zu, stellt sich einen heißen Schwarztee mit Zucker in greifbare Nähe und versinkt in den Geschichten russischer Romanautoren.

»Politik. Beschreibe anhand der im Unterricht erlangten Informationen und anhand der Berichte im Schulbuch auf den Seiten 59–67 die geopolitische Bedeutung des Flusses Amur für den sowjetischen Staat«, liest sie noch einmal und verdreht ihre Augen. »Na herrlich«, denkt sie, »damit kann ich die nächsten zwei Stunden zubringen. Wen interessiert das?« Lena zieht sich vom Tisch hoch, um sich den mittlerweile warmen Pilzkuchen aus der Küche zu holen. Sie ist ungeduldig und greift mit bloßen Händen nach der heißen Schüssel, weshalb sie sie auf der Schwelle zum Wohnzimmer fallen lässt. »Oh nein ...«, schimpft sie leise vor sich hin und schnalzt verärgert mit der Zunge. »Ich hasse das alles. Ich will das alles nicht mehr. Nicht mehr umziehen, mir keine politischen Bedeutungen von Flüssen ausdenken, und auch einfach kein Kind mehr sein«, schreit sie ins Wohnzimmer hinein. Sie holt Schippe und Besen aus der Küche und überlegt sich schon, wie sie es der Mutter erklären wird, während sie auf dem Boden umherkriecht und die Scherben aufsammelt. Ihr Blick fällt dabei ins Wohnzimmer, und sie bemerkt etwas, das unter dem großen Holzschrank steht, eine kleine Kiste vielleicht, sie kann es von hier aus nicht genau erkennen. Sie lässt die Schippe liegen und bewegt sich kriechend über den Wohnzimmerteppich zum Schrank. Ja, es scheint ein länglicher schmaler Karton zu sein, der darunter gelagert ist und nach dem sie beginnt zu tasten. Er passt genau unter den Schrank, und es ist schwierig, ihn herauszubekommen, weil er beinahe darunter klemmt. Sie legt ihr Kinn auf dem harten Boden ab und verzieht ihr Gesicht vor Anstrengung. Der Karton ist mit Packfaden zusammengebunden.

»Nicht zugeklebt, wahrscheinlich damit man ihn ab und an wieder öffnen kann«, denkt sie und ist stolz auf ihre detektivischen Fähigkeiten, denn sie will ja Rechtsanwältin werden.

Sie überlegt kurz, ob sie das Recht hat, einen Blick hineinzuwerfen, schaut hastig zur Uhr und beschließt, dass eine Stunde genügen wird, so viel Zeit hat sie, bis ihre Mutter nach Hause kommt. »Vielleicht ist es ja auch nichts Besonderes«, hofft sie heimlich, »irgendetwas, das vergessen wurde von jemandem, der vor uns hier gelebt hat.« Lena zieht den Packfaden vorsichtig auf und öffnet die beiden schmalen Flügel, die den Inhalt des Kartons vor ihr verbergen. Es sind Briefe. Auf jedem Umschlag liest sie den Namen ihres Vaters »Jurij Varlamov«, jedoch nicht als Absender, die Briefe sind an Papa gerichtet, denkt sie. Sie sind offensichtlich gelesen worden. Lena legt sie wieder zurück in die Schachtel und setzt sich unruhig an den Tisch zurück. Sie schlägt ihr Schulbuch auf und versucht sich zu konzentrieren. »Der

Amur oder Heilong Jiang ist ein 2824 km langer Strom in China und Russland, der in den nördlichen Pazifik mündet...«, beginnt sie zu lesen, warum versteckt er die Briefe unter dem Schrank?, fragt sie sich und wirft einen Blick auf den Karton, der noch immer offen auf dem Boden steht. »Im Chinesischen hat der Name des Flusses die Bedeutung ›der schwarze Drache‹...«, vertieft sie sich wieder im Schulbuch. »Oberhalb von Chabarowsk mündet der Ussuri ein, sodass der Amur bis zur Mündung auf russischem Gebiet fließt...«, liest sie, während ihr Blick wieder zu dem kleinen Päckchen gleitet. Immer, wenn die Post kommt, schaut Vater sämtliche Briefe genau durch, denkt sie. Das macht er meistens schon direkt im Flur. Lena tut dann immer so, als würde sie es nicht merken, denn sie hat ein großes selbstverständliches Vertrauen ihrem Vater gegenüber, er ist Kriegsveteran und ein Held, was soll er zu verbergen haben?

Lena hockt sich wieder auf den Boden neben den Tisch und holt einen der Briefe hervor. Sie dreht ihn um und betrachtet den Absender: »Nadezhda Nikolajewna Skwarzowa, Uliza Konenkowa... Witebsk«. Sie nimmt weitere Briefe aus dem Karton und bemerkt, dass es immer dieselben beiden Absenderinnen sind. Viktoria Bondarenko und diese Nadezhda Skwarzowa... wer sind die Frauen?, fragt sich Lena. Sie schaut noch einmal auf die Wanduhr und bemerkt, dass sie jetzt noch eine halbe Stunde hätte, bevor ihre Mutter aus der Fabrik heimkommt und sie gleich doppelt Ärger kriegt: einmal für das zerbrochene Geschirr und außerdem für das Lesen fremder Briefe. Sie holt energisch das Schreiben aus dem Umschlag und beginnt zu lesen.

»*Mein lieber Jurotschka,*
du glaubst gar nicht, wie sehr ich mich darüber freue, dass du uns deine neue Adresse mitgeteilt hast. Ich bin dir nach wie vor sehr dankbar, dass du uns finanziell unterstützt. Du bist eben trotz allem ein guter Mann, das habe ich schon damals gewusst, bei unserer allerersten Begegnung. Ein Freigeist, aber ein anständiger Mensch, ich habe das sofort gesehen und habe es deshalb keinen Tag lang bereut, dass du der Vater unserer, wohl eher meiner

Ninotschka bist. Was soll's, so ist es eben passiert, man kann sich an alles gewöhnen, und ich bin froh, dass ich eine so bildschöne und kluge Tochter habe. Ich habe meine goldene Ninotschka gehütet, den ganzen Krieg lang. Mein Gott, dieser Krieg. Ninotschka wird ja jetzt schon einunddreißig. Wie alt ist deine Lena jetzt? Nina hat noch immer nicht geheiratet und ich mache mir langsam Sorgen, denn Mutter wird sie wohl nicht mehr, in ihrem Alter. Ich kann mir auch nicht erklären, warum das so ist. Eine hübsche und kluge Frau ist sie, nicht mehr ganz jung, ja, aber sie wirkt jünger, als sie ist, besonders wenn sie die Brille absetzt. Ich kann es mir nicht erklären, dass sie dem richtigen Mann noch nicht begegnet ist. Vielleicht ist sie zu klug, ja, das wird es sein. Richtig gebildet ist sie, eine Studierte. Nur leider unverheiratet... naja, ich werde den Teufel nicht an die Wand malen, Jurij, ich bete jeden Tag, dass sie den Richtigen trifft und doch noch ein gesundes Kindchen zur Welt bringt. Das ist doch der Sinn unseres Frauenlebens. Gebildet hin oder her, wir alle wollen und müssen doch glücklich werden, als Mütter vor allem!

Doch, wie geht es dir, lieber Jurij? Habt ihr euch gut eingelebt in Chabarowsk? Ich wollte dir einmal sagen: Du kannst stolz auf dich sein! Was du geleistet hast im Krieg und überhaupt, was du geleistet hast, wenn man es bedenkt! Ich wünsche dir nur noch Glück für den Rest deines Lebens! Du hast mir nie gesagt, wie alt du eigentlich genau bist. Mitte Zwanzig warst du, als wir uns kennen lernten, oder? In letzter Zeit muss ich oft an unsere Treffen damals denken. Je älter ich werde, desto öfter denke ich daran zurück, das ist doch merkwürdig, Jurotschka, oder? Es ist so lange her, und müsste doch längst alles verblasst sein in meiner Erinnerung, aber es ist genau andersherum, es rückt mir immer näher, als sei nichts näher gewesen als das. Mein Gott, wie romantisch das alles war, noch kein Krieg in Sicht, was für eine prachtvolle Zeit, wie jung ich war! Vater sagte schon damals, du seist zu alt für mich, aber verbieten konnte er es nicht. Er hatte Recht und auch wieder nicht, denn es war ja der Krieg, der uns dann auseinandergebracht hat

und nicht du, wie Papotschka prophezeite: ›Dieser Draufgänger
bringt nur Unglück!‹, war sein erstes und einziges Urteil, nach-
dem ich dich vorgestellt habe. Ich muss weinen, Jurij, verzeih die
verschwommene Schrift, ich werde den Brief nicht noch einmal
umschreiben, denn ich werde ja nur wieder weinen müssen, und
wie oft kann ich ein und denselben Brief noch einmal abschreiben?
Jetzt muss ich lachen, Jurij, ich sehe es noch genau vor mir! Du
standest stolz und gefasst an unserer Tür, und Mutter rief nach
mir: Nadja, dein Kavalier ist da! Und ich schämte mich so, alle
Nachbarn kamen aus ihren Zimmern in unserer Kommunalka
gekrochen, um einen Blick auf den Berufssoldaten zu werfen, in
so einer Zeit lebten wir! Ich bin auf dich reingefallen, aber ich war
glücklich! Ich habe irgendwann nicht mehr auf dich gewartet, aber
ich beklage mich nicht …«.

Lena weiß noch nicht, was sie denken soll, und überlegt, die Briefe einfach in die Schachtel zurückzulegen und sie wieder unter den
Schrank zu schieben, nie wieder da dran zu rühren und sich einzureden, sie hätte diese Briefe nie gefunden. Aber sie kann es nicht, die
Wurzeln der kranken Pflanze, die man Verdacht nennt, keimt schon
in ihr und sie befürchtet, dass sie dieses Unkraut ihr Leben lang nicht
mehr aus sich herausjäten können wird.

»Lieber Jurij,
ich bin dir sehr dankbar für das Geld, es ist nicht viel, aber ich
kann es brauchen, denn Gennadi muss seine eigene Familie ver-
sorgen. Vielleicht hast du doch irgendwann Interesse, deine Enkel
einmal kennen zu lernen? Du musst nicht extra dafür herkom-
men, aber vielleicht bist du ja mal in der Nähe … Das würde mich
glücklich machen! Ich weiß, du lebst dein eigenes Leben … ich hof-
fe trotzdem, dass ihr alle gesund seid.
Wäre ich bloß nicht in dieser Nacht schwanger geworden, denke
ich mir manchmal. Und dann verfluche ich mich wieder für solche
Gedanken, denn dann gäbe es unseren Gennadi nicht. Vielleicht

hätte ich dann eine andere Familie gegründet, wäre nicht so allein, hätte einen Mann an meiner Seite ... nur unseren Gennadi gäbe es dann eben nicht. Schade, dass er seinen Vater nicht kennt. Ach, was soll's, es ist eben alles so, weil ich dich wirklich geliebt habe, auch wenn unsere Begegnung so kurz war, das wollte ich dir noch einmal sagen. Die ganzen Kriegsjahre habe ich gebetet, dass du überlebst, dass du wiederkommst. Auch wenn mir klar war, dass du nicht nach Smolensk zurückkehren wirst, denn das war ja nicht deine Heimat, ich verstand, dass es schwierig wird herauszufinden, wo du bist. Ich war sehr wütend auf dich, viele Jahre lang, und es war erleichternd und erniedrigend zugleich, dass du mich nicht zur Hölle geschickt hast, als ich deine Adresse in Tadschikistan ausfindig gemacht habe. Meine Seele ist natürlich bitter von dem Gedanken daran, dass du deinen Sohn nie kennenlernen wolltest ... Jurij, du warst trotz allem die einzige Liebe meines Lebens, ich möchte, dass du das weißt, denn ich bin ziemlich krank. Ich weiß nicht, wie lange ich noch leben werde, und falls du dich entscheidest, deine Enkel und deinen Sohn doch einmal zu sehen, würde mir das etwas Frieden geben ...

Jurij, ich küsse dich und denke immer an dich. In Liebe, Vika.«

Lena steckt die Zungen der geöffneten Briefumschläge wieder in die Umschläge hinein und verstaut die Briefe schnell in dem Karton. Sie bindet das Garn um das Päckchen und schiebt es unter den Schrank zurück. Wie ferngesteuert holt sie Schippe und Besen, die im Flur liegengeblieben sind, und sammelt damit den Staub auf, den sie unter dem Schrank hervorgeschoben hat. Ich muss die Sauerei im Flur wegwischen, denkt sie, aber ihr ist leicht schwindelig. Sie wickelt sich in die Wolldecke, legt sich auf das Sofa und dreht sich mit dem Gesicht zur Lehne. Sie atmet schwer und versucht die Tränen hinunterzuschlucken, schließt ihre Augen und verspürt eine wütende Hitze in ihrem ganzen Körper. Diese elenden Eltern, was verheimlichen sie mir noch alles?, fragt sie sich und hört im nächsten Moment die schwere Wohnungstür quietschen.

»Weiß Mama das?«, hallt es in ihrem Kopf nach. »Wie viele unbekannte Geschwister habe ich wohl?«

»Lenka, ich bin wieder da ...«, verkündet die runde und volle Stimme ihrer Mutter und bricht mitten im letzten Wort ab. »Was ist denn hier passiert? Jelena?« Lena lässt ihre Augen zu, zwingt sich ruhig zu atmen. Die zerbrochene Schüssel, das war gar nicht sie, das war ein Gespenst. Ein verlogenes Gespenst mit Schleim im Mund, der aus ihm heraustroff, und riesigen Löchern als Augen, in denen goldene Sternabzeichen hingen, solche, die Kriegshelden verliehen bekommen, betrat unsere Wohnung, zerbrach das staatliche Geschirr und verteilte den Pilzkuchen auf dem Boden, denkt sie und stellt sich schlafend, als ihre Mutter das Wohnzimmer betritt und auf sie einredet.

32

(Berlin, Deutschland, jetzt)

Karl entdeckt Manuel im Freibad und ist nicht mehr zu halten. Ich schaffe es gerade noch, ihn zu warnen, nicht ins große Becken zu springen, und sehe ihn im nächsten Moment schon mit dem Hintern aufs Wasser platschen. Manuel wartet im Schwimmbecken auf ihn und schießt ihm sogleich Wasser aus seiner Pistole ins Gesicht, worauf die beiden prustend anfangen zu raufen. Ich winke Nele zu, die auf einer Decke im Gras sitzt und einen überdimensionalen Strohhut trägt, als sei sie eine Filmdiva oder irgendein Modell. Bei ihrer Größe hätte sie es durchaus werden können, und wie jedes Mal, wenn ich sie erblicke, beneide ich sie um ihre langen schlanken Beine und finde sie schön. Suk ist fast zwei Köpfe kleiner als sie, und die beiden als Paar mit dem kleinen Manuel dazwischen haben immer etwas Komisches an sich, so als sei nichts weiter zu ihrer Verbindung zu sagen als: »Es ist, wie es ist. Ich kann mir den Kopf nicht abhacken, und er kann sich nicht dehnen wie ein Kaugummi, wir werden es überleben.«

»Schicker Badeanzug ... steht dir«, singt Nele mit ihrer weiblichen Bassstimme. Wenn ich Nele und Suk besuche und die beiden in einem Nebenraum miteinander sprechen höre, weiß ich nicht, welche Stimme zu wem gehört.

»Ja, ich ... schütze mich vor der Sonne. Die Sonne soll sehr ... bissig sein dieses Jahr ...«, murmele ich vor mich hin, denn ich wüsste nicht wie ich ihr die Brandwunden auf meinem Bauch erklären sollte, trüge ich einen Bikini.

»Was bist du so grimmig?«, fragt sie.

»Schlecht geschlafen.« Manuel kommt auf uns zugerannt und verlangt nach einem weiteren Pfirsich. Er bleibt neben mir stehen, und das kalte Chlorwasser tropft mir auf die Füße, während ich die Tasche auspacke.

»Den isst du aber bitte auf, bevor du ins Wasser springst, ja?«, sagt Nele, Manuel nickt ungeduldig und zieht mich an der Hand.

»Hallo, Kira!«, ich gebe ihm einen Kuss auf die Stirn und grüße zurück. Er läuft wieder zum Becken, und Nele brüllt ihm noch einmal nach, dass er den Pfirsich nicht mit ins Wasser nehmen soll. Ich stehe irgendwie unentschieden da und stemme die Arme in die Hüften, es ist alles aus dem Gleichgewicht, und dieses Schwimmbad macht mich nervös.

»Na, jetzt setz dich mal hin. Was ist los?«, fragt mich Nele besorgt und zieht mich an der Hand zu sich runter.

»Ich sag doch, schlecht geschlafen.« Ihre Augen lugen unter dem Rand ihres großen Hutes hervor, und sie macht mir deutlich, dass sie mir nicht glaubt. Sie fuchtelt mit den Händen und gibt ein Furz-Geräusch von sich, als wollte sie sagen: Ja, und weiter? Ich muss lachen. Früher musste ich oft über Marc lachen. Egal wie heftig wir uns gestritten haben, wie sehr unsere Vorstellungen und Wünsche auseinandergingen, am Ende musste ich immer lachen. Das ist vorbei.

»Ich weiß auch nicht«, sage ich und öffne die Mineralwasserflasche, die prompt übersprudelt. Ich ärgere mich so sehr darüber, dass mir die Tränen in die Augen schießen, ich wütend einen Schluck Wasser nehme, die Plastikflasche ruppig aufs Gras knalle und schwer ausatme.

»So schlimm?«, fragt Nele vorsichtig.

»Ich habe Albträume. Schon lange.«

»Häufig?«, fragt sie.

»Ja. Oft. Fast jede Nacht«, sage ich und prüfe flüchtig, ob ich keine frischen Wunden an den Oberschenkeln habe, kann sein, dass ich mir unbewusst eine Zigarette ans Bein gehalten und es vergessen habe.

»Willst du erzählen, wovon sie handeln?«, fragt sie und nimmt ihren lächerlichen bourgeoisen Hut ab.

»Ich bin alt.«

»Hast du's endlich verstanden?«, witzelt sie und versucht mich zum Lachen zu bringen.

»In den Träumen. So fünfzig oder so.«

»Das ist deiner Meinung nach alt?«, fragt sie und klatscht mir mit der Handfläche auf den Oberschenkel. Ich überprüfe noch einmal unauffällig, ob auch wirklich keine Narbe darauf zu sehen ist.

»Ich fühle mich alt in den Träumen, ja. Heute Nacht habe ich mich das erste Mal von außen gesehen, also im Spiegel, also wie ich alt aussehe…meine Schamhaare, sie waren grau … das habe ich mich schon immer gefragt, ob Schamhaare auch … Ich bin aufgewacht in meinem Bett in dem Traum. In meinem Schlafzimmer, also in derselben Wohnung, in unserer Wohnung, meine ich …«

»Ja …«, sagt Nele, und ich merke, dass ich sie nun doch beunruhige.

»Ich weiß nicht, vielleicht erzähl ich es dir lieber nicht. Es ist alles so merkwürdig.«

Sie schaut mich beleidigt an, als würde ich ihr das Ende eines spannenden Films vorenthalten.

»… Planeten sind doch von Staubwolken oder so umgeben … dieser Nebel um sie herum … was auch immer das ist … wie … wie nennt man das noch … Gas, instellar … interstellar …«, spreche ich ungewollt aus. »Wenn man Einsamkeit in einem Aggregatzustand ausdrücken müsste, dann wäre sie, glaube ich, Gas.« Nele schaut mich gefasst an.

»Ich meine, wir sind … alle abhängig voneinander, aber wollen unabhängig sein … also, jeder hat eine Mutter und einen Vater, aber das wird sich in Zukunft ändern. Es wird künstliche Zellen geben, aus denen Menschen gezeugt werden, die auf die Welt kommen, ohne Eltern dafür zu brauchen … also, das Leben wird … noch unabhängiger, als es jetzt schon ist. Die einzige Abhängigkeit wird darin bestehen, dass es Forscher braucht, die mit Reagenzgläsern umgehen können, aber keine Liebe. Wir machen uns immer unabhängiger von ihr … Leben ist symbiotisch, glaube ich. Es ist überhaupt nicht frei«, versuche ich meine Gedanken zusammenzukriegen, und Nele betrachtet mich schweigend.

»Also, du bist dann aufgewacht und hast dir ne Wissenschaftsdoku auf Arte reingezogen, um deinen Albtraum zu vergessen, verstehe …«, witzelt sie, etwas unsicher, ob sie mich heute nochmal zum Lachen kriegt.

»Nein ... in dem Traum ... also, Karl und ich haben Marc im Radio gehört ... ich hatte diese Schuldgefühle ... alles falsch gemacht zu haben. Immer ... Karl und ich haben gegessen, und da hing dieses Bild von mir über dem Küchentisch, eine Brandwunde in Detailansicht ... habe ich nie verkauft ...«

»Welche Brandwunde?«, fragt Nele.

»Na, da auf meinem Dachboden ... sie stehen da alle herum, aufgereiht und geschichtet, frieren im Winter und ersticken im Hochsommer, weil ich die Temperatur nicht regulieren kann, habe kein Geld für ein Atelier ... habe ich dir meine ›Mutter‹ schon mal gezeigt?«, frage ich Nele, und sie blickt mich ratlos an. »Hier, ich hab ein Foto gemacht ... ich mag keine Fotos von Leinwänden, aber ...«

»Ja, zeig mal«, sagt Nele abrupt, als wollte sie meinen Eifer stoppen, und ich krame mein Telefon aus der Tasche.

»Hier, das ... also, ich nenne es ›Mutter‹ ...«

Sie betrachtet das Bild und wirkt nachdenklich. Ihre Augen vertiefen sich und werden voll und rund, als würde sie etwas bereuen, und dann blickt sie mit Bewunderung in mein Gesicht.

»Sie hat ihm mit ihren Schenkeln die Luft abgeschnürt, oder?«, möchte sie wissen, und ich nicke verlegen. »Was hat sie am Ende mit seiner Leiche gemacht?«, fragt sie vorsichtig.

»Sie hat das Zimmer, in dem er lag, abgeschlossen und ist mit dem Kind abgehauen.«

»Hat man sie gefunden?«, fragt sie heiser.

»Ja, sie sitzt. Lebenslänglich.«

Ich betrachte das Bild erneut, ein altes Gefühl von Familie befällt mich. Als würde jemand in der Mitte meines Rumpfes sitzen und meine Eingeweide zu beiden Seiten auseinanderziehen, um in den Zwischenraum schauen zu können, das schwarze Loch, das sich dort befindet, und gleichzeitig von außen irgendetwas Hartes in meinen Po schieben und dabei den Deckel meines Kopfes öffnen und eine dicke klebrige Flüssigkeit in meinen Kopf gießen.

»Was denkst du?«, fragt Nele.

»… Enge. Kennst du sowas? Die Toten, die ich nicht kenne, die Umgebrachten, die Ungerechten und Kriminellen und Perversen und Vergessenen … ich meine, eigentlich sollte man gar nicht Familie sagen … sondern einfach Menschheit oder so … weil alles verbunden …«

Nele reicht mir die Wasserflasche und bedeutet mir, mal einen Schluck zu trinken.

»Und was ist noch passiert in dem Traum?«

»Ich … diese Ausstellung saugte mich ein, sumpfartig. Ich fühlte mich schuldig und misslungen und verliebt, aber ich wusste nicht, in wen. Ein Windstoß schlug kräftig durch die offene Balkontür und verwirrte den graublauen Rauch im Raum, Karl hat geraucht … obwohl es windstill war draußen, die Tür knallte gewaltig gegen den Rahmen, die Scheibe zersprang, und der Sprung kletterte blitzschnell von unten nach oben die Scheibe entlang, ich betrachtete das Muster. Ich hab mich schon immer so gefühlt, wie ein Wesen in einem Spiegel gegenüber einem Spiegel, sodass sich die Spiegelungen spiegeln und aneinander zerbrechen, wie Menschen. Das Schwarze in der Mitte von dem Bruch der Spiegelung, in das man nicht hineinschauen kann, weil es zu düster ist – das war ich, und die Teile, die eins waren und die Realität ergaben, und nun um die Explosion herum kreisten – das war die Zeit.«

»Also, wovor hattest du denn jetzt Angst?«, fragt Nele trocken.

»Ich hab kaum noch was gesehen durch den ausgeatmeten Nebel in der Küche, es roch nach Gas, dabei funktioniert der alte Gasherd doch schon lange nicht mehr, wir haben doch diese Elektroplatte drübergebaut, weißt du? … In der Toilette habe ich Geräusche gehört. Ich stand an der verschlossenen Badtür und versuchte zu verstehen, was sich darin abspielte, es war ein leises Stöhnen und Atmen … Marc war nicht allein. Eine weibliche Stimme stöhnte immer wieder rhythmisch und laut, fast schmerzlich.«

»Also Angst vor den Geräuschen?«, versucht Nele mich irgendwie auf den Boden zu bringen.

»Ja, aber das erregte mich auch ... ich hab dir Theodor nie vorgestellt, oder?«, frage ich, und Nele blickt mich nun völlig ratlos an. »Es war so eine gebrochene Melodie aus angestrengtem Ausatmen und wieder nach Luft Schnappen. Ich hab vorsichtig gefragt: Marc?, aber es kam keine Antwort. Die beiden haben leise hinter der Tür miteinander gesprochen und schnell geatmet ... dann stöhnten sie wieder und wurden immer dreister, als wollten sie, dass ich sie höre. Ich überwand mich und öffnete vorsichtig die Tür.«

»Ja und?«

»Nichts ... Eine Frau.«

Nele schaut mich verärgert an.

»Ich hab ihr Gesicht nicht erkannt, die Haare bedeckten es vollständig ... sie stand gegen die Wand gepresst mit gespreizten Beinen da und in ihr befand sich ein Kopf mit Locken ... der Mann kniete auf dem Boden zwischen Kloschüssel und Wand und schob seinen Kopf in ihre Vagina.«

Ich überlege kurz, ob ich ihr meine Brandwunden zeigen soll, sie weiß sowieso fast alles.

»Welche Farbe?«, fragt Nele.

»Hmm?«

»Welche Farbe hatten die Locken?«

33

(In einem Frachtwaggon, irgendwo, irgendwann)

Der winzige Säugling auf meinem Arm schläft. Er ist eingewickelt in ein weißes Wolltuch, das aus Altersgründen schon eher beige ist. Mama hat es mir weitervererbt, ihre Mutter Nastja hat es gestrickt. Karlchen hält seine Augen fest verschlossen, zwei schmale zugezogene Reißverschlüsse in seinem Gesicht, als wollte er sich davonträumen. Er ist vielleicht eine Woche alt, Mama und Papa sehen ihn heute zum ersten Mal, eigentlich wollten sie uns besuchen kommen, um ihren Enkel zu sehen, aber jetzt sitzen wir alle in diesem Zug. Mama kauert mit Großmutter Nastja mir schräg gegenüber angelehnt an die raue Holzwand des Waggons und stützt die alte Frau, die sich im Sitzen bei ihr untergehakt hat. Nastja trägt ihren dicken schwarzen Wollmantel und ein weiteres selbstgestricktes Tuch in dunkelgrüner Farbe auf dem Kopf. Lena hat einen dicken dunkelbraunen sowjetischen Pelzmantel an und Lederstiefel bis zum Knie. Es wirkt, als sei jeder aus irgendeiner Situation herausgerissen und in diesen Waggon gebeten worden. Lena ist vielleicht Dreißig, Großmutter Nastja mindestens dreißig Jahre älter.

Ich überprüfe immer wieder, ob es Karl warm ist und ob er atmet. Seine kleinen Lippen blähen sich beim Aus- und Einatmen zu einem Schmollmund. Unweit von mir entdecke ich einen Jungen mit dichten Augenbrauen, er ist vielleicht zehn, vielleicht zwölf und hat seinen Kopf bei seiner Mutter auf den Schoß gelegt. Ich glaube, es ist seine Mutter ... Sie sitzt neben einem schlafenden Mann, der einen Sack hinter seinem Rücken verstaut hat. Die Frau mit dem Heranwachsenden im Schoß blickt scheu, aber aufmerksam um sich, als vertraue sie keinem hier. Die Gesellschaft ist auch verdächtig, die unterschiedlichen Kleidungen verwirren mich, ein wildes Durcheinander aus

Stilen und Epochen. Mama, die mich liebevoll und durchdringend anschaut, oder eher ihren kleinen, auf meinem Arm schlafenden Enkel, den sie sich schon immer gewünscht hat und ihn nun zu so einer unpassenden Gelegenheit kennenlernt, entspringt mit ihren hohen Lederstiefeln und dem Pelz, in den sie gewickelt ist, den sowjetischen Siebzigern. Großmutter Nastja, die sich an ihre Tochter lehnt und ein paar Zeitungen unter ihrem Hintern verstaut hat, ist eindeutig aus den Perestroika-Zeiten direkt in diesen Zug gestiegen, der hoffentlich in eine ganz neue Zeit fährt, eine uns allen unbekannte und verwundernde. Wahrscheinlich ist Nastja geradewegs aus dem Kiosk, in dem sie bis ins hohe Alter gearbeitet hat, zum Bahnhof gefahren und hat vorsichtshalber ein paar Zeitungen mitgenommen, um das Zeitgeschehen nicht aus den Augen zu verlieren, das schon morgen nicht mehr aktuell sein wird, oder um etwas Papier zum Anheizen für den Notfall dabei zu haben, denn wer weiß, wo wir hinfahren, und ob es dort Kohlen oder Holz zum Heizen gibt.

Opa Aaron hat sich gehäutet, die Jahre und Erfahrungen, Verletzungen und Erkenntnisse, die Müdigkeit und einige Momente von Glück, die sich in Haut und Fettschichten über seine Knochen gelegt haben, bis ein alter, faltiger Körper entstand, scheinen von ihm abgefallen zu sein. Nun sehe ich nur noch einen Jungen mit pelzigen Augenbrauen vor mir, der zurückgekehrt ist zu seinem Ursprung, in das verzauberte Alter, das er nie genau kannte, das aber sein Leben bestimmt hat, denn wäre er nicht in einen solchen Waggon gestiegen, hätte er den Krieg wahrscheinlich nicht überlebt.

Mama versucht, sichtlich angestrengt, zwischen den vielen Soldaten, die überall sitzen, hindurchzuschauen, um Karlchen zu betrachten, sie würde gern näher an uns herankommen und das Kind halten, aber sie kann ihre Mutter nicht allein sitzen lassen. Nastja wirkt sehr beunruhigt, ihr Blick verrät, dass Erinnerungen in ihr hochkommen, die sie lange verdrängt hat, eine Vorahnung von Krieg füllt ihren Körper aus, die sie schon lang nicht mehr gehabt hat, sie fühlte sich sicher, geschützt vom Staat, wenn auch persönlich nicht erfüllt, nie zufrieden, so war eben ihr Charakter … Lena möchte hindurchkriechen zwischen den Deutschen und sowjetischen Uniformierten, die sinn-los auf dem Holzboden herumsitzen, als hätten sie Befehl bekommen, sich zu ergeben, nur vor wem?

Ein dicker schwarzer Stiefel berührt meinen Fuß, der in meinen al-ten flachen Sandalen steckt, diese Schuhe habe ich in Köln auf einem Flohmarkt gekauft, ich muss also Anfang zwanzig sein und begreife nicht, wie der Säugling auf meinen Arm kommt, ist es vielleicht doch nicht mein Kind?

Je näher ich dem Frachtwaggon kam, desto tiefer fielen die Tem-peraturen, meine Zehen sind so kalt, dass es Winter oder wenigstens Spätherbst sein müsste. Dauert die Fahrt zu lange, werden meine Zehen mir wegfrieren. Ich versuche sie stets in Bewegung zu halten, damit sie durchblutet werden. Ich betrachte den gewalttätigen Stiefel, der meinen Fuß berührt und folge mit meinem Blick der schmutzi-gen, grauen Uniformhose, weiter die grau-grüne Jacke hinauf, die von einem schwarzen Gürtel zusammengehalten wird, den sehnigen, star-ken Hals des Mannes entlang bis zu seinem Kopf, auf dem eine Mütze sitzt mit einem Totenkopf und einem Adler darüber. Sein Gewehr hat er zwischen seinen angezogenen Oberschenkeln und dem Bauch ein-geklemmt und die Arme mit den Ellenbogen auf den Knien abgelegt. Er blickt verlangsamt und etwas fragend um sich, als versuchte er die Situation einzuordnen und den Sinn des Befehls zu begreifen, freiwil-lig ist er nicht hier, freiwillig ist er schon lange nichts mehr. »Es war eben eine solche Zeit«, wiederholte Lena oft, und ihre Mutter Nastja auch, und Aaron, als er nicht mehr nur Kern von sich selbst war, wie jetzt gerade schlafend im warmen Schoß meiner Urgroßmutter, und seine Frau Sarah auch, die alte Frau, die ich beim Einsteigen in der linken Ecke am anderen Ende des Waggons entdeckt habe. Sarah ist bereits alt und sitzt neben einer anderen alten Frau, sie wirken sehr vertraut miteinander, vielleicht sind sie Schwestern.

Die Silhouette des Soldaten mit den schwarzen schmutzigen Stiefeln kommt mir bekannt vor. Die kantigen, aber gleichzeitig etwas weibli-chen Züge des Gesichts, die zarte Nase, das rundlich nach vorn ragen-de ovale Kinn und braune Locken, die unter dem Hut hervorschauen.

»Mein Großvater«, sagt Marc, und ich zucke zusammen, weil ich nicht gemerkt habe, dass er neben mir sitzt.

»Du kommst auch mit?«, frage ich und atme erleichtert aus.

»Ja, hatte ich denn eine Wahl?«, antwortet er und enttäuscht mich auf vertraute Weise mit einer seiner relativierenden Aussagen.

»Es gibt ein paar alte Fotos von ihm aus dem Krieg. Susanne hat sie in einer alten Papiertüte aufbewahrt in ihrem Kleiderschrank in dem oberen Fach bei ihren Tüchern, Handschuhen und solchem Kram ... Ich wusste natürlich immer, wo die Tüte war, auch wenn sie dachte, sie hätte sie unauffällig versteckt«, erzählt er weiter.

»Gab's denn etwas zu verstecken?«, frage ich und drücke Karlchen an meine Brust, da er ein klein wenig seine Äuglein öffnet. Marc zieht sein dunkelrotes Jackett aus, das er jahrelang beim Unterricht in der Hochschule getragen hat, und legt es mir über die nur von Lederriemen geschützten, nackten Füße.

»Na, sieh ihn dir mal an ... mit dem Vogel da auf dem Kopf und dem albernen Piratenzeichen. Keine Ahnung ... wird schon seinen Teil dazu beigetragen haben, sonst hätte sie ihren Mund mal aufgemacht, hat sie aber nicht. Susanne hat ihren Mund nie aufgemacht ...«

»Genau wie du!«, schießt es unvorsichtig aus mir heraus.

Marcs Großvater sitzt inmitten einer kleinen Gruppe solcher grau und grün uniformierten Piraten mit Gewehren und Stiefeln, und auf der anderen Seite des Waggons sitzt eine andere Kleingruppe grün und beige uniformierter junger Männer mit kleinen roten Sternen auf ihren Mützen.

»Und das da ist meiner«, sage ich.

»Wer?«

»Mein Großvater.«

Jurij steht aufrecht an die Waggonwand gelehnt, die Hände hinter seinem Rücken zwischen Körper und Holzwand gequetscht, trägt ebenso schwere und bedrohliche Stiefel wie die deutschen Soldaten und einen braunen Gürtel um die Taille. Er betrachtet das Geschehen und schielt ab und an zu uns herüber, als hätte er eine Vermutung. Seine Waffe hat er nicht bei sich, stattdessen hängt eine alte große

Fotokamera um seinen Hals mit einem Objektivschutz darüber, an dem er immerzu leicht mit den Fingern herumspielt, als hätte er noch nicht entschieden, was das nächste Motiv werden soll. Ich habe auch, solange ich mich erinnern kann, permanent Motive vor Augen gehabt, egal wo ich mich befand, gleichgültig zu welcher Uhrzeit, so ein potentielles Motiv konnte mich immerzu aus dem Nichts überkommen und ließ mich dann nicht mehr los, bis es nicht auf einer Leinwand oder einem Stück Papier landete. Wenn dies hier unsere letzte Fahrt ist, müsste ich ein letztes Motiv suchen, aber die Anwesenheit Karls verhindert das, ich habe keine Phantasie bei mir, sondern etwas anderes, Reales und sehr Hoffnungsloses, ist das eine Weltanschauung oder ein Zustand? Sind hier alle in diesem Zustand?

»Und die ganzen anderen Menschen?«, frage ich Marc.

»Was ist mit denen?«

»Bist du mit denen auch verwandt?«, frage ich.

»Und du?«, möchte er wissen.

Marc legt seine Hand auf Karls Stirn und streicht dann zart mit den Fingern über das Stückchen Haut das unter dem Stricktuch hervorschaut. Jurij befreit sein Objektiv von der Schutzhülle und fängt uns so ein, nebeneinander hockend, einen kleinen Jungen auf meinem Arm liebkosend. »Da sind Susanne und Oskar«, flüstert Marc in mein Ohr und deutet vorsichtig mit seinem Kopf nach rechts.

»Willst du sie mir nicht vorstellen?«, frage ich, setze aber keinerlei Erwartungen in meinen Vorschlag, er hatte schließlich jahrelang Zeit, mir Susanne vorzustellen.

»Oskar hat sich totgesoffen. Was macht der hier?«, fragt Marc.

Sein Vater Oskar lächelt gerührt und winkt ihm mit der linken Hand, als wüsste er, dass er keinerlei Recht dazu hat, denn Marc wird ihm nie verzeihen.

»Das ist Karl«, höre ich Marc unerwartet laut sagen.

»Bitte?«, fragt sein Vater über die Köpfe der Soldaten hinweg, als wollte er den Faden eines solchen raren Gespräches nicht abreißen lassen.

»Dein Enkel!«, ruft Marc.

»Ja, das habe ich mir gedacht, Marc! Toll! Kann ich ihn mal sehen? Könnt ihr ihn mir bitte einmal zeigen?«, versucht der schmale Mann laut genug durch die Menge zu senden, damit Marc ihn auch nicht überhört. »Er schläft«, sagt Marc.

»Bitte? … Ach so, er schläft, ja dann lasst ihn schlafen, den Kleinen! Was für ein Glück! Ich freue mich …«, ruft Oskar mit Tränen in den Augen und betrachtet mich erwartungsvoll.

»Kira«, rufe ich zurück.

»Bitte? … Mira? Das freut mich, Mira! Das freut mich sehr!«, sagt Marcs Vater laut, und ich verzichte darauf, ihn zu korrigieren.

Sarah hat ihrer Schwester den Kopf auf die Schulter gelegt und Rimma wiederum ihren auf Sarahs Kopf, der auf ihrer Schulter ruht. Sie sind ineinandergewachsen, wie zwei ruhende Tauben.

Aaron ist jetzt aufgewacht und spricht leise mit seinem Vater. Aarons Mutter ist zu einer anderen jungen Frau herübergekrochen, die ebenfalls einen Säugling auf dem Arm hält und versucht, diesem etwas in den Mund zu schieben, vielleicht Zucker.

Ich versuche Papa zu finden, er muss auch irgendwo hier sein, suche längere Zeit in der falschen Ecke und erblicke ihn dann neben Opa Jurij stehend an der Wand. Papa ist vielleicht zwanzig. Ich habe mich schon immer gefragt, wie es wäre, Mama und Papa in meinem Alter zu begegnen, jung, ähnlich unwissend und zuversichtlich, mutig und scheu zugleich. Papa zeigt mit dem Finger auf mich und erklärt Jurij etwas. Er deutet auf Marc und auf unseren Sohn und scheint dabei Deutsch zu sprechen. Die deutschen Soldaten blicken erstaunt zu ihm hinüber und lauschen seiner Erklärung, betrachten dabei Marc und dann mich und dann unseren Säugling. Jurij versteht nichts, nickt aber immerzu wohlwollend mit dem Kopf.

Sarah ist aufgewacht und stimmt zusammenhangslos ein Lied an. Die kleine Gruppe von Kindern und ihren Eltern, die auf Säcken und Taschen im Waggon verteilt sitzen und ihre Hände warm zu halten versuchen, klinken sich in ihre Melodie ein.

»Lomir zingen kinderlakh a zeymerl tsizamen,

A nigndl, a freylekhn mit vertelakh vus gramen.

Di mame kokht a lokshn zup mit kashe un mit kneydlakh.

Kimt der yontev pirim veln mir shpiln zikh in dreydlakh. Chiribim, Chiribom…«

Die Kinder beginnen in die Hände zu klatschen, auch Aaron auf der anderen Seite des Waggons versucht mitzumachen. Die Köpfe der deutschen Soldaten drehen sich unnatürlich um ihre eigene Achse auf den Hälsen, wie Geschosse auf Panzern, die eine Zielrichtung suchen. Die russischen Soldaten witzeln und lachen abgehackt, schütteln die Köpfe, ungläubig und abschätzig, fallen dann aber auch ins Klatschen ein, und ein regelmäßiges Aufeinanderprallen der Handflächen vieler Menschen begleitet das Rattern des Zuges. Die deutschen Soldaten fügen sich vorsichtshalber und klatschen ebenfalls leise aber rhythmisch korrekt mit. Ein kleines Mädchen, das Papa sehr ähnlich sieht, springt auf und drängt sich zwischen die sowjetischen Soldaten. Sie machen ihm Platz, indem sie beiseiterücken und dabei wohlwollend kichern. Das kleine Mädchen beginnt auf eine verrückte Art zu tanzen, stampft mit dreckigen Lederschuhen an ihren Füßen auf den Holzboden, wirft ihre Mütze in die Menge, schüttelt ihr dunkles dichtes Haar, klatscht schnell und wild in die Hände und blickt dabei immer wieder lachend und mit heller, laut schallender Kinderstimme zu ihrer Schwester, die nun allein dasitzt und vor Freude weint. Das kleine Mädchen hat die runden und tiefen Augen von Sarah, schwarze bekümmerte Oliven, die kleinen dicken Backen, die dunkelbraunen, etwas gelockten Haare, ihren drängenden, fragenden Blick: »Wie sehe ich aus?«

»Chriribim, Chiribom, Chiribim, Chiribom!«, tönt es wie aus einem frisch gestimmten Klavier in einer der höheren Oktaven aus ihrem Kindermund, die Töne sitzen perfekt, sie trifft die Noten genau, ihr Gesang klingt fein und zugespitzt, aufmerksam und klar, unwissend hoffnungsvoll, mutig, wie es nur Kinder sein können, die vielleicht noch ihr ganzes Leben vor sich haben. »Chiribim, Chiribom«, hallt es aus den unterschiedlichen Mündern, es rattert und klatscht polyphon.

Ein Waggon voller Familie fährt in seine unbekannte Bestimmung, und nicht einmal der kleine Säugling auf meinem Arm kann dem entkommen.

34

Ich greife ungeschickt zwischen die aneinandergelehnten Leinwände auf dem Dachboden, schiebe sie auseinander, damit ich sehen kann, welches Bild ich vor mir habe. Es sind die kleineren Bilder auf dem wackeligen Regal an der Wand, die meisten sind alte Arbeiten, als ich noch ein halbes Kind war und keine großen Leinwände besaß. Ich stoße aus Versehen das Weinglas um, das ich soeben auf den Boden gestellt habe, es fällt um, aber zerspringt nicht. Ich hebe es leicht schwankend auf und betrachte die dunkelroten Ränder auf dem Glas, die sich von dem bitteren Rotwein gebildet haben, von dem ich schon fast eine ganze Flasche allein getrunken habe ... Ich wollte mich eigentlich ausruhen heute, über alles nachdenken. Marc ist auf einem Symposium, und Karl wollte unbedingt bei Manuel und Nele schlafen, aber dann habe ich diese alte Ostsee nicht mehr aus dem Kopf bekommen. Plötzlich war es dringlich, sie nochmal anzusehen, und ich bin ungeschickt im Halbdunkeln, weil ich den Lichtschalter im Treppenhaus nicht fand, hinaufgetorkelt. Wüste, Trauerweiden, noch mehr Trauerweiden am See, noch mehr ... da ist sie, die See, Hiddensee ... diese trostlose Klassenfahrt. Ich lasse mich in den alten staubigen Sessel fallen, mit dem ich immer die Tür versperre, und halte das Bild ganz nah an mein Gesicht, der undeutliche Nebel vor meinen Augen verwässert meinen Blick und macht alles unscharf. Ich taste mit dem Zeigefinger nach dem Drachenseil in der rechten Bildecke, streiche zart seine gesamte Länge ab und denke mich dann in das sichtbare Stückchen Strand hinein, auf den weißen Ostseesand. Sitze dort und versuche meine Tränen zu kontrollieren, aber sie stürzen unwillkürlich meine Wangen hinunter und verschwinden in der Tiefe, zerbrechen an den knochigen Klippen meiner Knie, an denen ich leicht mit den Zähnen knabbere ...

»Kira, lass uns zusammen wegfahren. Du ... du hast früher oft vom Schwarzen Meer erzählt, weißt du noch? Wollen wir nach Istanbul oder nach Odessa? Von welcher Seite sollen wir das Schwarze Meer anfahren, Kira?«, hallt Marcs Stimme in meinem Kopf nach.

»Istanbul ist gerade schwer, habe ich gehört ... Und die Ukraine wird gar nicht angeflogen, weil sie wieder von Russland beschossen wird. Bist du nicht informiert, du Journalist?«

»Wieso? Welches Jahr haben wir? ... Dann müssen wir eben hier bleiben. Hiddensee. Lass uns nach Hiddensee fahren. Weißt du noch das letzte Mal, als wir mit Karl da waren? Es hat die ganze Zeit geregnet«, er lacht kindlich. »Nächste Woche. Ich kann zwei Tage. Nicht länger. Ich möchte getrennte Zimmer im Hotel«, antworte ich.

Das Bild in meinen Händen verfinstert sich, es wird Abend, und der Mond ist kaum zu sehen, er ist milchig grau und versteckt sich zum größten Teil hinter einer Dunstwolke. Der Himmel ist schwarz und sternlos. Es nieselt. Es ist windig und kalt, und von der See sehe ich nur grauen Schaum, der aus dem schwarzen Wasser entsteht, wenn er an den Strand stößt und das Nass sich wieder zurückzieht. Hinter mir wachsen die krummen Pinien den Sandhügel hinauf, ich sehe ihre Silhouetten im Dunkeln. Ich ziehe mir die Kapuze tief ins Gesicht, balle meine Hände zu Fäusten und betrachte die Regentropfen, die auf den Lack der Stiefel fallen. Neles geschmacklose Lackstiefel ... Die durchsichtigen Tropfen färben sich schwarz wie der Schuh ... Durchsichtigkeit kann eben alles werden, sie ist rückgratlos und glasklar. Ich spreche mit den Wellen: Ich war fünf und hatte ein aufblasbares Krokodil. Ge-ge-raaa ... hat Karlchen gesagt, als er zwei war. Mama trug einen Achtziger-Jahre-Badeanzug mit amerikanischer Flagge darauf. Die Sternchen sind aus dem Himmel gefallen, als in Moldawien in den Himmel geschossen wurde, und sind auf ihren Badeanzug geprasselt. Aber der Bürgerkrieg war doch später, das kann alles nicht sein, es ist alles nicht wahr. Chronologie ist erfunden, es gibt keine. Sie ist eine Lüge, wie alle Systeme. »Weißt du was?«, fragte mich Papa. »Ja, ich weiß, am Ende müssen alle sterben.« »Visele, volbura, serii-aurora, lac adormit într-un nufar apus, vi sa le-ngheti cu tacerile, sora, neagra-a celui ce cununa ti-a pus«, spreche ich leise und ungelenk vor mich hin. Ich habe es vor langer Zeit einmal auswendig gelernt, weil ich den Klang schön fand. Es ist Rumänisch. Und geschrieben hat es Paul Celan. Ich verstehe es nicht. Nicht verstehen ist wie verloren gehen. Ich kenne mein Land nicht, ich spreche meine Sprache nicht. Ich habe keine Nationalität und keine Heimat, weil meine Wurzeln in der Besatzung eines politischen Systems liegen, und Systeme sind erfunden, irgendwann immer vorbei und dann gar nicht mehr wahr ... Zum Glück konnte Celan auch Deutsch. Eine schwarze Welle schwappt mir bis knapp vor die Füße, der Regen wird etwas stärker, und meine Nase läuft. Celan stammte aus Czernowitz, und seine Eltern kamen in einem Lager bei Transnustri-Transnostri um. Ich kann kein Rumänisch. Das kalte Wasser schwappt über den schwarzen Lack, etwas Wasser läuft mir in die Stiefel, ich ziehe einen Handschuh aus und befülle ihn mit der Ostsee, sie tropft aus den Wollfingerspitzen auf meine Hose, meine Knie werden nass. Ich wache jeden Tag auf, ich stehe auf, ich tue etwas, ich fühle, ich denke, ich esse, ich liebe immer noch. Wen? Ich bin wieder einmal verloren gegangen. »Kira, was machst du hier? Es ist kalt«, spricht eine männliche Stimme hart auf mich ein.

»Ich wollte das Meer heute noch sehen.«

»Das kannst du auch aus dem Fenster. Komm, steh auf. Wir wollten doch essen. Ich habe dich überall gesucht, wenn wir uns jetzt beeilen, kriegen wir noch etwas im Hotel ...« Marc zieht mich hoch wie eine ausgeblutete Ziege. Ich wünsche mir, dass er mich über die Schulter wirft und davonträgt. »Auf Kamtschatka, da schlachten sie ihre Tiere nicht mit dem Messer, sondern durch Ersticken, wusstest du das? Das ist so ein Ritual, damit die Geister nicht angelockt werden«, fällt mir ein.

»Was?«

»Es darf kein Tropfen Blut auf den Schnee fallen. Deshalb wickeln sie dem Tier Seile um den Hals und ersticken es. Das verläuft langsam und quälend. Aber das finden sie immer noch besser, als Geister anzulocken. Die sind gefährlich. Die Geister.«

»Ich denke, du solltest etwas Warmes trinken, Kira. Komm, was ... was machst du?«

Ich falle in seine Arme und dann auf die Knie, und er kniet sich zu mir in den Sand und hält mich an den Schultern fest.

»Ist dir schlecht?«

Ich ziehe meinen zweiten Handschuh aus und greife ihn am Nacken. Ich halte ihn so fest in meinem Griff, wie ich nur kann, und schaue ihm in die Augen. Es ist dunkel, und ich sehe nur zwei dunkle Löcher, die mich traurig anblicken, die langen Wimpern und die Falten seiner alten Haut um die Augen herum.

»Lass mich los, Kira, das tut weh.«

»Was soll diese beschissene Reise hier bringen? Was willst du von mir? Wozu hast du mich hierhergelockt?«, schreie ich ihm ins Gesicht, und er versucht mich zu küssen. Ich weiche ihm aus. Dann packe ich ihn fest am Nacken und drücke seinen Kopf auf den nassen Sand.

Ich presse meine Stirn an den kleinen Keilrahmen in meinen Händen, möchte in die Partikel der Leinwand hineinschauen, begreifen, wie die Geschichte darin beschaffen ist, meine Stirn an einer anderen Stirn reiben …

»Kira, ich kriege keine Luft, hör auf damit, bitte«, brüllt er, aber ich drücke seinen Kopf weiter in den Sand. Ich setze mich auf sein Gesicht und beginne ihn zu würgen.

»Was machst du da?«

»Wie lange hast du dich heimlich mit der getroffen? Ich hab dich ausgehalten mit deiner beschissenen Depression …«, ich schreie ihn an. Er macht sich los und hält mich an den Handgelenken fest.

»Ich habe dich nicht betrogen, du Scheißhexe. Nie! Ich hab morgen früh bestimmt Abdrücke von deinen Fingern an meinem Hals, du osteuropäisches Biest. Warst du immer.«

»Was hast du da gesagt?«, ich packe sein Gesicht mit meinen Händen und spucke ihn an. »Du nervtötender Halbintellektueller, du kannst dir dein Scheißeuropa in den Arsch schieben«, brülle ich ihn an und trete ihm mit meinem Stiefel ins Gesicht.

Er schreit laut vor Schmerz, richtet sich auf und schlägt mich mit der Faust. Ich falle zu Boden und schmecke nassen Sand zwischen meinen Zähnen. Ich verstehe einen Augenblick lang nicht, was passiert ist, und sehe seine dunkle Gestalt sich über mich beugen, mir ist schwindelig, und er reißt meine Jacke auf. Er zieht mir die Hosen herunter mit Gewalt und hält mir den Mund zu, ich sehe den schwarzen Himmel über mir, und der Regen wird stärker. Ich spüre sein Gesicht zwischen meinen Schenkeln, greife ihn an den Haaren und ziehe sein Gesicht mit letzter Kraft zu mir hoch. Ich lecke an seinem Ohr, während ich mit der Zunge über das Bild in meinen Händen fahre, den aus dem Bild fahrenden Faden des Drachens langsam mit der Zunge nachziehend, und ich ziehe so fest ich kann mit meinen Zähnen an seinem Ohrläppchen. Ich reiße ihm ein Stück seines Ohres ab und schmecke Blut zwischen meinen Lippen. Er macht sich los und schreit mich an, kommt dann auf mich zu und tritt mir mit aller Kraft in meinen nackten Unterleib. Ich sehe nichts mehr und höre seine Schritte sich langsam entfernen. Sand klingt nicht wie Schnee, er klingt gar nicht. Sand ist stumm.

35

(Berlin, Deutschland, jetzt)

Nele schüttelt sich vor Lachen, weil der kleine karierte Fußball permanent zu nahe an mein Gesicht heranfliegt, am rechten Ohr vorbei und dann wieder am linken, je nachdem mit welcher Hand Karl oder Manuel werfen. Wir sitzen auf dem bunten türkischen Teppich in Neles Wohnung und verschlucken uns lachend an den kalten Melonenstücken. Karl und Manuel spielen sich gegenseitig den Ball über unsere Köpfe hinweg zu. Sie finden es witzig, uns mit dem Miniball nur knapp zu verpassen, und zwingen uns zu rechtzeitigen Reaktionen. Wir ducken uns regelmäßig und verlieren dabei giggelnd Melonenstücke, die wir mit den Händen auffangen und wieder in den Mund stopfen, einiges geht daneben und landet auf dem Teppich, aber wir genießen die Schweinerei, als seien wir alle höchstens sechs Jahre alt wie Manuel. Karlchen ist noch einen ganzen Kopf kleiner als er und bewundert seinen großen Freund. Er spricht oft von ihm, betont dabei sehnsüchtig, dass er nächstes Jahr auch schon eingeschult wird und dann unbedingt auf dieselbe Schule gehen möchte wie Manuel, weil sie sich dann in den Pausen treffen könnten.

Manuel hat ihm allerdings schon erklärt, dass er dann bestimmt neue Freunde hat in seiner Klasse und eher mit denen auf dem Schulhof spielen wird als mit Karl, denn er ist ja dann schließlich auch schon eine ganze Klasse weiter ... Karls Gesicht verzog sich leicht vor Enttäuschung bei der Vorstellung, Manuel könnte das gemeinsame Spiel verweigern, obwohl sie zur selben Zeit am selben Ort wären, und schien sich stumm einzureden, dass das wohl dazu gehört zum Großwerden, auch er selbst würde bestimmt neue Freunde finden ... Die Frage beschäftigt ihn seit letzter Woche, der Gedanke an die potentielle Einsamkeit in der Schule bedrängt ihn, auch wenn er selbst noch gar nicht in Worte fassen kann, was ihn so verletzt, denn es ist ja noch gar nichts passiert. Vielleicht fragt er sich abends, wenn ich ihm vorlese und er abwesend in meinem Arm hängt, wozu Manuel das überhaupt gesagt hat, wollte er sich absichern oder ihn ärgern?

»Ich muss unbedingt schnell erwachsen werden, Mama«, meinte er vor ein paar Tagen beim Zähneputzen.

»Oh, hast du keine Zeit mehr?«, fragte ich ihn besorgt und betrachtete die Zahnbürstenbeule in meiner Backe.

»Doch.«

»Also?«

»Ich muss unbedingt verstehen, was echte Freunde sind.«

»Ich bin erwachsen und weiß es auch nicht so wirklich«, gab ich zu und verspürte dabei eine Ahnung von Verlorenheitstränen in mir aufsteigen.

»Aber ein bisschen weißt du es?«

»Ja … es ist komplizierter, glaube ich, also man kann nicht so leicht trennen zwischen Freundschaft und … also vielleicht geht es einfach nur um Empathie…«

»Empa-was?«, fragte er und kaute auf seiner Zahnbürste herum.

»Also … Zuwendung oder … Liebe?«, antwortete ich unsicher.

»Das ist das Gute am Erwachsensein. Man weiß dann ein bisschen mehr.«

»Manchmal«, antwortete ich und zerlief im Spiegel.

Der Ball prallt an Neles linker Schläfe ab, sie fällt theatralisch leidend zu Boden und jault vor gespieltem Schmerz. Dann röchelt sie und hustet übertrieben, versucht mit ihren langen Armen nach mir zu greifen, aber ich habe das Gefühl, ich bin unendlich weit weg und sehr schwer, dabei lache ich doch. Sie tut so, als bekäme sie keine Luft mehr und greift mich an der linken Schulter, zieht mich zu sich herunter und glotzt mich mit absichtlich nach außen gerollten Augäpfeln an, als sei sie ein Fisch. Der Anblick ist entsetzlich, bringt mich aber noch mehr zum Lachen, Karl und Manuel stürzen sich von beiden Seiten auf uns, und ich spüre einen kalten nackten Kinderfuß in meinem

Gesicht. Karl greift mit beiden Händen in Neles Rippen und kitzelt sie, sie schreit, dass sie ertrinkt und gerettet werden möchte, Manuel springt auf meinen Rücken und befiehlt dem Pferdchen Galopp, wir sind nur noch ein wuselnder Haufen auf einem bunten Teppich.

»Lecker Essen, Pferdchen, hier, schnupper mal, friss, Pferdchen, Mittagessen!«, brüllt Manuel auf meinem Rücken, und ich beginne lachend an der auf dem Teppich ertrinkenden Nele zu riechen und merke dabei, dass mir ihr Geruch mittlerweile vertrauter ist als Marcs. Ich weiß nicht mehr, wie Marc riecht, ich habe es vergessen. Nach Schweiß und Wärme, Keksen und Brot und leicht nach Zitrone duftet Nele. Manuel greift mit der Hand in meinen Haarschopf und presst meinen Kopf etwas zu grob an Neles Hals, ich gebe ein vernichtendes wildes Geräusch von mir und verbeiße mich in ihrem Hals, spüre die dünne Haut, den Schweißgeschmack, den Muskel darunter, denke an Marc, an meine Erinnerung an ihn … kann man sich an etwas erinnern, das noch nicht vergangen ist? Die Zukunft erfährt Vergangenheiten schneller, als man es fassen kann, und ich wünsche mir, dass Marc und ich uns wieder kennen.

Nele schubst mich mit voller Kraft von sich weg und wischt sich meine Spucke vom Hals.

»Bist du verrückt, wie soll ich Suk den Knutschfleck erklären, du Tier?«

»Dein Sohn hat gesagt, ich soll dich fressen«, verteidige ich mich.

»Ich mache auch nicht alles, was mein Sohn mir sagt«, lacht sie verärgert und wuschelt Karls Haare durcheinander, dessen Blick zu verstehen versucht, ob wir uns jetzt streiten, so wie Marc und ich es oft tun. Wir schauen uns einen Augenblick lang an. Ich zucke ratlos mit den Schultern, und wir prusten beide wieder vor Lachen los.

»Gibt's endlich Essen?«, schreit Karl erleichtert und rennt durch den Flur zur Küche, in der Marc und Suk kochen.

Marc schiebt eine kleine Salzgurke in seinen Mund und führt seinen stockenden Monolog weiter.

»Ich muss mich irgendwie befreien … also, ich meine, ich habe ja eine große Verantwortung, das ist ein ernsthafter Beruf, den die da lernen, also meine Vorlesungen sollten nach Möglichkeit … ich hoffe, die verstehen, was ich da zu vermitteln versuche … Ich meine, dadurch dass ich nie unterrichten wollte, fällt es mir schwer, selbst nach drei Jahren …«

»Naja, deine Studenten sind erwachsen, Marc, du bist ja nicht in der Schule, sie müssen selbst entscheiden, was sie lernen wollen und was ihnen nutzt, oder? Also ich meine, Eigenverantwortung ist ja vielleicht sogar noch wichtiger als die Menge des vermittelten Wissens … ich hab keine Ahnung, ich spiele Banjo …«, wirft Suk ein.

»Genau«, sagt Marc und zieht ein absurdes Gesicht. Suk ist kurz beleidigt, lächelt dann aber wieder.

»Wie machst du denn das?«, schaut mich Suk fragend an, als sei er überrascht davon, dass Marc mich offenbar noch nie gefragt hat. Marc hält kurz inne, als merkte er, dass er etwas Naheliegendes vergessen hat. Ich schäme mich ein bisschen und bin gleichzeitig unfreiwillig wütend, unser Missverhältnis ist mittlerweile wohl nicht mehr zu übersehen.

»Ich habe es mit Siebenjährigen zu tun … in der Malschule …«, murmele ich vor mich hin.

»Ja, und?«, fragt Manuel verwundert, und Nele streicht ihm über den Kopf, den Mund voller Salat.

Ich räuspere mich und schmecke einen Moment lang intensiv die Dressingsäure, die sich in die Schleimhäute meiner Mundhöhle frisst, und antworte dann hartnäckig:

»Ich denke, beim Lernen wissen beide etwas und … es ist ein Gespräch.« Ich starre Marc herausfordernd an.

Er betrachtet mich irritiert, schluckt ein Stück Brot hinunter, wirft einen flüchtigen Blick zu Nele und bleibt nachdenklich an dem bordeauxroten Streifen auf ihrem Hals hängen.

»Ein Knutschfleck?«, fragt er vorsichtig und wirft einen kurzen fragenden Blick zu Suk, nicht sicher, ob die Frage angebracht ist. Nele grunzt mit vollem Mund und stößt mich leicht mit dem Ellenbogen an:

»Das war die da!«, mault sie kaum verständlich.

»Er hat gesagt, ich soll!«, verteidige ich mich und zeige mit dem Finger auf Manuel.

»Ja, hat er wirklich!«, schreit Karlchen und lacht.

Marc betrachtet verlangsamt zuerst mich und dann Nele, versenkt eine weitere Salzgurke in seinem Mund und setzt seinen Monolog fort.

Nele kriecht auf dem Boden herum und sammelt mit den Kindern die zerquetschte Melone vom Teppich, Manuel und Karl versuchen sich mit nassen Lappen im Putzen, verprügeln sich dabei aber eher mit den feuchten Tüchern, als dass sie wirklich Ordnung in diesen verwirrenden Teppich brächten. Ich liege ausgestreckt auf dem Sofa und starre an die Decke. Marc und Suk waschen in der Küche ab, und ich lausche deren Gesprächsfetzen. Marc versucht immer noch herauszufinden, ob es ausreicht, ein Lehrer zu sein, ob etwas, das ihm keine Freude bereitet, trotzdem sinnvoll sein kann. Er kratzt an seiner eigenen Oberfläche, und ich frage mich, wann er mal einen Knutschfleck nach Hause bringen wird. In letzter Zeit gibt es Ausnahmen, an manchen Tagen spüre ich eine unsichtbare Anwesenheit an seiner Seite, an anderen nicht, vielleicht will er sie doch nicht, seine Studentin, vielleicht ist sie gar keine Studentin. Vielleicht ist er gerade dabei herauszufinden, dass er eigentlich gar nichts mehr will, er bleibt jedenfalls nicht mehr nachts weg, verharrt wieder auf seinem Sofa. Vielleicht war es wirklich nur das eine Mal, und er hat gemerkt, dass es doch nicht passt, vielleicht denkt er doch noch zu sehr an mich, das wäre naheliegend.

Ich schließe die Augen, und der Film in meinem Kopf geht wieder los. Ich lasse mich seitlich vom Sofa rollen, als hätte jemand meinen unbeweglichen verhärteten Körper hinuntergeschubst, und lande mit dem Gesicht auf dem harten Holzboden, die Arme wachsen leblos aus mir heraus, die Knie drücken ins Holz. Ururoma Bina hat sich damals totgestellt, ich probiere das aus … Der harte Aufprall des Wangenknochens auf dem harten Holzboden schmerzt, aber sie bleibt ihrem Plan treu. Vielleicht ist es so auch einfach leichter, ins Jenseits zu gehen. Dass jede eingerichtete Häuslichkeit vergänglich ist, weiß sie von

Kindesbeinen an, denn wie oft ist sie mit ihren Eltern umhergezogen von einem jüdischen Dorf in das nächste, bis sie in Bessarabien ankamen. Die wahrscheinliche Möglichkeit, einem Pogrom zum Opfer zu fallen, bestand immer.

»Erschieß die Alte.«

»Ach komm, es ist nur ne alte Oma. Lass, die verhungert hier einfach, die ganze Bagage ist abgehauen ... hier ist keiner, außer der Köter da und diese Schrapnelle.«

»Dann erschieß den Köter.«

»Wozu das, ist der Jude?«

»Was, wozu? Erschieß den einfach und gut ist.«

»Ich hab keine Lust.«

»Gut dann erschieß ich die Alte, was soll's.«

Dumpfes Knallen ertönt in dem winzigen Holzhaus in dem Dörfchen Capresti. Ein großer Mann bückt sich zu der alten Frau hinunter und zieht ihr den einzigen Ring an ihrer Hand vom Finger. Den ganzen Tag schon knallte es dumpf aus der Ferne in Binas Ohren. Nun ist das Knallen gegenwärtig und scheint nichts weiter zu ändern. Sie war ja schon tot, bevor sie sie erschossen haben, das hat sie sich gut ausgedacht, das sollten alle so machen, ist ihr erster Gedanke, nachdem sie gestorben ist.

Die zwei gelangweilten rumänisch sprechenden Männer stampfen schweren Schrittes in ihren Stiefeln aus der Stube hinaus, und der kleine Schmulik jault hinter dem Schaukelstuhl. Er wartet eine Weile, bis er die Anwesenheit der menschlichen Grausamkeit nicht mehr spürt und arbeitet sich langsam schnüffelnd an die alte beschädigte Frau heran. Ihr Geruch ist ihm vertraut, das graue auseinandergefallene Haar, die alten knochigen Hände, deren Handflächen jetzt nach oben zeigen. Er tapst mit den kleinen Pfoten in die Blutlache neben ihrem Kopf, sein helles Fell verfärbt sich etwas, und er spürt noch die Wärme der Flüssigkeit. Er gräbt sich mit seinem kleinen Hundekopf in Binas Haar, legt sich in die dunkelrote Lache und stellt sich ebenfalls tot. Es ist absolut still geworden. So eine Art von Stille kann ich mir nicht vorstellen, Manuels und Karls Stimmen stören mich dabei. Sie freuen sich.

Jemand greift nach meinen Füßen und legt sie sich auf den Schoß. Ich schlage die Augen auf. Marc drückt leicht mit seinen Fingern an meinen Fußsohlen herum. In meinem Kopf dreht sich alles ein wenig, und ich versuche seinen Blick zu fassen. Er schaut mich ungläubig an, zweifelnd, wir betrachten uns mit gegenseitigem Misstrauen, und ich versuche zu erspüren, ob es jemanden gibt in seinem Leben oder nicht. Ob es mich gibt.

36

»Hier können Sie sich umziehen, die Hosen dürfen Sie anbehalten und den BH auch, und ziehen Sie dann bitte dieses Hemd über … Sie wirken nervös, machen Sie sich keine Sorgen«, die rothaarige Arzthelferin zeigt mir den Umkleideraum, und ich weiß nicht, ob ich es als Freundlichkeit auffassen soll, dass sie völlig ausblendet, dass das Ergebnis einer Magenspiegelung auch ein Magengeschwür sein könnte, und das würde mein ganzes Leben verändern, je nachdem in welchem Stadium es sich befindet. Das Magengeschwür und das Leben. Jemandem gut zureden kann auch einfach nur Gleichgültigkeit bedeuten, und ich beantworte sie mit einem halbherzigen Lächeln. Seit ich den Termin bekommen habe, nagt eine unaussprechliche, peinigende Angst an mir, Marc könnte nach der Prozedur einen Anruf bekommen, der ihm mitteilt: »Ihre Freundin ist leider nicht wieder aufgewacht«, die Stimme wird sich räuspern und dann erklären: »Sie ist tot. Es tut uns wirklich sehr leid, Herr Brückner.«

Karlchen wird dann wochenlang, monatelang fragen, wo ich bin, wann ich wiederkomme. Er wird mich auf dem Dachboden zwischen den Leinwänden suchen, in der Malschule nach mir fragen, im Kindergarten nach mir verlangen…überall. Aber ich komme eben nicht mehr wieder, weil jemand die Narkose falsch dosiert hat, wahrscheinlich diese Krankenschwester, die mir gerade dazu geraten hat, mir völlig sorgenfrei einen Schlauch in den Hals schieben zu lassen, der sich durch meinen Magen wühlen wird, auf der Suche nach dem Parasiten da drin, weil diese Krankenschwester vielleicht in Wirklichkeit einen üblen Kater hat heute Morgen, sich vertut, zu viel abfüllt, sodass ich an einer Überdosis Narkose abkratze. Ich darf nicht sterben, Karl ist der lebendige Grund dafür.

Ich versuche in der engen Kabine entspannt meine Schnürsenkel auseinanderzukriegen, um die Turnschuhe auszuziehen, aber meine Finger sind hart und taub, und das Ganze dauert viel zu lange. Ich knie mich hin und versuche mich zu konzentrieren, aber ich binde immer nur noch mehr Knoten in die Schnürsenkel, als wollte ich, dass die Schuhe für immer an meinen Füßen haften bleiben, ich schwitze. Marc wird ein guter Vater sein, ich weiß das. Ein besserer als Papa es war. Ich denke an Mamas Operation ... Wir waren gerade mal seit zwei Jahren in dem besseren Europa angekommen, Lena und Wenja schienen wie zwei Außerirdische durch das fremde neue Leben zu treiben, das sie versuchten zum Alltag zu machen. Mama musste ins Krankenhaus, und nach ein paar Tagen klingelte nachts das Telefon. Papa ging ran, und man sagte ihm, dass wir uns verabschieden kommen sollten, sie würde sterben ...

Ich bekomme mit viel Mühe einen Knoten auf und versuche mir den Schuh vom Fuß zu ziehen, er hat sich eingesaugt in meine Fußsohle wie ein Blutegel, und vor lauter Anstrengung kippe ich nach hinten und stoße den Hinterkopf an dem weißen Holzstuhl, der hinter mir steht. Ich versuche mich zu erinnern, denn ich war dabei, aber ich erinnere mich blass, als wäre es nie passiert. Wir stehen im Krankenhaus, und Papa brüllt auf die Ärzte ein, sie sollten etwas tun, da sind Luftbläschen in der durchsichtigen Schnur, die in Mamas Arm führt, und das soll wohl nicht sein. Ich betrachte panisch die Schnur und Mama und wieder die Schnur und wage nicht, sie zu berühren, sie anzusprechen, sie sieht mich nicht, sie stirbt.

Ich atme tief aus und versuche ruhig, den zweiten Schuh auszuziehen und dabei an nichts zu denken, so wie Marc, das muss doch irgendwie gehen. Es gelingt mir, und ich lege die Stirn auf den Stuhl, um mich daran zu erinnern, dass Hoffnung kein übler Scherz ist, es soll sie wirklich irgendwo geben. Mama ist damals wieder nach Hause gekommen, ich hätte sie fast verloren, und Papa konnte nicht einmal Rührei kochen... Marc kann das, sogar mit Zwiebeln und Paprika, aber ich weiß nicht, ob die Paprikastückchen ein ausreichender Ersatz für mich wären, ob das Karl genügen würde. Ich ziehe mir den Pullover über den Kopf und höre ein leises Klopfen an der Tür.

»Ich bin gleich fertig«, antworte ich mit einer mir fremden Stimme, die suggerieren soll, dass ich hier drin alles Mögliche mache, nur Sorgen, die mache ich mir nicht.

Nach einer gefühlten halben Stunde verlasse ich die Kabine und ernte einen ungeduldigen Blick der Krankenschwester, die vielleicht betrunken ist und es vertuscht. Ich versuche unauffällig an ihr zu riechen. Wir betreten einen Raum mit Liege und Monitor, der Arzt lächelt mir freundlich zu und schlägt mir vor, mich auf die Liege zu setzen.

»Die Probleme, die Sie ihrem Hausarzt geschildert haben, deuten schon auf ein Magengeschwür hin, Frau Liberman, aber Sie sind noch jung, und früh erkannte Geschwüre lassen sich sehr gut mit Tabletten behandeln. Jetzt entspannen Sie sich erstmal und machen Sie sich keine Sorgen, das Ganze dauert nicht länger als zehn Minuten.« Ich lege mich seitlich auf die Liege und werde gefragt, welches Licht mir lieber ist, ein Grünton oder eher Rosa. Die Arzthelferin dreht an einem Schalter und das Licht über mir im Raum verändert sich bei jeder Drehung. Es bleibt unnatürlich, und ich weiß nicht was das soll, denn ich mache ja gleich sowieso meine Augen zu, sobald die überdosierte Narkose gewirkt hat, und werde sie danach auch nie wieder aufmachen, denn ich werde tot sein und Marc wird ans Telefon gehen: »Sie ist gestorben …« Ich habe eigentlich keine Angst vor dem Tod, im Gegenteil, ich finde es spannend, mir den Tag vorzustellen, an dem es so weit ist. Ist es so weit? Werde ich schon ein paar Minuten oder Sekunden vorher wissen, dass es gleich aus ist? Ist es aus?

»Gelb«, spucke ich ihnen entgegen und mir fällt auf, dass der Arzt Ähnlichkeit mit einem Flamingo hat, mit seinem langen Hals und dem ferkelrosa Hautton.

»Welche Musik hören Sie gern?«, fragt mich die Schwester und setzt mir dabei eine Maske auf, die sich schützend und beängstigend zugleich über Nase und Mund legt.

»Wale«, tönt es dumpf unter der Sauerstoffmaske hervor, und sie fragt »Pardon?«, aber ich beschließe, einfach nicht mehr zu antworten.

Sie schaut etwas verwirrt den Arzt an, der daraufhin beginnt, mit ruhiger Stimme davon zu erzählen, dass er wahnsinnig gern Volleyball am Strand spielt, und dass das Schönste an der ganzen Sache der Moment ist, in dem man kurz aus dem Spiel läuft und mit den Fußsohlen im nassen Sand ... Ich spüre die Spritze und merke, dass ich schon längst hätte beten sollen oder so etwas, denn jetzt ist es zu spät dafür, ich nicke weg ...

Ich bin auf einem Friedhof, der in dunkelblaues Licht getaucht ist, der Himmel über mir schimmert bordeauxrot, merkwürdig, so einen Himmel habe ich noch nie gesehen ... »Wenn du einfach um elf bei der Beerdigung sein könntest, das würde mir sehr helfen ...«, höre ich Marc leicht verzerrt am Telefon.

Ich will nicht auf diese Trauerfeier. Es ist derselbe Friedhof, auf dem meine Eltern liegen. Das kann nicht sein, Mama und Papa sind doch im Ruhrgebiet begraben. Mama? Liegen wir alle auf demselben Friedhof?

Ich laufe über die nasse Erde, ziehe die Kapuze meiner Regenjacke tief in die Stirn und verstecke meine rechte Hand in der Jackentasche vor der Novemberkälte. Bleibt es immer November, wenn man tot ist? Die andere Hand hat einen Handschuh an und klammert sich am Regenschirm fest.

Dass diese Frau ausgerechnet heute beerdigt wird, heute ist wirklich nicht der Tag, an dem ich zum Friedhof gehen würde, um meine Eltern zu besuchen, ich tue Marc schon wieder einen Gefallen. Mama und Papa liegen im Abschnitt L. Im Ruhrgebiet. Das hier ist aber Berlin. Oder? Wann ist Mama gestorben?

Ich bleibe kurz stehen, weil ich die beiden von Weitem schon sehen kann auf ihrem Sofa, schließe die Augen und lausche den dicken Regentropfen, die auf meinen Schirm einprasseln. Trete ein wenig auf der Stelle in meinen schwarzen Lackgummistiefeln, die Nele mir geschenkt hat zu meinem dreißigsten Geburtstag. Ich stehe nass unter dem Schirm. Nach unten schauen will ich nicht, weil es mich traurig macht, und nach oben schauen kann ich nicht, weil der Schirm über mir ist und der unnatürlich gefärbte Himmel darüberhängt und mich bedroht. Also schließe ich die Augen und schaue nach innen. Es ist dunkel darin und schimmert zwischendurch dunkelrot ... Ich schaue auf die Uhr und merke, dass ich schon fast zu spät bin. Mama und Papa trinken Tee auf dem Sofa und sehen mich nicht, also verziehe ich mich unbemerkt ...

Als ich ankomme, stehen wohl dreißig Personen um ein Grab herum. Ein orthodoxer Priester spricht, war sie etwa religiös? Eifersucht hin oder her ... Ich möchte das alles nicht hören, aber bevor ich wieder verschwinde, muss ich sicher gehen, dass Marc mich gesehen hat. Ich stelle mich nach hinten und ziehe mir meinen zweiten Handschuh an. Friert man unentwegt, wenn man tot ist? Ich trete etwas nach rechts und schiele möglichst unbemerkt aus der Menge heraus. Marc steht am Sarg und hat seine Hände gefaltet. Ich glaube, er zittert. Er schaut immer wieder nach oben und dann wieder auf den Sarg, als könnte er den Anblick nicht allzu lange ertragen. Er sieht alt aus. Abgemagert, seine Haare sind rar und komplett grau. Wozu wollte er mich hier haben? Damit ich hier stehe und friere? Ich habe ihn noch nie verstanden. Er hat mich von Weitem bemerkt und schaut mich ziemlich lange an, als wollte er mich bitten zu bleiben. Der Priester spricht, und ich betrachte die fremden Rücken vor mir. Sehe einige junge Menschen, die weinen, wahrscheinlich ihre Kinder. Hat Catherine mit Marc Kinder bekommen?

Irgendwann verschwindet der Sarg unter der Erde. Ich kann von hier aus nicht sehen, wer drin ist. Diese Studentin, die ich noch nie gesehen habe? Oma Nastja? Mama oder Papa? Ich stelle mich unter einen Baum, dessen Blätter ein wenig vor den Regentropfen schützen, und klappe den Schirm zusammen, der Himmel hat nun ein helleres Rot angenommen. Ich rauche eine Zigarette, wann habe ich wieder damit angefangen? Marc kommt näher und umarmt mich.

»Ich bin so froh, dass du gekommen bist«, er drückt sich an mich, und ich merke, dass er lautlos weint. Ich halte ihn in meinen Armen wie den weinenden kleinen Karl, der etwas angestellt hat.

»Ich wäre sonst völlig allein auf dieser Beerdigung. Kira, ich ... «

»Aber du bist doch gar nicht allein. Schau wie viele Menschen gekommen sind. Auf meine Beerdigung kommen sicherlich nicht so viele. Beruhige dich.«

»Aber es ist doch deine Beerdigung, Kira ... Ich bin so froh, dass du gekommen bist!«, Marc drückt sich noch fester an mich, und ich merke, dass wir von den anderen Beerdigungsgästen angeschaut werden.

»Meine Beerdigung?«, frage ich ihn.

Dann sind wir plötzlich auf einer Fähre, und Marc ist eingeschlafen auf der Holzbank. Ich schließe die Augen und schaue nach innen, dort ist es düster und dunkelrot.

Das neongelbe Licht, dass ich mir vorhin wünschen durfte, schneidet meine Augen ein wenig, als ich blinzelnd zu mir komme.

»Ah, da sind Sie ja wieder. Bleiben Sie noch kurz liegen, der Arzt spricht dann gleich mit Ihnen. Ich glaube, es ist nur ein kleines Geschwür ... machen Sie sich keine Sorgen«, beruhigt mich die rothaarige Frau von vorhin, die offenbar keine Überdosis Narkose abgefüllt hat und auch nicht nach Alkohol riecht, als sie sich zu mir beugt. Meine Augen fallen wieder zu.

Mit meinem Kopf durchbreche ich eine Welle und tauche hinab. Ich traue mich endlich. Ich mache meinen Mund auf, und das Wasser dringt in meine Lunge, aber ich atme. Ich sterbe nicht, ich verwandele mich nur.

Transformare. Rumänisch. Trans ... for ... Mare ... Ich spreche alle Sprachen und frage die Wale, was das Geheimnis ist. Das Geheimnis ist, dass sich tatsächlich manchmal ein Wal in die Ostsee verirrt.

»Она скомпонировала музыку для фильма …«, versucht Karl mir auf Russisch zu erzählen.

»Она написала музыку«, korrigiere ich ihn.

»Ja … Mama, du hättest einfach mehr Russisch mit mir sprechen sollen. Warum hast du das nicht gemacht? Dann könnte ich es jetzt richtig gut«, sagt er und betrachtet beim Gehen den Himmel über dem Tempelhofer Feld. »Das wird richtig gut, schön windig!«, sagt er voller Vorfreude und bereitet seinen Drachen vor.

»Es war zu anstrengend, Karl. Du sprichst aber gar nicht so schlecht, nur ein wenig … dumm«, witzele ich und pikse ihn in die Rippen. Er weicht zurück und schimpft. Er verschluckt sich immer noch an seinem Lachen, wie als kleiner Junge.

Es ist Hochsommer, August. Das Tempelhofer Feld ist gefüllt mit Spaziergängern und vielen jungen Abenteurern wie Karl, die ihren Drachen steigen lassen wollen. Er ist zu alt dafür, finde ich. Wollte ich mit fünfzehn einen Drachen steigen lassen? Ich glaube, ich wollte mich umbringen mit fünfzehn. Aber das will er vielleicht auch, nur will er trotzdem auch noch einen *Drachen* steigen lassen. Wahrscheinlich ist das die beste Beschreibung für die Pubertät. Einen Drachen steigen lassen und sich danach umbringen. Oder andersherum?

»So, jetzt kannst du gleich mal sehen, Mama«, sagt er. »Achtung. Лети, лети, дракон, лети!«

Ich breche in Gelächter aus, weil er den Drachen wörtlich übersetzt und ihn auch im Russischen als Drachen bezeichnet.

»Es heißt летучий змей, Karl, Letutschij Zmej! Nicht Drakon!«

»Was? Ach, egal, schau, wie er fliegt! Perfektes Wetter! Unglaublich, schau, wie er fliegt! Он полетел! Летит!«, schreit Karl und rennt mit den Fäden in der Hand seinem Drakon, der kein Drakon, sondern ein Zmej ist, nach. Ich bleibe stehen und genieße den sommerlichen

Wind. Nach der erdrückenden Hitze der letzten Wochen tut er richtig gut. Wahrscheinlich wird es heute Nacht regnen. Es riecht schon ein wenig nach Gewitter.

»Schneeluft riecht nach Papier und die Luft vor einem Gewitter nach Gras«, rufe ich ihm nach und schließe kurz die Augen.

»Schto?«, fragt er mich im Laufen.

»Nichts. Er ist wunderschön! Er fliegt! Летит змей! Полетел!«, rufe ich.

Ich setze mich im Schneidersitz ins Gras und schaue in den Himmel, an dem ein paar blendend weiße Wolken hängen, ihr Weiß schneidet in die Augen.

Ein altes Lied aus der Kindheit drängt sich in meinen Kopf: »Das Mädchen weint, ihr Ballon ist davongeflogen. Alle versuchen sie zu beruhigen, aber der Ballon ist weg. Die junge Frau weint, noch immer kein Bräutigam in Sicht. Man versucht sie zu beruhigen, und der Ballon fliegt davon. Eine Frau weint, ihr Mann ist zu einer anderen gegangen. Alle versuchen sie zu beruhigen, und der Ballon fliegt weiter. Die alte Frau weint, ihr Leben war zu kurz. Der Ballon kehrt zurück, und er ist hellblau.«

Danksagung:

Einen Dank an meine Freunde, die mitgelesen, ihren Senf dazugegeben, ins Jiddische übersetzt oder einfach ein offenes Ohr für ALLES haben: Franzi Krol und Anton Berman, Katja Artsiomenka, Maria Schwegmann und Familie, Anna Daurskih, Kostia Rapoport, Sasha Marianna Salzmann, Sylvia Guse, Daniel Kahn und Yeva Lapsker, Ximena Ameri Cespedes und Nata Galkina, Sveta Kundish, Yuriy Gurzhy, Stefan Kanis, Gregor Hengesbach, Carolin Mader, Christine Mellich, Sebastian Meissner, Friedrich Werner, Ruth Reinecke und an Phuong & Ca Phe 13, in dem ich viel geschrieben habe...

Einen Dank an meinen Literaturagenten Alfio Furnari, der EINFACH SO an den Roman geglaubt hat und die Literaturagentur Landwehr & Cie Berlin.

Einen Dank für das Vertrauen, die Klugheit, CHUZPE und Direktheit des Wagenbach Verlags und allen voran meiner Lektorin Annette Wassermann für ihre Scharfsinnigkeit!

Danke allen INSPIRATIONEN: Bulat Okudzhawa, Paul Celan, Berry Sisters, Zeruya Shalev, Siri Hustvedt, Paul Auster, Andrzej Szczypiorski, Hannah Arendt, Platon, F. Dostojewski, Milan Kundera, Johnny Cash, David Foster Wallace, Erich Fromm, Hans Fallada, Viktor Zoy, Auktyon, Joseph Brodsky, Swetlana Alexijewitsch, »Arizona Dream« und Goran Bregovic

Einen Dank an meine verstreute Familie und ihre Geschichten, die ich alle VERWANDELT habe: Olga und Jakov, Kira, Ida und Semion, Maria und Peter und die vielen vielen anderen Unbekannten...

und den TIEFSTEN Dank an mein Söhnchen Paul Frenk!

Penguin Random House Verlagsgruppe FSC® N001967

1. Auflage
Genehmigte Taschenbuchausgabe Juni 2022
btb Verlag in der Penguin Random House Verlagsgruppe GmbH,
Neumarkter Straße 28, 81673 München
© 2020 Marina Frenk / Verlag Klaus Wagenbach,
Emser Straße 40/41, 10719 Berlin
Umschlaggestaltung: semper smile, München,
nach einem Entwurf von Wagenbach
unter Verwendung des Gemäldes *Returning Again* von Eric Zener
Satz: Julie August
Druck und Einband: GGP Media GmbH, Pößneck
cb · Herstellung: sc
Printed in Germany
ISBN 978-3-442-77133-2

www.btb-verlag.de
www.facebook.com/btbverlag

Claudia Petrucci

DIE ÜBUNG

Roman

Claudia Petrucci   DIE ÜBUNG

Aus dem Italienischen von Mirjam Bitter
Quart*buch*. 304 Seiten. Gebunden mit Schutzumschlag
ISBN   978 3 8031 3343 4

Giorgia ist wieder ganz sie selbst. Nur manchmal macht sie Fehler, merkwürdige Dinge, die nicht im Skript stehen. Vielleicht müssen wir sie doch noch einmal schreiben … Ein abgründiger Roman über brüchige Identitäten, männlichen Größenwahn und die durchlässige Grenze zwischen Liebe und Manipulation.

Wagenbach
www.wagenbach.de

Nava Ebrahimi

Sechzehn Wörter
Roman

320 Seiten, btb 71754

Ingeborg-Bachmann-Preisträgerin 2021

Als ihre Großmutter stirbt, diese eigenwillige Frau, die
stets einen unpassenden Witz auf den Lippen hatte,
beschließt Mona, ein letztes Mal in den Iran zu fliegen.
Gemeinsam mit ihrer Mutter wagt sie die Reise in die
trügerische Heimat. Die Fahrt wird für Mona zu einer
Konfrontation mit ihrer eigenen Identität und ihrer
Herkunft, über die so vieles im Ungewissen ist.

»Grandioser Debütroman.«

taz

»In Zeiten aufgeregter Kulturkampf-Rhetorik ist diese
neue Erzählstimme eine Wohltat.«
DLF Büchermarkt

btb